杨海明

1942年生，苏州人。1960—1964年就读于江苏师范学院中文系，1978—1981年在南京师范学院中文系师从著名词学家唐圭璋先生攻读硕士学位。后执教于苏州大学，1993年被国务院学位办批准为博士生导师。曾任中国韵文学会常务理事、中国宋代文学学会副会长，现任中国词学研究会名誉会长。主要从事唐宋词研究。著有《唐宋词风格论》《唐宋词史》《唐宋词美学》《唐宋词与人生》等。一些著作在海内外产生过较大影响，《唐宋词史》曾获全国高等学校首届"人文社会科学研究优秀成果奖"二等奖和首届"夏承焘词学奖"一等奖；两部专著被翻译成韩文，四部专著在台湾地区再版。2016年获中国韵文学会、中国词学研究会颁发的"中华词学研究终身成就奖"。

杨海明 著

杨海明词学文集

· 第七卷 ·

唐宋词纵横谈

江苏大学出版社

镇江

图书在版编目(CIP)数据

唐宋词纵横谈 / 杨海明著. — 镇江：江苏大学出
版社，2020.7
（杨海明词学文集；第七卷）
ISBN 978-7-5684-1319-0

Ⅰ. ①唐…　Ⅱ. ①杨…　Ⅲ. ①唐宋词－诗词研究
Ⅳ. ①I207.23

中国版本图书馆 CIP 数据核字(2020)第 097577 号

唐宋词纵横谈（杨海明词学文集·第七卷）
Tang-Song Ci Zongheng Tan（Yang Haiming Cixue Wenji·Di-qi Juan）

著　　者/杨海明
责任编辑/徐子理　林　卉
出版发行/江苏大学出版社
地　　址/江苏省镇江市梦溪园巷 30 号（邮编：212003）
电　　话/0511-84446464（传真）
网　　址/http://press.ujs.edu.cn
排　　版/镇江文苑制版印刷有限责任公司
印　　刷/江苏凤凰数码印务有限公司
开　　本/718 mm×1 000 mm　1/16
印　　张/10.75
字　　数/205 千字
版　　次/2020 年 7 月第 1 版　2020 年 7 月第 1 次印刷
书　　号/ISBN 978-7-5684-1319-0
定　　价/80.00 元

如有印装质量问题请与本社营销部联系（电话：0511-84440882）

《杨海明词学文集》再版前言

　　本书初版于 2010 年。此次再版,尊重历史,一仍旧貌,只是遵照出版社的意见,将原先的 8 册(12 卷)改为 10 卷,次序也做了一些变动,内容则并无改动;另外又请我的老学生们对全书文字重新审读过一遍,改正了一些错漏。由于自初版至今已抵 10 年,而我早就从学术界"撤退"出来,变成了一个出入于市井里巷、流连于园林名胜的闲散老人,因此现今无心无力对旧著做些修改,这点敬希读者谅鉴。

　　本书无论是初版还是再版,都得到了江苏大学出版社总编芮月英女士的大力支持和热心相助,在此郑重致谢! 我的老学生们,对于它的初版和再版,也都付出了辛勤的劳动。他们是:曹志平、曹辛华、陈国安、闵定庆、钱锡生、孙虹、宋秋敏、王晓骊、薛玉坤、张幼良(排名不分先后,按音序编排),而总其成的则是钱锡生和陈国安。他们(以及其他一些老学生们)一贯以来对我无微不至的关心和帮助令我十分感动和深感温馨。趁此机会,也向他们表示深挚的谢意!

杨海明

2020 年 3 月　书于苏州嘉园寓所

《杨海明词学文集》初版总序

自 1978 年秋师从唐圭璋先生攻治词学至今,忽忽已过 30 年矣。回首当年,自己本是一位普通的中学语文老师,不意在攻读唐师的硕士研究生、随后又转入高校(苏州大学)工作之后,竟涂鸦出了一大堆评说唐宋词的文字,并在词学研究领域产生了一定的影响,以至我的博士生们现今要为我策划出版这套词学文集,不禁感慨良多。我深知自己既缺乏像夏承焘、唐圭璋等老辈学人那样深厚宽博的学养,也跟不上新时期所涌现出的青年学者那种与时俱进、敢于创新的迅猛步伐,充其量只是一个衔接两代的过渡性人物,因此要出文集,不免有些汗颜。但转而一想,对我来说,这套文集所收的旧文好歹记录着自己在词学研究领域里跋涉过的一连串足迹,把它们整理出来总算做了一番“盘点清理”和“立此存照”的工作,未尝没有一点意义;而对不少读者,尤其是很多青年学子来说,像《唐宋词风格论》《唐宋词论稿》《唐宋词纵横谈》《唐宋词美学》等旧书,由于后来未曾再版过,故在书店难以寻获,因此这次“打包”再版,也可满足他们的迫切需求。基于以上两点考虑,我同意了门生们的建议,由他们分工协作对旧稿做了一定的校订,终于推出了这套词学文集。宋人陈与义曾有词云:“二十余年如一梦,此身虽在堪惊。闲登小阁看新晴。古今多少事,渔唱起三更。”(《临江仙》)对我而言,若是改动其中一个字,变成“三十余年如一梦……”,便很能表达此时看到这套文集的内心感受:往事早如云烟,此身也已垂暮,这套文集所收的旧文其优劣、良莠就让读者和后人去评说吧,而我本人则要闲登小阁去享受那为时有限的余生了。

本文集共八册、十二卷。下面,分别对各册内容作具体说明。

第一册由卷一、卷二组成。

卷一《唐宋词风格论》:此卷原由上海社会科学院出版社 1986 年出版。后来发现,台湾木铎出版社 1987 年盗印过它,易名为《唐宋词的风格学》,且隐去了作者的姓名。韩国新雅社 1994 年将其译成韩文出版,翻译者为李钟振教授。

卷二《张炎词研究》:此卷原由齐鲁书社 1989 年出版。

第二册收录卷三《唐宋词史》。此卷原由江苏古籍出版社 1987 年出版,后由天津古籍出版社 1998 年再版。后者对前者略作修订,主要是改正了一些错字和删除了某些不必要加的引号,内容基本不变。此次再版,依照后一版本。台湾丽文文化事业公司 1996 年出版了它的繁体字版。韩国新雅社 1995 年将它译成韩文出版,翻译者为宋龙准、柳种睦先生。

第三册收录卷四《唐宋词论稿》。此卷原由浙江古籍出版社 1988 年出版,其中选录了我 1981 年至 1986 年发表的论文 32 篇。

第四册收录卷五《唐宋词论稿(续编)》。此卷为这次所新编的论文集,共收录论文 35 篇,其时间跨度较大(1984 年—2008 年),主要是从《唐宋词论稿》出版以后所陆续发表的论文中选辑而成。其内容大致分成六类:一是对唐宋词的魅力来源,尤其是其人生意蕴作出探寻;二是对唐宋词的心理内涵做些剖析,兼论"角色转换"对这些意蕴生成的重要作用;三是词论研究,以及我对于词学研究的若干思索;四是从传承和变异的角度来对唐宋词进行文化考察;五是读唐宋词的一些心得,它们所涉及的问题较多;六是其他方面的一些文章,其中既有两篇论宋人散文的文章,还有三篇论析夏承焘先生治学历程和回忆唐圭璋、段熙仲先生往事的文章,收录这后三篇主要想借此表达对先贤的缅怀之情。上述 35 篇文章,以前散见于各种报刊之上,此次结集出版,可省读者查检之劳,姑取名为《唐宋词论稿(续编)》。

第五册收录卷六《唐宋词美学》。此卷原由江苏教育出版社 1998 年出版。

第六册由卷七、卷八、卷九、卷一〇组成。

卷七《唐宋词纵横谈》:此卷原由苏州大学出版社 1994 年出版。台湾丽文文化事业公司 1995 年出版了它的繁体字版,易名为《唐宋词主题探索》。

卷八《宋词趣谈》:此卷原由台湾业强出版社 1997 年出版。它的学术性不强,但趣味性和可读性尚可,因大陆读者不易读到,故在此再版,可供非专业的读者阅读消遣。

卷九《李璟·李煜》:此卷原由春风文艺出版社 1999 年出版,为其"插图本中国文学小丛书"中的一种。

卷一〇《东吴绛帐屐痕——序跋选录》:此卷收录了我为学生们的学术著作写的序跋。

第七册收录卷一一《唐宋词与人生》。此卷原由河北人民出版社 2002 年出版。

第八册由卷一二、附录组成:

卷一二《宋词三百首新注》:此卷原由天津人民出版社 1993 年出版。合作者刘文华女士乃是我的妻子,不幸已于近时病逝。几十年来,她在生活和工作上助我良多。今日再版此卷,也作为对她的一种悼念。台湾丽文文化事业公司 1995 年据此重排,出版了它的繁体字版,易名为《宋词三百首鉴赏》。

《附录》四种:一是崔海正教授所写的《论唐宋词专家杨海明——当代词学家系列研究之一》。二是曹辛华博士所写的《杨海明与唐宋词研究的深化》。这两篇文章的撰写,其作者事前事后都未与我本人做过沟通,完全是他们个人意见的表述。照我看来,其中颇多溢美之词而缺少中肯的批评,实在愧不敢当。但它们却能从一定程度上揭示我的某些研究"特色",可供我自己反省并供读者参考。除此之外,很多师友(如曹济平先生、潘树广先生,以及刘扬忠、肖瑞峰、王兆鹏、刘尊明等先生)和学生(如邓红梅、赵梅、闵定庆、钱锡生、王晓骊等博士,以及浙江大学的张锦同学)也曾为我的一些论著写过书评,但因篇幅的关系,这里就不再收录,谨向他们表示衷心的感谢和诚挚的歉意!三是王晓骊博士所记录的《背靠遗产 面向当代——杨海明教授词学访谈录》,它概述了我从事词学研究的历程,以及研究唐宋词的若干心得体会,也可提供给读者阅读。四是张幼良博士所撰《瞬间三十年——杨海明先生学术年表》。

正如开头所说,我在这 30 年左右的时间内竟不意涂鸦出了一大堆评说唐宋词的文字,其间的甘苦辛甜,自然一言难尽;而文章的优劣良莠,也心知肚明。总的来说,由于我的写作往往率性而发,主要凭兴趣和"感悟",而不耐作缜密细致的思考,因此文章中的疏漏和缺陷(甚至错误)自然难免,还望读者多多指教!另外,由于我往往是先写成一篇篇单篇论文,以后又把这些论文中的观点和材料融汇在后来的专著中间;而在撰写单篇论文时,因每篇文章都要自成一个独立的

"单元"，故而有一些观点和例证有可能会在全书中多次出现，或许会令人产生啰唆重复之感。这里谨表歉意。再者，由于这些文章写于不同时期，早期的文章并不像现今那样讲求"学术规范"，故而现在读来肯定不够"规范"，不够严谨。这点也请读者鉴谅！追昔抚今，如果说这套文集所收的一些旧文，在"文革"结束不久、新时期刚刚开始的阶段或许曾有某些"闪光点"使人眼目为之一亮的话，那么时至今日恐就早已平淡无奇，甚至黯然失色了。所以我十分清醒地将自己定位为新旧时期转型阶段的一位"过渡型"的研究者，而词学研究的崭新局面和崭新气象则期待着后来者们去努力开启和努力创造——这也是我作为一名曾经的词学研究者所殷切期望的。

最后，要对引导我走上研究道路并给我以提携指导的唐圭璋师、孙望师、段熙仲师、吴调公师表示深切的悼念与感谢；对大力促成本文集出版并付出辛勤劳动的我的博士生们（曹辛华、曹志平、孙虹、薛玉坤等）表示深深的谢意，拙著引文均由他们重新查核，并详为注出；特别应该提出的是，陈国安博士在本文集的出版过程中付出了艰辛的劳动，其热情与认真令我十分感动，特在此也表示郑重的感谢；对大力资助本文集出版的江苏海门市教育局副局长许新海博士表示衷心的感谢；对支持本文集出版并花费很多心血的江苏大学出版社总编辑芮月英女史和图书编辑部主任顾正彤女史表示深深的敬谢之心。

杨海明

2010 年 10 月

《唐宋词纵横谈》前言

　　唐诗宋词真是一个永远说不完的话题！任古人说、今人说、国人说、洋人说、正说反说、横说竖说，可永远也说不尽它们的绰约风姿和无穷魅力。就以唐宋词来说，它所反映的斑驳心态，它所包含的丰富意蕴，它所体现的审美情趣，它所达到的艺术境地，以及词坛上出现的不同于诗、文领域的奇特现象，词苑所提供的不同"系列产品"，"词境"中隐含的复杂"词心"，词论中提出的许多有意味的论题……凡此种种，都足以引起我们的兴趣，值得我们细加探讨。为此，我在阅读和讲授唐宋词的过程中，积累了一些有关于此的想法并把它们形之为20余篇短篇论札，结集为这本《唐宋词纵横谈》，把它呈献给喜爱唐宋词的读者们。

　　写这些文章的最初出发点是"兴趣"二字。没有兴趣，就没有研究的动力和目标。我在研阅唐宋词时，经常会碰到很多耐人寻思的有趣问题。例如：唐宋词的作者，基本都是男性的士大夫文人，可他们却为什么偏喜欢"以男子而作闺音"[1]，写出一些毕肖妇女口吻、描摹女性心态的词篇来（这有些儿像京剧舞台上的男艺人演"花旦"），而明明是名门闺秀的女词人李清照，却为何又在其词中大写赏菊、插梅、饮酒、品茶等颇有些陶渊明气味的"骚雅"举动？又如：晏殊曾经选拔过很多政治英才和文学英才（如范仲淹、韩琦、欧阳修等），甚至还因一句"似曾相识燕归来"的佳句而提拔了寒士王祺，可他却为什么又以一句"彩线慵

---

[1] 田同之：《西圃词说》，唐圭璋编《词话丛编》，中华书局，1986年，第1449页。

拈伴伊坐"而黜退了词名红遍全国的柳永？再如：苏轼谙熟地理和历史知识，可他在《念奴娇》词中却为何要将"假赤壁"即黄州赤鼻矶认作真赤壁、又为小乔"偷改"了年龄（按史实，赤壁之战时小乔嫁周瑜已近10年），并且还将眼见的黄冈小土山"拔高"成为"乱石崩云"的巨峰险峦？还如：词中为何偏多那些棹、帆、桥、岸、江、河、湖、塘，以及菡萏、浮萍、杨柳、鸳鸯之类有关"水"的意象，而"淡化"了那些岩、丘、峰、峦、巨石、怪松、大漠、关塞之类有关"山"的意象？为什么一般人都以健康为美而唐宋词人却偏以慵懒为美？一般人喜欢温煦的阳光而南宋后期的词人却偏爱写冷月凄风、枯叶寒蝉之类的阴冷事物，而姜夔更特别爱用一个"西"字。诸如此类的问题还可举出很多很多。我们觉得，这些问题虽属一些细节问题，但若顺藤摸瓜地"追踪"下去，却往往能寻觅到一些"重大"或重要的问题和道理。比如词坛上两种不同审美趣味之间的严重对立（"雅俗之辩"），比如不同词派和不同词人之间艺术风尚的差异，比如社会环境和词学理论对于词风的影响，比如词中所反映的社会心理和所体现的价值观念……这种种涵盖面很广的理论问题，就都可透过这些爪角鳞鬣的小问题而得以窥见其"全龙""全豹"的一个部分或一个侧面。所以，有时候研究的出发点虽然只是一些有趣的小问题，但其"归宿"和结论却也有可能会引出某些带有规律性的认识——这当然并不意味着本书已达到了这种境地，但却也是本书作者意欲努力的方向。而又因为是"纵横谈"，故而在写法上本书就采用比较自由、轻松的笔调，力求做到通俗易读、雅俗共赏。全书既可分而观之，每篇讲述一个问题；又可合而观之，以加深对于唐宋词的宏观性、整体性认识。但由于作者水平有限，书中肯定会存在不少缺点和错误，还望读者不吝教正。

目　录

"男子而作闺音"

——唐宋词中一个奇特的文学现象

唐宋词中存在着一个颇为奇特的文学现象,那就是清代词论家田同之所指出的:"男子而作闺音"。也就是说,作者明明都是男性士大夫文人,然而当他们提笔写词时,却往往发生了"性变",变出了一副女性的声腔口吻。例如下面这首很有名气的《生查子》:

> 去年元夜时,花市灯如昼。月上柳梢头,人约黄昏后。　　今年元夜时,月与灯依旧。不见去年人,泪满春衫袖。

在很多人心目中,都认为它是词名仅亚于李清照的宋代著名女词人朱淑真所作①。确实,从它所表现的感情内容和人物形象来看,极像出自一位失恋的青年女子之手。所以难怪明代的杨慎一方面称它"词则佳矣",另一方面又从封建卫道者的立场出发来批评它"岂良人家妇所宜邪"②。其实,这真是"冤枉"了朱淑真!根据考证③,此首《生查子》的真正作者并非这位因所嫁非偶尔抑郁致死的"断肠"女词人,而恰恰是宋代的一位"名儒钜公"——欧阳修。这或许会使杨慎地下有知而瞠目结舌吧?

还可以举一个例子:北宋有名的宰相晏殊,史称其为人"刚简"④,然而他却写下了许多婉转妩媚的"女性词"。这在当时人看来似乎有失身份,对此王安石就曾批评道:"为宰相而作小词可乎?"⑤故而晏殊的儿子晏几道就为其父辩解:"先公平日,小词虽多,(然)未尝作妇人语也。"哪知偏有一位蒲传正听后不服气,举出晏殊《玉楼春》词中的"绿杨芳草长亭路,年少抛人容易去"两句,反问小

---

① 比如刘逸生先生《宋词小札》的前言中就持此说。
② 杨慎:《词品》,唐圭璋编《词话丛编》,中华书局,1986年,第451页。
③ 证据有二:第一,《欧阳文忠公集》卷一三一已收有此词;第二,南渡初期曾慥所辑《乐府雅词》亦将此词归于欧阳修名下。
④ 脱脱,等:《宋史》卷三一一《晏殊传》,中华书局,1977年,第10197页。
⑤ 魏泰:《东轩笔录》卷五,中华书局,1983年,第52页。

晏道："岂非妇人语？"尽管小晏后来又拈出白居易的"欲留年少待富贵,富贵不来年少去"来反驳蒲传正,但明眼人一看就明白,大晏词中的"年少"是指闺妇所恋的青年情郎,而白诗中的"年少"只是指年轻的时光(二者文字虽同而内涵各异),小晏的"狡辩"仍无法掩饰其父的好作"妇人语"①。

举此两例就可知晓,唐宋词(主要指婉约词)中确实存在着"男子而作闺音"的现象,而且这种现象还相当常见。身为高层士大夫的晏、欧尚且如此,那就遑论其他中下层的词人了。因而,后人所称"诗庄词媚""词之为体如美人,而诗则壮士也"这种诗与词的文体特征似乎存在着性别差异的说法,就不是全无道理的了;而婉约词中那种女性化的倾向,也就明显与"男子而作闺音"的现象存在着密切的关联。

那么,词中何以会产生这种"男子而作闺音"的现象呢？在这种男性作者好发"妇人语"、好做"妮子态"的创作举动后面,又隐藏着什么思想信息和审美心理呢？这就值得我们进一步探求。

先看第一个问题。词中所以会产生"男子而作闺音",大致存在着"被动""主动"和"半主动半被动"三种情况。

人所悉知,词的全称应是"曲子词",它是配合音乐(曲子)而歌唱的新体歌词。最早的一部文人词总集《花间集》的序言就这样描绘过作词的环境与动机:"则有绮筵公子,绣幌佳人,递叶叶之花笺,文抽丽锦;举纤纤之玉指,拍按香檀。不无清绝之词,用助娇娆之态。"②从中可知,文人词是在贵族的"文艺沙龙"和酒筵歌席上创作与演唱的——先由文人根据曲调作词,然后交付乐工歌妓们伴奏歌唱。据宋人王灼《碧鸡漫志》记载:唐代以前因善歌而得名者有男有女,人们并不一味崇拜"女歌星"(如战国时代的秦青、汉代的李延年、唐代的李龟年等都是有名的男歌星),但"今人"则"独重女音,不复问能否"③。也就是说,自晚唐以来,社会风气发生了变化,士大夫们所欣赏的便仅是发自"莺吭燕舌"的"女音"。这从《花间集序》中的"纤纤玉指""拍按香檀"中即可见出,也可从宋人所说的柳永《雨霖铃》词当由十七八岁的妙龄女郎执红牙板歌唱得到佐证。文人词既然诞生于这样的女性化的音乐环境中,它自然会"屈从"于女性歌唱的需要,词的主题、风格、语言乃至声腔都服从并满足于她们的特殊需要。宋人李廌

① 事见胡仔《苕溪渔隐丛话·前集》卷二六引《诗眼》,廖德明校点,人民文学出版社,1962年,第178页。
② 欧阳炯:《花间集序》,赵崇祚辑、李一氓校《花间集校》,人民文学出版社,1958年。
③ 王灼:《碧鸡漫志》,唐圭璋编《词话丛编》,中华书局,1986年,第79页。

有一首《品令》词,描绘过"玉人唱歌"的情状:"唱歌须是玉人,檀口皓齿冰肤,意传心事,语娇声颤,字如贯珠……"这样的演唱,就"逼"得文人们放下架子去创作那些为歌妓"代言"的"妇人语",由此就引发了"男子而作闺音"的举动。

当然,从根本上讲,"独重女音"的风气仍是由士大夫自身的享乐心理所造成的;但从填词以应歌的角度来看,他们的"作闺音"也就可以视作是"被动"的举动。比如,温庭筠写有七首《南歌子》词,几乎全是描摹女性的恋情心态(如其中的"手里金鹦鹉,胸前绣凤凰。偷眼暗形相,不如从嫁与,作鸳鸯""懒拂鸳鸯枕,休缝翡翠裙。罗帐罢炉熏,近来心更切,为思君"),而究其写作缘由,就都是"逐弦吹之音,为侧艳之词"的产物。又如,素以"文雅"著称的冯延巳的词中却也有这样一首《长命女》,活脱脱是歌妓的口吻:"春日宴,绿酒一杯歌一遍。再拜陈三愿:一愿郎君千岁,二愿妾身长健,三愿如同梁上燕,岁岁长相见。"这也明显说明了他的作词很大程度上确是为应付歌女之请并模拟其口吻而写的。由此可见,不少词人之以"男子而作闺音",原因就是为应付"雪儿、春莺"辈歌女的歌唱需求所引发的①。

上述为"应歌"而导致"男子而作闺音"的现象如可称之为"被动型"的话,那么,下列这种情况就可视作"主动型"了。这后者所指,就是人们常说的"比兴""寄托"。在我国古典诗歌中,早就存在着"引类譬喻"和"比兴寄托"的传统。如《离骚》就以男女爱情来比拟君臣关系,所谓"灵修美人,以媲于君;宓妃佚女,以譬贤臣"②。宋代某些词人就曾有意识地采用此种比兴手法,来寄托自己不便直言的感情。比如,辛弃疾的《摸鱼儿·更能消几番风雨》就是最著名的例子。他在词中把自己"化"作一位失宠的后妃,借用"长门事,准拟佳期又误"的典故来埋怨皇帝对自己先是信任、后又弃置的不公正待遇,又用"蛾眉曾有人妒"(化用《离骚》中的"众女嫉余之蛾眉兮,谣诼谓余以善淫")一语来诉说他"年来不为众人所容,恐言未脱口而祸不旋踵"的愤懑。更用女性伤春的哀怨口吻倾吐对国势不振的忧虑("匆匆春又归去""何况落红无数""斜阳正在,烟柳断肠处"等等)。所以,难怪敏感的宋孝宗读后很不高兴,但又因为其词意委婉而终未加罪于作者——这或许就是使用"男子而作闺音"的比兴之法比之直言其情更觉巧妙之故吧。

介乎上述两种情况之间,还有一种"半主动半被动"的情况。此类词篇甚

---

① 刘克庄《题刘澜乐府》曰:"词当叶律,使雪儿、春莺辈可歌",见《后村先生大全集》卷一〇九,《四部丛刊》本,商务印书馆,1989年,第14页。
② 王逸:《离骚经序》,洪兴祖补注《楚辞补注》,中华书局,1957年,第8页。

多。比如秦观的《画堂春》："落红铺径水平池,弄晴小雨霏霏。杏园憔悴杜鹃啼,无奈春归！　　柳外画楼独上,凭栏独拈花枝。放花无语对斜晖,此恨谁知？"它并不一定是被"应歌"所"逼"出来的,也并不一定有什么政治寄托,而似乎只是一种"集体无意识"的产物。也就是说,正是某种共同的时代心理和审美趣味暗暗地驱使着这些词人,使他们"不约而同""习惯成自然"地写下了这些为女性"代言"其心声的作品。从作者的暗中受到驱使而言,他们是"半被动"的；而从他们津津有味地精心描摹与刻画妇人的心态而言,则他们又是"半主动"的。这类词篇加上前述两类"应歌"与"寄托"之作,就合而形成唐宋词中"男子而作闺音"的相当常见的文学现象。

以上,我们简要分析了"男子而作闺音"这一现象产生的原因。不过人们或许会问：前代诗歌中早就出现过类似的现象,词中的情况又与它们存在着哪些差异呢？——而探求这些差异,就必然会牵涉到上文开头所提到的第二个问题。

诚然,前代诗歌中早已出现过"男子而作闺音"的作品。但词的情况,却与它们存在着数量和质量方面的差异。

从"数量"而言,前代诗人的此类诗篇数量毕竟甚少,有些人只是偶一为之；而词中则几已形成一种共同的艺术嗜好与创作潮流。从"质量"而言,诗人之作主要是用作"比兴""寄托",并非真有兴致代女性描摹心态、诉说心声。比如,《离骚》中固然有"曰黄昏以为期兮,羌中道而改路""众女嫉余之蛾眉兮,谣诼谓余以善淫"的自比女性的句子,却在另外一些地方又"恢复"了男性的身份①。总之,无论是"男"是"女",都不过是借此以喻托自己的政治情怀。又如曹植《七哀》诗中的"君行逾十年,孤妾常独栖。君若清路尘,妾若浊水泥"②,一般也只认为是借喻他与曹丕政治地位的悬殊。而词的情况除开那类确有所"寄托"的作品外,则都是在"专心致志"地刻画妇人的心态、模拟妇人的口吻,因而它的"女性"特征就更加明显,艺术境界也更臻丰满细腻。比如,三国徐干的《室思》诗"自君之出矣,明镜暗不治"③还停留在直赋其情的水平上,而词之写女性恋情就青出于蓝而胜于蓝。例如,顾夐的《诉衷情》："永夜抛人何处去？绝来音。香阁掩,眉敛,月将沉,争忍不相寻？怨孤衾。换我心,为你心,始知相忆深！"又

① 屈原《离骚》有"吾令丰隆乘云兮,求宓妃之所在""望瑶台之偃蹇兮,见有娀之佚女"等句,洪兴祖补注《楚辞补注》,中华书局,1957 年,第 51—54 页。
② 曹植：《七哀》,萧统编《文选》卷二三,李善注,影印《文渊阁四库全书》第 1329 册,上海古籍出版社,1987 年,第 404 页。
③ 徐干：《室思》,徐陵编《玉台新咏》卷一,吴兆宜注,中国书店出版社,1986 年,第 21 页。

如周邦彦《少年游》的下片:"低声问:向谁行宿?城上已三更。马滑霜浓,不如休去,直是少人行!"前一首词中的那种"透骨情语",后一首词中的那种"软语叮咛",恐怕就是古诗所望尘莫及的。举此两例即知,词在"作闺音"方面确实是高水准的。或者也可说,词的"男子而作闺音",不仅在数量上有长足的进展,而且在质量方面也有所飞跃。这就启示人们:唐宋词中的"男子而作闺音",并非偶见或偶然的文学现象,在它的背后或深处,必定蕴藏着一定的历史契机。于是,我们就该顺藤摸瓜地进而探求其内在奥秘。

首先,我们可以认为词中的此种奇特现象,是由消极的思想原因和文学原因所促发的。《花间集序》说:"有唐已降,率土之滨,家家之香径春风,宁寻越艳,处处之红楼夜月,自锁嫦娥。"①这种歌舞声色之好,发展到晚唐五代及宋朝越发为盛。而"词"这种文体,又被视为"自南朝之宫体,扇北里之娼风"的"小技"②。这样,寻芳逐艳的享乐心理和视词体为"消遣""娱乐"之具的文体观念两相凑泊,就使词中出现了"男子而作闺音"的并不正常而带有"变态"性的举止。例如,历仕梁、唐、晋、汉、周五朝,官曾做到宰相的五代词人和凝,史载他"车服仆从,必加华楚,进退容止伟如也"③,十足是位正襟危坐的"伟丈夫"。可他在未贵时,却是一位风流放荡的艳词作者。其词有云:"迎得郎来入绣闱,语相思,连理枝。鬓乱钗垂,梳堕印山眉。娅姹含情娇不语,纤玉手,抚郎衣。"(《江城子》)这完全是一副歌妓迎客的情态。所以当他发达显贵后不免悔其少作,赶快派人将这些艳曲收集焚烧④,并将其《香奁集》嫁名为韩偓所作⑤。从这件事即可见出:自晚唐五代起,文人作者就把词体作为"小技"看待,尽可把它当作抒发猎艳之情的文学工具来利用;不然的话,我们为何能在温庭筠的诗中见到他那"欲将书剑学从军"⑥的壮志,而在词里却只能见到"相忆梦难成,背窗灯半明"(《菩萨蛮》)的柔情?故而,明明是李后主向小姨子(即后来的小周后)调情,他的《菩萨蛮》却写成了小周后向他"乞怜"("奴为出来难,教君恣意怜");明明是男主人有权玩弄女戏子和女丫鬟,后代由男性作者创作而由女性歌者演唱的许多唱词小调,却写成了女性向男性"求爱"(如《红楼梦》第28回描写的薛蟠听曲场面),

① 欧阳炯:《花间集序》,赵崇祚辑、李一氓校《花间集校》,人民文学出版社,1958年。
② 同①。
③ 薛居正,等:《旧五代史》卷一二七《和凝传》,中华书局,1976年,第1673页。
④ 事见孙光宪《北梦琐言》卷六,中华书局,1960年,第51页。
⑤ 事见沈括《梦溪笔谈》卷一六,《丛书集成初编》本,中华书局,1985年,第105页。
⑥ 温庭筠:《过陈琳墓》,《全唐诗》卷五七八,上海古籍出版社,1986年,第1480页。

词中的"男子而作闺音"从一定意义上说,确是有些"变态"意味的文学现象。它的背后,正隐藏着一股不很健康的思想意识(即向女性调情)和一种片面的文体观念(即视词体为消遣的工具)。

但是,事物总是一分为二的。在剔除了上述消极的思想因素与文体观念外,我们同时还应看到:在词人好作"闺音"的创作潮流之深处,毕竟又包含了某种程度的新观念、新信息。否则,它就无法成为文学史上一种"合理的存在",也不能因此而造就出许多受人赞赏的优秀词篇。因此,对于这一问题,我们尤应深加"挖掘",免使人们错将此类作品仅仅视为"淫词艳曲"或"游戏文字"而忽略其中的"合理"成分。

首先,我们应该看到,词中涌现很多"男子而作闺音"的作品,不管怎么说,总多少体现了社会(主要指男性作者群)对于妇女的注目与关心。中国封建社会中向来男尊女卑,因此,妇女的命运、妇女的痛苦、妇女的喜怒哀乐及其内心世界,在文学舞台上一直是个"被遗忘的角落"。除了为数很少的民歌和女性自己所写的作品之外,男性作者素来忽视占人口约半数的妇女。这种情况到唐代已有所改观。如不少"宫怨""闺怨"诗和元、白(元稹、白居易)的一些妇人诗,以及唐人传奇中《莺莺传》《李娃传》《霍小玉传》等以女性为主人公的名篇,就开始触及妇女的问题。这无疑是文学表现领域的一种开拓。而到了唐宋词中,很多士大夫作者不惜"彻底"放下架子,"设身处地""体贴入微"地去体味女性的内心世界,并且不怕丢失了自己的"身份"而为那些地位低微的歌妓侍妾"写心""立言",这种举动自可视为思想的进一步解放。所以尽管宋代由于理学势力的形成与强化,人们所受的思想束缚也有所加强,但另一方面,社会毕竟是在日益进化——特别是新兴的市民阶层的思想意识已影响到了文人作者,因而不少词人对女性也就抱有更多的同情与关心,甚至还与她们结下了深挚的友谊和恋情。比如长期混迹于下层社会的柳永,即交有很多知心的"女友"。在他生前,他们之间固然是两情缱绻,甚至在他死后,也是由她们集资安葬。这样的"生死之交"自然触发了柳永的深情。他在为她们"代言"的一首词中,就倾吐了深深的祝愿:"镇相随,莫抛躲,针线慵拈伴伊坐。和我,免使年少光阴虚过。"(《定风波》)这对歌妓而言,不啻是"爱情至上"的"宣言";而在柳永,也多少显露了他那富有"平等"意味的较新的"妇女观"和"恋爱观",而并不像一般官僚文人对侍妾所持的"垂爱"态度。这种新的思想信息后来在南宋谢希孟的一段戏言中更得到了越加大胆地表露。他在《鸳鸯楼记》中竟然离经叛道地直言"天地英灵之气,不钟于世之男子而钟于妇人"①,深令其身为道学家的老师陆九渊为之震惊! 故而,从一定意义上说,词人的"男子而作闺音",就不光是文学领域里的一大"新景观",它同时又反映出由于社会进化、"人性"抬头所带来的思想观念方面的微妙变化和某些新的信息。

　　其次,也是更为重要的,词中大量出现"男子而作闺音"的现象,又昭示了古代文学在审美心理方面的重要转变。众所周知,我国古代文学由于长期受到儒家理论的制约,一直强调"文以载道"和"诗以言志"的传统原则,因此经常表现出一副严肃正经的面孔。而其实,"人禀七情",在人的心灵深处原本蕴藏着相当丰富而复杂的情感和审美心理,其中就包括人们的"艳情"(即恋情)和"以艳为美"及"以柔为美"的审美心理。但是,由于孔孟学说与封建伦理向来"崇刚黜柔"和排斥人们正常的恋情意识——举例来说,孔子即感叹"吾未见刚者"②,孟子说:"我善养吾浩然之气""其为气也,至大至刚"③,就都是提倡"刚"而贬低"柔"的。又如,张敞在家中为妻子画眉,便遭到同僚的指责,可见恋情是"上不了台盘"的——所以尽管从《诗经》《楚辞》以来,文学创作中描写艳情、柔情与体现"艳美""柔美"心理的作品不绝如缕,但它们毕竟只能屈居"支流"地位。到了唐诗和唐传奇中,情况才有所转变。正如洪迈所言:"唐人小说,小小情事,凄婉欲绝,洵有神遇而不自知者"④,唐人传奇及唐诗中的那些爱情题材作品,就是以它们特有的"艳美"和"柔美"风格吸引与醉倒了无数读者的。但是,事情的真正改观,却还应该发生在唐宋婉约词中——借用刘熙载的一句评语,到了这时才真正出现了"儿女情多,风云气少"⑤且改由"艳美"和"柔美"支撑天下的新局面。张先词云:"云破月来花弄影",宋祁词云:"百花枝头春意闹",这两句名句就很可移用来形容婉约词的状况:"时来运转"。笼罩在文学领域上空的阴云——儒家理论的制约终于暂时地散开,而春意荡漾、春情融泄的季节也终于姗姗降临;此时,郁积于人们心头已久的无限柔情及"以艳为美"的审美心理,顿就倾泻而出,一时催开了无数绰约的"艳词"之花,形成了一片姹紫嫣红、莺啼燕语的美丽奇景! 所以,综观前代至此的文学历程,人们所怀有的艳情或柔情似乎从

---

① 徐钒:《词苑丛谈》卷七,唐圭璋校注,上海古籍出版社,1981 年,第 127 页。

② 《论语·公冶长》,朱熹《四书章句集注·论语集注》,商务印书馆,1935 年,第 30 页。

③ 《孟子·公孙丑上》,朱熹《四书章句集注·孟子集注》,商务印书馆,1935 年,第 36 页。

④ 见汪辟疆校录《唐人小说》序言引,上海古籍出版社,1978 年。

⑤ 刘熙载《艺概》卷四评五代小词之语,上海古籍出版社,1978 年,第 123 页。

未像婉约词人那样饱满丰厚，他们笔下所"释放"出来的"以艳为美"和"以柔为美"的审美心理的"能量"也从未像在婉约词里那样恣肆泛溢。北宋哲学家程颐本就感叹："今人都柔了，盖自祖宗以来，多尚宽仁……由此人皆柔软"①，而想不到这个"柔"字，再结合着"艳"字，更在婉约词中得到了集中和加倍的反映！试以柳永词为例，其中多的便是愁、怨、伤、悲与温、柔、软、纤之类的字面。人是"多愁多病"之人(《安公子》)，心是"温柔心性"之心(《红窗听》)。词人盼念的是"百态千娇，再三偎着"(《小镇西》)，词人所遗憾的又是"月不长圆，春色易为老"(《梁州令》)。一句话，他所着力表现的便是千种儿女风情和一片"厌厌似病"的柔弱心态。而照理来讲，如此狭隘的题材内容和如此侧艳软媚的风格，几乎近似于"病态"，然而当时却受到了人们的广泛欢迎，达到了凡有井水处皆能歌唱的地步。这足以证明，"以艳为美"和"以柔为美"的审美心理决非少数人所怀有，而是一种普遍弥漫于社会及词坛上的思想潮流。

正同物质产品领域一样，精神产品的"生产"也受到"消费"的支配与制约。从这个角度来看，柳永以及其他许多多婉约词人之所以大写"妇人语"，大写那些"男子而作闺音"的词篇，就正是投合了当时读者和听众的需要，也正是他们为实现"以艳为美"和"以柔为美"的审美理想而寻觅到的一种颇为得意和满意的创作手法。所以，如果说司空图《诗品》所概括的唐诗风格以"雄浑""劲健""豪放"等刚性风格占领先地位的话，那么婉约词的风格便几乎由"艳"与"婉"所独擅胜场了。人们常说"词为艳科"，词以"婉约为正宗"，这就明确表明：在唐宋婉约词人心中，已由"以艳为美"和"以柔为美"的审美心理占据着"主流"或"领袖"的地位。这与前代文人相比，简直可称是个划时代的转变。而自此以后，我国古代文学特别在比较保守与正统的诗文之外的戏曲小说领域里，就出现了"箫心"与"剑气"②、刚美与柔美互不偏废的新局面了。而其中，尤以表现爱情与柔美的作品，更加扣人心弦。如《红楼梦》第23回《西厢记》妙词通戏语，《牡丹亭》艳曲惊芳心"，就借林黛玉之口称赞这类既艳且柔的作品为："但觉词藻警人，余香满口"③。

① 见黎靖德编《朱子语类》卷一三三引，影印《文渊阁四库全书》第702册，上海古籍出版社，1987年，第691页。

② 此处借指阳刚之美与阴柔之美。龚自珍诗词常以"剑""箫"并举，如其《湘月》有"怨去吹箫，狂来说剑，两样销魂味"，见《龚自珍全集》第十一辑，上海人民出版社，1975年，第565页；《又忏心一首》有"来何汹涌须挥剑，去尚缠绵可付箫"，见《龚自珍全集》第九辑，上海人民出版社，1975年，第445页。

③ 曹雪芹、高鹗：《红楼梦》，中国艺术研究院红楼梦研究所校注，人民文学出版社，1990年，第197页。

这十足表现出后代读者对于"以艳为美"和"以柔为美"的作品之赞赏与膜拜。而在这里,我们就决不能忘掉婉约词人所作出的大胆而成功的努力——包括他们的"男子而作闺音"!

根据以上分析,我们可以认为:词中"男子而作闺音"的奇特现象并非偶然出现,它是一定的社会心理即生活理想与审美心理的艺术结晶。除开它所带有的消极或病态的那一方面之外,自还有它积极的、"新鲜"的另一方面。它所曲折表现出的对于妇女的理解与同情,它所拓展的新的文学表现领域(即把笔触伸向女性感情世界),特别是它所采用的为女性"代言"的"自白"式写法,对于宋元以后的戏曲小说,实际上产生过重大的影响。读着王实甫为崔莺莺所写的"长亭送别"曲辞,读着曹雪芹为林妹妹所写的《葬花》诗,我们就不能不对由唐宋婉约词大胆采用而后又在戏曲小说中得到广泛发扬的"男子而作闺音"所产生的美妙艺术效果赞叹不已!

"懒起画蛾眉"与"怕寻酒伴懒吟诗"
——谈唐宋词中的"以慵为美"

古典诗歌中,早就存在着描写"慵懒"之态的作品。如《诗经·卫风·伯兮》:"自伯之东,首如飞蓬。岂无膏沐?谁适为容!"①又如徐干《室思》:"自君之出矣,明镜暗不治。思君如流水,何有穷已时!"②就都描写女子因为丈夫或情人外出,慵懒得连头发都不想梳理、镜子也不想擦拭了。但这些描写都显得相当自然,尚无刻意为之的倾向。

大约到了中唐以后,不少描绘女性容貌神态的诗篇里开始出现了一种"慵懒病"。或许在某些诗人的眼中,"慵懒"已成了妇女最美、最动人的状态,所以他们便着意地刻画这种慵懒之态。如元稹在《莺莺传》中"代"崔莺莺所写的自言体小诗:"自从消瘦改容光,万转千回懒下床。不为旁人羞不起,为郎憔悴却羞郎。"③确是传神地写出了她的慵懒羞态。而白居易的《长恨歌》为了突出杨妃之美,也特意选取了两个最能显现其慵懒娇态的"镜头"加以细致描绘,一是出浴后的贵妃:"春寒赐浴华清池,温泉水滑洗凝脂。侍儿扶起娇无力,始是新承恩泽时。"二是午睡被惊醒时的太真仙子:"揽衣推枕起徘徊,珠箔银屏迤逦开。云鬓半偏新睡觉,花冠不整下堂来。"④而更使人感到惊异的是,诗人不仅在写女性的时候欣赏这种慵懒之美,即使在抒写自身的志趣时竟也以慵为乐、以慵为趣。如白居易就有《咏慵》诗自道其"慵趣":"有官慵不选,有田慵不农。屋穿慵不葺,衣裂慵不缝。有酒慵不酌,无异尊常空。有琴慵不弹,亦与无弦同。家人告饭尽,欲炊慵不舂。亲朋寄书至,欲读慵开封。尝闻嵇叔夜,一生在慵中。

① 《诗经·卫风·伯兮》,程俊英、蒋见元《诗经注析》,中华书局,1991 年,第 187 页。
② 徐干:《室思》,徐陵编《玉台新咏》卷一,吴兆宜注,中国书店出版社,1986 年,第 21 页。
③ 元稹:《莺莺传》,汪辟疆校录《唐人小说》,上海古籍出版社,1978 年,第 139 页。
④ 陈鸿《长恨歌传》则重点描写其浴后光景:"既出水,体弱力微,若不胜罗绮。光彩焕发,转动照人。"此传冠于白居易《长恨歌》诗前,见《白居易集》卷十二,顾学颉校点,中华书局,1979 年,第 235 - 239 页。

弹琴复锻铁,比我未为慵。"①他非但有官懒选、有田懒种、屋漏不葺、衣裂不缝,甚至到了有酒懒饮、有琴懒操和米尽懒得舂谷烧饭的地步!以上情况说明:在某些诗人的笔下,女性的娇慵和男性的懒散,已成了他们感兴趣的咏写题材。一种颇有些奇怪的"以慵为美"的审美风尚和生活志趣,已悄然升起。

到了唐宋词中,这种"以慵为美"的现象更为突出。为叙说的方便,先让我们来看对于女性娇慵神态的描摹和刻画。这里,首先该提到温庭筠的那首《菩萨蛮》:"小山重叠金明灭,鬓云欲度香腮雪。懒起画蛾眉,弄妆梳洗迟……"此词所勾勒的便是一位懒美人的形象:日光已经透过纱窗照射在金碧绘画的围屏上面,闪发出忽明忽暗的色彩,而这位脸颊腻白的美人却仍鬓发蓬乱地躺在绣榻之上——她实在慵懒得可以,竟连梳洗打扮都无心料理。温氏所塑造的这一慵懒情味的少妇,后来就成了唐宋婉约词中"思妇"形象的"范本"!请看许多五代词人所写的思妇面目与心态:"愁心似醉兼如病,欲语还慵"(《采桑子》),"倚楼情绪懒,惆怅春心无限"(《应天长》),"闲蹙黛眉慵不语"(《南乡子》),这些是冯延巳的描写;"云鬓乱,晚妆残,带恨眉儿远岫攒。斜托香腮春笋嫩,为谁和泪倚栏干"(《捣练子令》),"珮声悄,晚妆残,凭谁整翠鬟"(《阮郎归》),这些是李后主的描写;"绣衾香冷懒重薰","谢娥无力晓妆慵","慵整落钗金翡翠",这些又分别是韦庄、张泌、毛熙震等人的描写……而到了宋代,则此风继续盛行。如柳永的《定风波》就用铺叙的手法,详尽地描绘出一位歌妓因情郎远出不归而生的百无聊赖的慵懒神态:"自春来,惨绿愁红,芳心是事可可。日上花梢,莺穿柳带,犹压香衾卧。暖酥消,腻云弹,终日厌厌倦梳裹。无那!恨薄情一去,音书无个。"而李清照也用类似的笔触,描写了"髻子伤春懒更梳"(《浣溪沙》)的自我形象:"香冷金猊,被翻红浪,起来人未梳头。任宝奁闲掩,日上帘钩。生怕闲愁暗恨,多少事,欲说还休。今年瘦,非干病酒,不是悲秋。"甚至,连那位以"豪放"风格著称的苏轼,他的婉约词中出现的女性形象也离不开慵懒的神貌。如"乳燕飞华屋。悄无人,桐阴转午,晚凉新浴。手弄生绡白团扇,扇手一时似玉。渐困倚、孤眠清熟。帘外谁来推绣户?枉教人梦断瑶台曲。又却是,风敲竹。"(《贺新郎》)这里头的那位女性,就正处在一种似睡非睡、朦胧困顿的慵倦状态之中。由此可见,唐宋婉约词中大有一种"以慵为美"的风尚存在。词人们一写到思妇和美女,全都禁不住要写她们的"慵懒"。这似乎也是一种"集体无意识"的奇妙举动吧?

那么,在这种"以慵为美"的审美风尚背后,隐藏着怎样的审美心理呢?苟

① 白居易:《咏慵》,《白居易集》卷六,顾学颉校点,中华书局,1979 年,第 119 页。

刻些说,这是一种病态的审美心理,它与当时柔弱的"时代精神"大有关联。我们知道,在上古社会中,妇女除与男性一样,担负着劳动生产的重任,另还"额外"担负着生育后代的任务。因此《诗经》所歌颂的女性,便是那一类"硕人其颀"①的强壮健康的女性。而即使到了南北朝时期的北朝民歌《木兰诗》中,那位被赞颂的女主角也还是一位既能织布、又能代父从军的巾帼英雄。这就说明,正常的审美心理应该是"以健康为美""以强壮为美"。但随着封建制度和封建礼教的日趋强化,妇女的社会地位不断下降,到后来,在某些士大夫文人心目中,她们就变成了传宗接代的"工具"和可供享乐的"玩物"。如果说她们还有什么可供男性统治者"看重"的话,那主要就是她们的美色!所以除开那些"正史"之类的著述中还"一本正经"地赞扬过妇女的"四德"和为某些"淑女""烈妇"立传之外,在一般文人的诗词中出现的女性形象,就绝少不是美女和佳人。而且,这些女性又全都具有如下的特性:第一,当然是美貌,因为不美就不足以供男性欣赏;第二,她们必然"多情",也就是必须"忠"于男性,哪怕这个男子是个薄情郎;第三,因着上面两点,她们又都身处华美的环境(这映衬了她们的美貌)却又怀有哀怨的心态(这又用以表现她们因男子不在身边而生的相思之情)。基于这样一些创作要求,后代的诗(词)人,自然极乐于描摹女性的慵懒之态了。这是因为,"慵懒"既能表现女性的娇态、羞态和柔婉之态(这是男性文人认为最美的状态),又能表现出她们对于男子的缠绵深情(因为"慵懒"说到底是一种失意心态的外现。就诗词中的这些女性而言,都是因相思或失恋所致)。晚唐以来,特别是宋代,由于国力的不振和崇文抑武政策的实施,再加上经济、文化、思想等方面的原因,"时代精神"已从盛唐那种高昂恢宏的势头明显退落为比较怯弱柔软②,所以他们就更加喜欢女性的"纤"和"弱"——中国女子的缠足始自五代与宋,就很能说明问题。既然他们在现实生活中欣赏那类"弱不禁风"、"三寸金莲"的女性,那么他们在诗词中津津有味地摹写女性那哀怨慵懒的神态,也就同出一理了。故而,婉约词中"以慵为美"的审美风尚背后,实际上隐藏着对于"病态美"的欣赏审美心理;而这种审美心理之本身,也是带有几分病态的。

不过,与此同时,我们还应指出:此种"以慵为美"的审美风尚,对于形成婉

① 《诗经·卫风·硕人》,程俊英、蒋见元《诗经注析》,中华书局,1991 年,第 163 页。

② 程颐就感叹过:"今人都柔了,盖自祖宗以来,多尚宽仁……由此人皆软",见黎清德编《朱子语类》卷一三三引,影印《文渊阁四库全书》第 702 册,上海古籍出版社,1987 年,第 691 页。陈亮也批评过南宋人的"脆弱"之习,见其《上孝宗皇帝书》,《陈亮集》(增订本),邓广铭点校,中华书局,1987 年,第 7 页。

约词的特种风貌却又具有相当重要的作用。原因不难明白："词境"通常由"情"与"景"所融合而成,而在"慵懒"心态之人看来,自然界的种种景物也就无不带有了"慵懒"的色调与意味①。缘此,描写女性慵懒神态的词篇,其写景也必然选择那类迷离恍惚的柔弱景物,这就十分有助于婉约词风之形成。试举秦观的《浣溪沙·漠漠轻寒上小楼》为例。这是一篇婉约词的名作,王国维就赞之为"有境界"的佳构。它就通过那慵倦无聊的闺妇的"眼睛",写出了她之所见所感:"漠漠轻寒上小楼,晓阴无赖似穷秋,淡烟流水画屏幽。   自在飞花轻似梦,无边丝雨细如愁,宝帘闲挂小银钩。"从她上楼痴望和"闲挂小银钩"的动作来看,就含蓄地暗示出她的慵懒困倦与无所事事;而又因着她的"慵懒"心态,她所感知的景物,如无边丝雨、自在飞花、淡烟流水、晓阴轻寒等,就无不呈现出与之相"对应"的那种迷蒙幽悠的感情色彩;"一切景语皆情语也"②,这些迷离飘忽的景物则更又反过来映衬了女主人公怅恍抑郁之情。故而慵懒的心态再加上慵懒意味的景色,便共同造就了婉约柔美的词境和词风。我们试再读一首张泌的《浣溪沙》:"翡翠屏开绣幄红,谢娥无力晓妆慵,锦帷鸳被宿香浓。   微雨小庭春寂寞,燕飞莺语隔帘栊,杏花凝恨倚东风。"上片先写"谢娥"身处华丽的环境而心情慵懒寂寞,下片再写她在这种精神状态中所感知的幽约凄婉之景,两者便"合成"了全词委婉蕴藉的绮怨风貌。所以"以慵为美"的审美风尚,对于婉约词篇形成它那"香而弱""绮而怨"的特种艺术风貌,确是有所"贡献"的。

现在,再让我们来看男性的"慵懒",亦即"懒散"。如果说,婉约词中对于女性慵懒神态的描摹主要体现了某种审美观的话,那么另一类抒写文士志趣的词中所描写的士大夫文人的"懒散"之态,则主要反映了特定的生活态度。奇怪的是,后一类词篇又大多出自那些本来怀有高远志向和宏大抱负的人,这就更加值得引起我们的深思。正如前面提到的白居易,他年轻时何等激进奋发、思欲有为,后来却"慵"得连酒都不想喝、饭都懒得烧,宋代的苏轼、陆游、辛弃疾等志士豪杰,竟也同样患上了这种"慵懒病"!苏轼即有词云:"昨夜霜风,先入梧桐。浑无处,回避衰容。问公何事?不语书空。但一回醉,一回病,一回慵。   朝来庭下,光阴如箭,似无言,有意伤侬。都将万事,付与千钟。任酒花白,眼花乱,烛花红。"(《行香子》)所幸的是,他在懒劲发作的时候,酒却还是要喝的;不过从他"不语"和"书空"的举动来看,其"慵懒"的背后就又暗藏着某些难言的意味。

① 这正如杜甫《小寒食舟中作》所说"老年花似雾中看"。杜甫著,仇兆鳌注:《杜诗详注》卷二三,中华书局,1979 年,第 2062 页。

② 王国维:《人间词话删稿》,唐圭璋编《词话丛编》,中华书局,1986 年,第 4257 页。

联系他"有书仍懒著,《水调》歌'归去'"(《菩萨蛮》)、"自笑浮名情薄,似与世人疏略。一片懒心双懒脚,好教闲处着"(《谒金门》)等词来看,他的这些懒散之态分明就反映了他在遭到政治打击之后消沉的生活态度。陆游则有词曰:"看尽巴山看蜀山,子规江上过春残。惯眠古驿常安枕,熟听《阳关》不惨颜。慵服气,懒烧丹,不妨青鬓戏人间。秘传一字神仙诀,说与君知只是'顽'。"(《鹧鸪天》)这里,他更向人们传授了一个"人生秘诀":欲求心平气和、长生不老,只要掌握一个"顽"字,也就是对于一切风波挫折尽可用"痴顽"的态度来对付。所以他可以放枕安卧,连道家炼丹养气的修身术都懒得去做了。这种懒散之态后面,除开其消沉的思想意绪之外,却还有它与恶劣环境作顽强抗争的精神在内。到了辛弃疾词中,苏、陆词中的这两种懒散神貌就都有所再现。一方面,这位被长期闲置乡村的英雄自感髀肉复生、筋力衰惫,故而流露出一付慵懒的神态;但另一方面,他在这种老骥被迫伏枥的困境中,却又深怀着遗憾和悲愁,因而外表的懒散并不能掩盖其内心的愤懑。前者如:"有甚闲愁可皱眉,老怀无绪自伤悲。百年旋逐花阴转,万事长看鬓发知。 溪上枕,竹间棋,怕寻酒伴懒吟诗。十分筋力夸强健,只比年时病起时。"(《鹧鸪天》)词人自叹:虽然筋骨还算强健,但也只比去年病起时稍好一些,因此懒散得连他平生最喜欢的两件事——饮酒和吟诗——都丢开手了。而类似于此的词句还有"一自酒情诗兴懒"(《临江仙》),"天也只教吾懒"(《永遇乐》)等。后者则如:"枕簟溪堂冷欲秋,断云依水晚来收。红莲相倚浑如醉,白鸟无言定自愁。 书咄咄,且休休,一丘一壑也风流。不知筋力衰多少,但觉新来懒上楼。"(《鹧鸪天》)此词是他病起之后所作,所以筋衰力疲得竟至懒于登楼;但从他所写的莲"醉"、鸟"愁"以及"书咄咄,且休休,一丘一壑也风流"来看,则其"懒态"之中实又寓藏着失意和悲愤的政治感慨,真所谓"英雄感怆,有在常情之外"①。故而可以这样认为:在苏、陆、辛等志士豪杰的词中所写的懒散之态,实际上反映了他们复杂的人生态度和颇有些"扭曲"的生活志趣。他们本是愿意入世的人,但现实环境却逼着他们出世;他们本欲积极奋发,做一番大事业,但不断的挫折和打击,又终于使他们只能采取"慵懒"的生活态度来与之作消极的抗争和求得精神上的暂时"放松"。这一种"以慵为美""以慵为乐"的生活志趣,相对于他们在另一些时候所表现出来的严肃、认真的人生态度和社会责任感而言,当然也带有一定程度的"畸形"或"病态";但若深一层地发掘,则里面毕竟还包含若干"曲线反抗"的思想成分,所以

---

① 刘辰翁:《辛稼轩词序》,辛弃疾著、邓广铭笺注《稼轩词编年笺注》,上海古籍出版社,1978年,第565页。

不宜被其表面的现象所"迷惑"。

当然,正如开头所言,中国古代诗歌中早就出现过描写女性"慵懒"之态的作品,而汉代赵合德(赵飞燕之妹)也首创过"慵来妆"(卷发作新髻,施以朱色),但真正着意去刻画妇人的"慵懒美"和抒发文人的"慵趣"者,则大约在中唐以后的诗词中才蔚然成风。这种风尚不仅对于当时的诗词创作起过重要的作用,而且对于后代的文学艺术也产生过不小的影响。别的不论,单以明清两代的"仕女画"来说,其中有很大数量是绘摹女性的慵懒之态的——或是秋千荡罢后的困倦,或是午梦醒后的痴迷,或是新浴出水的乏力,或是手倦抛扇的怅惘……总之,"以慵为美"的风尚简直成了宋代以后一种相当普遍和相当流行的审美风尚。若从其总体加以审视,则此种风尚在一定程度上显示出封建社会转入后期以来士大夫文人那种不甚健康的审美心理。它得以广为盛行,恐与整个社会心理与时代精神的不振和低落存在着密切的关系。而其间的转折契机,就首先在唐宋词中得以表露——这就是我们从唐宋词中"以慵为美"的文学现象中得到的"危险信号"。

自古词人多寂寞

——谈唐宋词中的孤独心态

明眼人一看即知,本文的题目是从李白诗"古来圣贤皆寂寞"(《将进酒》)中变化出来的。唐宋词人自然称不上是"圣贤",但他们同样普遍怀有寂寞孤独的心态,这是一个显而易见的事实。所以,我们就采用这个题目来考察唐宋词中所表现的孤寂心态及其艺术感染力。

晚清著名的词论家况周颐在剖析"词心"和论述作词的构思过程时,有过一段体察很深的话。他说:"吾听风雨,吾览江山,常觉风雨江山外有万不得已者在。此万不得已者,即词心也。而能以吾言写吾心,即吾词也。"①又说:"吾苍茫独立于寂寞无人之区,忽有匪夷所思之一念,自沉冥杳霭中来。吾于是乎有词。"②一方面,这些话主要是指作词时必须有虚静的环境,以利于默思冥想,亦即陆机《文赋》所说的"馨澄心以凝思"③和刘勰《文心雕龙》所说的"寂然凝虑,思接千载"④之意;但另一方面,却又何尝不是形象化地展示了他在写词时所怀有的寂寞心态?而事实上,唐宋词中那些优秀的名篇,就基本上都离不开描摹"孤独"的心态。对此,我们可以分类予以简述。

在恋情题材的词里,最为动人的作品自然要数描写"相思"和"失恋"之作。既然"失恋",那就必然伴有孤独感;而既然正在"相思",那主人公分明又孤栖独宿。所以,大凡那些"哀感顽艳"的恋情词,就都描写失恋人的孤单心情及其"失落感",并以此来打动读者的心。比如下面这些词句:"梳洗罢,独倚望江楼。过尽千帆皆不是,斜晖脉脉水悠悠,肠断白蘋洲!"(温庭筠《梦江南》)"独上小楼春欲暮,愁望玉关芳草路。消息断,不逢人,却扫细眉归绣户。 坐看落花空

---

① 况周颐:《蕙风词话》卷一,唐圭璋编《词话丛编》,中华书局,1986 年,第 4411 页。

② 同①,第 4412 页。

③ 陆机:《文赋》,萧统选《文选》卷一七,李善注,影印《文渊阁四库全书》第 1329 册,上海古籍出版社,1987 年,第 290 页。

④ 刘勰:《文心雕龙·神思》,《文心雕龙校证》卷六,王利器校笺,上海古籍出版社,1980 年,第 187 页。

叹息,罗袂湿斑红泪滴。千山万水不曾行,魂梦欲教何处觅?"(韦庄《木兰花》)"梦后楼台高锁,酒醒帘幕低垂。去年春恨却来时。落花人独立,微雨燕双飞……"(晏几道《临江仙》)这些词里,最触人眼帘和撩人愁思的,便都是一个"独"字。

在描写漂泊他乡的羁旅行役词里,词人的心境自然也是落寞孤独的。他们或因仕途不利、被迫贬谪,或因生计所迫、四方流荡,其个人身世遭遇虽然有别,但那种浮萍飘蓬的孤独感却又是相通的。例如秦观的《踏莎行·郴州旅舍》:"雾失楼台,月迷津渡,桃源望断无寻处。可堪孤馆闭春寒,杜鹃声里斜阳暮。驿寄梅花,鱼传尺素,砌成此恨无重数。郴江幸自绕春山,为谁流向潇湘去?"又如柳永的《诉衷情近》:"……残阳里,脉脉朱栏静倚。黯然情绪,未饮先如醉。愁无际。暮云过了,秋光老尽,故人千里,竟日空凝睇。"就都倾诉了他们身处异乡、举目无亲的黯然心情,充满着痛楚不堪的孤独之感。

而在南宋爱国志士们抒写其抗战有"过"、报国无门之情的词里,词人的巨大苦闷更是通过其孤独的"自我形象"显现出来。张元幹寄赠同遭贬谪的爱国大臣李纲的《贺新郎》中这样写道:"曳杖危楼去。斗垂天、沧波万顷,月流烟渚。扫尽浮云风不定,未放扁舟夜渡。宿雁落、寒芦深处。怅望关河空吊影,正人间鼻息鸣鼍鼓。谁伴我,醉中舞?"在这人间鼻息如雷的深夜,只有词人在"众人皆醉吾独醒"地为国事日非而倚楼叹息、愤慨独舞,其不被人理解的孤独和遭受打击的愤懑尽溢于言表。而民族英雄岳飞在北伐受阻、心情压抑时,也写下了这样一首哀叹世无"知音"的《小重山》词:"昨夜寒蛩不住鸣。惊回千里梦,已三更。起来独自绕阶行。人悄悄,帘外月胧明。 白首为功名。旧山松竹老,阻归程。欲将心事付瑶琴。知音少,弦断有谁听?"他们之苦闷,正源于当权派对爱国者的排挤而导致的内心孤独。

而即使在抒写隐逸之思的山水词里,词人的形象和心态也往往是以"孤独"的面貌出现的。比如张志和那首著名的《渔歌子》:"西塞山前白鹭飞,桃花流水鳜鱼肥。青箬笠,绿蓑衣,斜风细雨不须归。"尽管它的基调并不悲伤,然而词人那披蓑戴笠的形象却仍是孤单的,而其自得其乐的乐趣也只是属于他个人的,非众人所能体会与分享。又如朱敦儒的《好事近》:"摇首出红尘,醒醉更无时节。活计绿蓑青笠,惯披霜冲雪。 晚来风定钓丝闲,上下是新月。千里水天一色,看孤鸿明灭。"词中也大有一种独来独往、独享世间之清风明月的雅趣在内。

总括以上四类词篇的情况可知,唐宋词的"人物画廊"中悬挂的肖像大多是"独倚望江楼"的思妇、"断鸿声里,立尽斜阳"的游子、"万里想龙沙,泣孤臣吴越"的失意志士,以及"一竿风月,一蓑烟雨,家在钓台西住"的隐士……一句话,多是那类"孤独者"的形象。而产生这种好写孤独形象、好写孤独之感的原因，我们大致可从以下两方面来分析：

一是外部环境方面的原因。比如恋情词中的孤独心态，明显来源于失恋或离别等外界原因：或因情郎负心，或因恋人离别，惹起了满腔的孤单之感。又如羁旅行役词中的孤独心态，也显然是因词人离开了故乡热土和亲朋好友而独处异乡客地所感发。特别是爱国志士的那种孤独和苦闷之感，则更是由于外部环境对作者的压迫，或者是作者的理想愿望与现实环境发生碰撞而产生的。

二是作者的主观原因。这方面的原因比较复杂，可以分成几类来说：

首先，有些词人生性孤傲，或性格内向，所以他们的词中就多的是落落寡合之气度。比如晏几道，就是这样的一位词人。他身为晏殊的儿子，却长期沉沦下僚。旁人劝他和先父的门生们（已做了高官）拉拉关系，却都被他一口拒绝；甚至连大名鼎鼎的苏东坡来看他，也终未得见。这样高傲的个性，再加上他的境遇很不得意，就使他的词里颇多孤独之感。其作客他乡时写的《阮郎归》词有曰："兰佩紫，菊簪黄，殷勤理旧狂。欲将沉醉换悲凉，清歌莫断肠。"前人评其"理旧狂"之"狂"字，实乃"一肚皮不合时宜"①的牢骚与不平。怀着这种与世不合的情怀，他就只有把自己的心交托给小鸿、小萍之类的歌妓，而把她们认作"知己"。所以他连连写下了许多追忆往日情事的恋词，其中流露着"落花人独立，微雨燕双飞"（《临江仙》）、"落花犹在，香屏空掩，人面知何处"（《御街行》）之类的惆怅和孤独意念。

其次，有些词人更具有着今之所谓"超人"意识。这种"超人"意识，我们早在唐代陈子昂的《登幽州台歌》中就已领略："前不见古人，后不见来者。念天地之悠悠，独怆然而涕下！"诗人俯仰今古，眺望天宇，唯觉世无知己，不禁悲从中来、怆然涕下。说穿了，这便是一种"超人"式的苦闷。而宋词中也有这种"超人"型的"孤独者"形象，不过其思想基调又并不尽同于陈子昂。如张孝祥的《念奴娇·过洞庭》："洞庭青草，近中秋、更无一点风色。玉鉴琼田三万顷，着我扁舟一叶。素月分辉，明河共影，表里俱澄澈。悠然心会，妙处难与君说。　　应念岭表经年，孤光自照，肝胆皆冰雪。短发萧骚襟袖冷，稳泛沧浪空阔。尽挹西江，细斟北斗，万象为宾客。扣舷独啸，不知今夕何夕！"词人本因遭谗落职，但他途经中秋前夕的三万顷洞庭湖时，胸中的"超人"意识顿被湖光月影所"诱发"，于是写下了这首蜚声词坛的名篇。其"悠然心会，妙处难与君说"，是何等的自负；而其"尽挹西江，细斟北斗，万象为宾客"，又是何等的不凡！而总观全

---

① 况周颐：《蕙风词话》卷二，唐圭璋编《词话丛编》，中华书局，1986 年，第 4426 页。

词,作者那孤独却又崇高的人格力量和主体精神尽显。类似于此的还有如辛弃疾的《贺新郎》:"甚矣吾衰矣! 怅平生、交游零落,只今余几? 白发空垂三千丈,一笑人间万事,问何物能令公喜? 我见青山多妩媚,料青山见我应如是。情与貌,略相似。　　一尊搔首东窗里,想渊明、停云诗就,此时风味。江左沉酣求名者,岂识浊醪妙理? 回首叫、云飞风起。不恨古人吾不见,恨古人不见吾狂耳! 知吾者,二三子。"此时词人已经落职多年,被迫闲置,故而深叹旧交零落、知我者少;孤独得快要"闷死"的他,就只能与青山对视、与古人对语了。而其内心深处,却自隐藏着那种睥睨人世的"超人"意识,并迸发为"不恨古人吾不见,恨古人不见吾狂耳"的"惊世狂语"。

再次,就某些具有隐逸出世思想的词人而言,他们往往又因"看穿"人世和厌倦尘俗,形成了一种自我满足和自命清高的"高情雅趣"。从这种人生态度和生活情趣出发,其词就大都把自我形象描写成"遗世独立"的"高人雅士"。比如前已举过的朱敦儒的《好事近》,以及他下面这首《念奴娇》:"放船纵棹,趁吴江风露,平分秋色。帆卷垂虹波面冷,初落萧萧枫叶。万顷琉璃,一轮金鉴,与我成三客。碧空寥廓,瑞星银汉争白。　　深夜悄悄鱼龙,灵旗收暮霭,天光相接。莹澈乾坤,全放出、叠玉层冰宫阙。洗尽凡心,相忘尘世,梦想都销歇。胸中云海,浩然犹浸明月。"整个"画面"上,除开湖水和月亮以外,就只有一位几乎快要"羽化而登仙"的人物出现;在他的身后,全无半点尘俗的喧嚣。综上数点可知,很多词人似乎天生就具有"孤独"的气质和个性;一旦他们与外部环境产生不协调和矛盾时,他们的那种孤独感就更加油然而生、沛然而发。这样,我们便在唐宋词中普遍地见到了"寂寞"的词境和"孤独"的"词心"。

"寂寞"和"孤独",本是一种孤立无援、可怜可悯的精神状态。可是,它们在唐宋词被人接受的过程之中,却产生了意想不到的"力量"。这又是怎么一回事呢? 易卜生的名著《人民公敌》的主人公斯多克芒有过一句发人深省的话:"世界上最有力量的人是最孤独的人。"①撇开它在剧中的原意不论,这个"孤独者最有力"的命题却很适用于文学创作和文学欣赏活动。就唐宋词而言,描写"孤独"和"寂寞"的作品之所以具有艺术感染力,大致须备两个条件:第一,这种孤独寂寞的心情本身须有一定的思想价值;第二,词在表现这种心情时又必须表现得相当"成功"和出色。

先看其第一点,一般来讲,词人们怀有孤独寂寞的心态,它本身就表现了一

① 易卜生:《人民公敌》,《易卜生戏剧四种》,潘家洵,等译,人民文学出版社,1978年,第394页。

种异乎常人的意味。这是因为,彻底的厌世者心态已近麻木,而普通的芸芸众生和醉生梦死者们也几乎感受不到孤独;唯独具有敏感心理气质的人及那些有所渴求却得不到满足的人,才会产生孤独感。但是,同是孤独,有的"孤独"却只会让人消沉,有的"孤独"却反而会催人感奋。例如晚唐诗人贾岛的诗,就"孤独"得让人消沉,让人感到可怖①。而唐宋词中的那些优秀之作,它们所写的"孤独",或因爱情悲剧而生,或因政治和个人身世的原因而生,或因作者的个性和心理气质使然,它们都从反面展示了词人美好的理想与独立不群的人格,展示了他们身处"寒夜"(即不合理环境)之寂寞和黑暗中所闪发的思想光焰,所以具有积极的精神力量和感情价值。读着"今年元夜时,月与灯依旧。不见去年人,泪满春衫袖"(欧阳修《生查子》),我们会被这位失恋青年所怀的那份深浓的挚情所深深打动;读着"落日楼头,断鸿声里,江南游子。把吴钩看了,栏干拍遍,无人会,登临意"(辛弃疾《水龙吟》),我们又不禁会为这位爱国者的壮志未酬感到扼腕痛惜,这些就是"孤独者最有力"的很好证明。

再说第二点,表现"孤独"与"寂寞",必须表现得出色成功。在这方面,唐宋词人们几乎个个都是高手。比如陆游的《卜算子》:"驿外断桥边,寂寞开无主。已是黄昏独自愁,更着风和雨⋯⋯"通过环境和气氛的渲染与烘衬,就写尽了这株梅花的寂寞和孤苦,寄托了作者备受冷遇和打击的愁闷心情。又如温庭筠的《更漏子》:"柳丝长,春雨细,花外漏声迢递。惊塞雁,起城乌,画屏金鹧鸪。

香雾薄,透帘幕,惆怅谢家池阁。红烛背,绣帘垂,梦长君不知。"它把那思妇的孤栖心情和相思意绪,描摹得多么婉转细腻,简直给人以"美"的享受。

故而唐宋优秀词作之描写孤独心态,一则本身具有一定的思想价值,二则又有很高的艺术价值,由此就产生了很强的感染力。而词人一旦成功地完成了这些作品,那他们自身的孤独心理既得到排遣与宣泄,同时更使自己赢得了广大的读者和久远的名声。"千秋万岁名,寂寞身后事。"②词人在写词之时虽不免孤独与寂寞,但在身后的千百年中却拥有了无数的知音和共鸣者,这恐怕也是"孤独者最有力"的又一证明。

---

① 闻一多说,贾岛爱静、爱瘦、爱冷,爱深夜过于黄昏,爱冬胜过秋,甚至爱丑、爱贫、爱恐怖,其诗笼罩着铅灰色的、世纪末的阴沉、荒凉、寂寞、空虚的色彩。见闻一多:《唐诗杂论》,古籍出版社,1956年,第37-43页。

② 杜甫:《梦李白二首》其二,杜甫著、仇兆鳌注《杜诗详注》卷七,中华书局,1979年,第558页。

吹皱一池春水，干卿何事

——谈唐宋词中"水"的意象群

诗词作品都以塑造意境为其主要艺术旨归。而要塑造出一定的意境，作者就需精心择用一定的意象作其"建材"。由此看来，在诗词的创作中，如何采择和如何使用一定的意象，这是关系到体现作者意图和形成特定的意境的一个重要环节。

唐宋词坛上流传过一则趣话。据马令《南唐书》卷二一记载，李璟有词云："小楼吹彻玉笙寒"，冯延巳有词云："风乍起，吹皱一池春水"，都是当时有名的句子。有一次，李璟曾对冯延巳戏言："'吹皱一池春水'，干卿何事？"冯延巳俏皮地奉迎他道"未如陛下'小楼吹彻玉笙寒'"，引得李璟十分高兴①。撇开他们相互开玩笑的原意不管，我们倒可以从中引出一个有趣的论题：冯延巳以及其他的唐宋词人，为何对自然界中似不"干卿"的这个"水"显得那样的"关心"和"钟情"？

上述说法确有其充分的根据。我们翻开唐宋词的史册，就随处可以见到"水"和以"水"为中心的密集的意象群。这团"水"的意象群体，大致可以分为以下几类：一是天上的"水"，即雨。二是地上的"水"，即江河湖海及波浪。三是水上的交通工具及建筑物，如船、帆、桥、岸、驿亭、渡口等。四是水上及水边植物，如荷、莲、菡萏、水蓼、江花、浮萍、藕菱、杨柳、蒹葭等。五是水中的动物，如鸳鸯、白鹭、海鸥、游鱼等。这些有关"水"的意象，密集地出现在词中，真使人感到词中充满了湿淋淋的"水意"。唐朝诗人许浑，因他诗中多用"水"字，曾被人称为"许浑千首'湿'"②；若照此说法，那么唐宋词被称为"万首皆'不干'"，亦不为过矣。就拿出身于北方的词人白居易、刘禹锡和温庭筠来看，照理他们的词中该多写"山"才是（这是北国地貌的特征），可是事实却偏不如此：白氏最有名的

---

① 马令：《南唐书》卷二一，影印《文渊阁四库全书》第464册，上海古籍出版社，1987年，第344页。

② 《桐江诗话》，郭绍虞辑《宋诗话辑佚》卷上，中华书局，1980年，第343页。

《忆江南》词,就以"日出江花红胜火,春来江水绿如蓝"的水景吸引读者;刘氏的《竹枝》词(如"山桃红花满上头,蜀江春水拍山流。花红易衰似郎意,水流无限似侬愁""杨柳青青江水平,闻郎江上唱歌声。东边日出西边雨,道是无晴却有晴")也多以"水"为其背景或比兴对象;而温氏的词中据初步统计就频繁出现了如下有关"水"的词语:春水、小河、池塘、细雨、水风、细浪、南浦、越溪、水纹、寒潮、江畔、湖上、小船、江楼、驿桥、绿萍、兰棹、莲舟、杨柳丝、梧桐雨……至于那些在南方土壤上长大的词人们,他们就更加离不开用"水"的意象群来构建那烟水迷离的词境了!这些现象启示我们:"水"对于词人来说,非但不是"干卿何事"的无缘之物,相反,却是极其"有缘""有情"的东西。我们试看李璟的"小楼吹彻玉笙寒"前边,不同样有着"细雨梦回鸡塞远"的有关于"水"的景致吗?所以,唐宋词的词境,十之八九都离不开"水"和以"水"为中心的意象群,这是相当明显的事实。

那么,为什么会出现此种"词"与"水"结下"不解之缘"的现象呢?这里从两个方面进行探讨:

第一,词中频繁出现"水"的意象群,说明了词的地域色彩是偏于"南方型"的。由于地域环境不同以及在此基础上所形成的政治、经济、文化等方面的差异,中国古代文学向来就存在着"南"与"北"的不同风格面貌①。而唐宋词(主要指婉约词),若从总体而言,就可划到"南方文学"的阵营里去②。这可从以下几方面的情况中看出:首先,从文学的继承性来看,唐宋婉约词主要继承着楚辞、南朝民歌和南朝文人诗等前代"南方文学"的传统,其题材偏多于描写男女恋情,其风格偏向于婉转柔美。其次,唐宋婉约词的"产地"大多在南方。如晚唐五代词坛以成都和金陵为中心;南宋词坛以杭州为中心;即使是建都开封的北宋,除去汴京以外,其词的创作与流播也离不开苏、杭等南方城市。它的作者也以南方人为多,如五代"花间"与南唐词人以蜀人和江南人氏为主;两宋词人中则南方人占82.6%。南方文学势力的活跃势必给词坛带来相当浓厚的南方色彩。再次,宋朝与金国长期对峙,后来又被元朝所取代,若和金元文学(如金词元曲)相比较,则宋词(婉约词)更明显属于南方型的文学。明白了词的这种"南方文学"的地域色彩和风格特色之后,我们对于它的好用"水"的意象群来"组

① 刘师培当年写过一篇《南北文学不同论》来专门论述这个问题,原文载于《国粹学报》1905年第9期。后收录于霍松林主编:《中国近代文论名篇评注》,贵州人民出版社,1986年,第350-369页。

② 可参阅杨海明:《试论宋词所带有的"南方文学"特色》,《学术月刊》,1984年第1期。

合"词境的做法，就一点也不会感到奇怪了。这是因为，南国多"水"，水是南方地貌的主要特点，因而词人之选用"水"的意象群可谓就地取材、俯拾即是。

这里试举几组不同题材的词为例。

写恋情的词如："梳洗罢，独倚望江楼。过尽千帆皆不是，斜晖脉脉水悠悠，肠断白蘋洲！"（温庭筠《梦江南》）"候馆梅残，溪桥柳细，草薰风暖摇征辔。离愁渐远渐无穷，迢迢不断如春水。"（欧阳修《踏莎行》上片）"西城杨柳弄春柔，动离忧，泪难收。犹记多情曾为系归舟。碧野朱桥当日事，人不见，水空流。"（秦观《江城子》上片）其中的"水"的意象群，就为描绘那难言的相思之情提供了缠绵悱恻的柔婉情致。

写隐逸之情的词如："西塞山前白鹭飞，桃花流水鳜鱼肥。青箬笠，绿蓑衣，斜风细雨不须归。"（张志和《渔歌子》）"荻花秋，潇湘夜，橘洲佳景如屏画。碧烟中，明月夜，小艇垂纶初罢。　水为乡，篷作舍，鱼羹稻饭常餐也。酒盈杯，书满架，名利不将心挂。"（李珣《渔歌子》）"放船纵棹，趁吴江风露，平分秋色。帆卷垂虹波面冷，初落萧萧枫叶。万顷琉璃，一轮金鉴，与我成三客。碧空寥廓，瑞星银汉争白。"（朱敦儒《念奴娇》上片）水边垂钓，江湖泛舟，本是"隐士"们的乐事。上述词中所写的水景，便成了描写隐逸生活的优美背景。

写乡土风情的词如："乘彩舫，过莲塘，棹歌惊起睡鸳鸯。游女带香偎伴笑，争窈窕，竞折团荷遮晚照。"（李珣《南乡子》）"画舸停桡，槿花篱外竹横桥。水上游人沙上女，回顾，笑指芭蕉林里住。"（欧阳炯《南乡子》）"大儿锄豆溪东，中儿正织鸡笼。最喜小儿无赖，溪头卧剥莲蓬。"（辛弃疾《清平乐》下片）南方本就多的是水塘溪沼，所以词人写及乡土风情自然便须臾都离不开有关"水"的景物。

写羁旅行役的词如："渔灯明远渚，兰棹今宵何处？罗袂从风轻举，愁杀采莲女。"（毛文锡《应天长》上片）"望处雨收云断，凭阑悄悄，目送秋光。晚景萧疏，堪动宋玉悲凉。水风轻，蘋花渐老；月露冷，梧叶飘黄。遣情伤，故人何在？烟水茫茫。"（柳永《玉蝴蝶》上片）"一片春愁待酒浇，江上舟摇，楼上帘招。秋娘渡与泰娘桥。风又飘飘，雨又萧萧。"（蒋捷《一剪梅》上片）由于古人远行往往乘船，又因那"烟水茫茫"的水景极能衬托离情的怅恍迷惘，故而词人便特喜描写"杨柳岸、晓风残月"（柳永《雨霖铃》）和"愁一箭风快，半篙波暖，回头迢递便数驿，望人在天北"（周邦彦《兰陵王》）之类的水边送别情状。

而即使是写那类或沉雄飞动，或悲愤抑塞，或惨痛哀迫之情的词，也都常用"水"的意象来为其抒情服务。如苏轼的名句"大江东去，浪淘尽、千古风流人物"（《念奴娇》），辛弃疾的名句"郁孤台下清江水，中间多少行人泪"（《菩萨蛮》),李煜的名句"问君能有几多愁,恰似一江春水向东流"(《虞美人》)及"流水落花春去也,天上人间"(《浪淘沙》)等,如若不依仗这股"水"的冲击力,就会顿使其词情失去了强烈的力度。

综观以上各类词作,可以明显见出:唐宋词特别是婉约词中广泛地存在着以水景作为背景、作为"融情入景"之物象的现象。这并非"兴之所至"的偶然现象,它与词的"南方文学"特性有着十分密切的关系。

第二,词中频繁出现"水"的意象群,又与词人化"柔性"的心理有关。换句话说,为表现柔性的心理,词人便偏于选择有关"水"的意象群来组景。对此,我们可从意境的组成元素说起。所谓意境,指的是文艺作品中所描绘的客观图境和所表现的思想感情融合一致而形成的艺术境界,它由意和境相互融合而成;而在诗词中,则主要由情与景两者巧合无垠地构成。按照古代文论的说法,文学作品的意境和美感大致可以分为"阳刚"与"阴柔"两大类型,"其得于阳与刚之美者,则其文如霆,如电,如长风之出谷,如崇山峻崖","其得于阴与柔之美者,则其文如升初日,如清风,如云,如霞,如烟,如幽林曲涧,如沦,如漾,如珠玉之辉"①。这里,就存在着一个由情来选择景,同时又用景来映现情的主客观交互作用的过程,而其中又以"因情择景"的主观选择性居于首要和主导地位。这也就是说,怀着不同心境的作者,往往挑选那些与其情感色彩相一致的景物来组景,以使其抽象的内心世界得以物化和外化。而婉约词所表现的,通常便是那种柔性的心态。"柔情似水","天下柔弱莫过于水"②,于是,"水"和"水"的意象群就"当仁不让"地变成了婉约词人所最喜欢和特擅描绘的景物了。对于这点,我们可以从以下两方面得到证明:

首先,我们可将"水"和"山"来做一比较。山和水本是自然界和诗人笔下常见之物。可是我们发现,古典诗词中似有这样一种总体的倾向:大凡写到"山"的诗歌,往往多表现那种北国型的、刚性的美感;而大凡写到"水"的诗歌,则往往多表现那种南国型的、柔性的美感。如将描写"敕勒川,阴山下,天似穹庐,笼盖四野"的《敕勒歌》和描写"采莲南塘秋,莲花过人头"的《西洲曲》相比较,再将唐诗中的《轮台歌》和《春江花月夜》相比较,就明显可以印证上述倾向(每组中的前者风格刚劲,得力于"山";后者风格柔婉,得力于"水")。当然,这种倾向又仅是从总体而言的,因为诗词中也有"柔化"了的山和"刚化"了的水;但那挺

① 姚鼐:《复鲁絜非书》,《惜抱轩全集》,中国书店出版社,1991 年,第 71 页。
②《老子》七十八章,朱谦之校释《老子校释》,《新编诸子集成》本,中华书局,1984 年,第 301 页。

拔、奇峭的"山"的形象中凝集着"风云之气"和"英雄之志",那柔婉、委曲的"水"中映现着"风月之意"和"儿女之情"的现象,却又是文学史上确凿存在着的普遍情形。基于这种传统或习惯,婉约词人自然就大量采撷"水"的意象群作为组成其柔婉意境的"基本元素"了(同时就"淡化"甚至"柔化"了"山")。因此,"水"简直就成了婉约词境的"灵光"所在。我们试想,若是贺铸的《青玉案》中抽去了"梅子黄时雨",柳永的《八声甘州》中抽去了"对潇潇暮雨洒江天",李清照的《一剪梅》中抽去了"花自飘零水自流",那么它们的艺术风采还能显得那样的光彩照人吗?故而,如果说得夸张一些,婉约词人的柔性心态能否得到形象生动的表现,以及其表现的深刻和完美与否,就十分有赖于对于"水"的意象群的恰当描绘。其次,我们又可注意到,词人写"水"时一般都是虚写、泛写而不是实写或具体地写——当然,后一种写法也并非没有,如欧阳修《采桑子》实写的是颖州西湖①,柳永《满江红》实写的是浙江富春江②,秦观《踏莎行》实写的是湖南郴江,如此等等,但显现在多数婉约词中的"水"和"水"的意象群却大都只是泛写,如欧阳修《玉楼春》中的"渐行渐远渐无书,水阔鱼沉何处问",柳永《甘草子》中的"雨过月华生,冷彻鸳鸯浦",秦观《画堂春》中的"落红铺径水平池,弄晴小雨霏霏"等,均是并无实指的一般性描写。这种非实指的描绘水景现象,也启示我们:"水"在词人笔下,不过是映衬他们柔性心理的道具而并非他们意欲咏写的"目的"。词人们放出各自的本领,把有关"水"的意象群翻来覆去地描绘和组合(并结合其他的意象),终于淋漓尽致地写足了他们千姿百态的柔情婉思。其中如"正是玉人肠断处,一渠春水赤栏桥"(温庭筠《杨柳枝》),"流水,流水,中有伤心双泪"(冯延巳《三台令》),"人面不知何处,绿波依旧东流"(晏殊《清平乐》),"想佳人妆楼颙望,误几回天际识归舟"(柳永《八声甘州》),"斜阳外,寒鸦万点,流水绕孤村"(秦观《满庭芳》),"人如风后入江云,情似雨余粘地絮"(周邦彦《玉楼春》),"只恐双溪舴艋舟,载不动许多愁"(李清照《武陵春》),"肥水东流无尽期,当初不合种相思"(姜夔《鹧鸪天》),"垂柳不萦裙带住,漫长是、系行舟"(吴文英《唐多令》)等,就都是凭借"水"的意象群而把柔情"写活"的名句。所以,这种因作者抒情(抒写其柔性心态)的需要而有意识地选取水景的做法,可以看作词人"主观能动性"的表现,而前面所讲的由于词的"南方文学"特性和南国多水的地域特色使词中出现大量水景的情况,则又可视为

---

① 欧阳修有《采桑子》词10首,专写颖州西湖的风光。
② 柳永《满江红》词中写道:"桐江好,烟漠漠,波似染,山如削。"的是富春江上游的风光。

客观反映。这两者结合起来，就共同造就了词中"水"的意象群纷至沓来、辐辏密集的奇观。而因着词境的多水，也就更加增添了词情的婉约情致。古人曾把人的眼睛比作"秋水"，而《西厢记》写张生的失魂落魄也全因崔莺莺的"临去秋波那一转"，这些便都有力地说明了"水"的魅力。所以难怪唐宋婉约词人要那样钟情于"水"，那样"求助"于"水"！

当然，事物总是一分为二的。在这个选择意象的问题上，除开上面所讲的，还应该补充另外两个现象：第一，婉约词中除以"水"的意象群来表现柔情外，也运用过"山"的意象群。不过，派作这种用途的"山"，大都是"青山隐隐水迢迢，秋尽江南草未凋"①的江南之山，或者也可称为经过"柔化"和"改造"过的山——它们早已失却了挺拔峻峭的气概而变得"妩媚化"了（辛弃疾《贺新郎》就说过："我见青山多妩媚"）。试读："水是眼波横，山是眉峰聚。欲问行人去那边？眉眼盈盈处"（王观《卜算子》），"平芜尽处是春山，行人更在春山外"（欧阳修《踏莎行》），"绿满山川闻杜宇，便做无情，莫也愁人苦"（朱淑真《蝶恋花》），这些词中写到的"山"，不就带有了几分女性的柔质和丽姿吗？所以，归根到底，还是作者的"主观能动性"在创作活动中占着主导和支配的地位——无论是婉约词人好写水景还是他们使"山"发生"柔变"，便都说明了这个问题。第二，某些豪放或沉雄风格的词篇，也曾运用过"水"的意象群。比如苏轼就描绘过"乱石崩云，惊涛裂岸，卷起千堆雪"（《念奴娇》）的长江奇观，张孝祥也描绘过"玉鉴琼田三万顷"（《念奴娇》）的洞庭湖景，而张元幹更用"犹有壮心在，付与百川流"（《水调歌头》）的句子来表现其愤慨之情。这里的"水"，就是经过"刚化"过的，这是因为"水"虽是天下最柔之物，可它发起威来，却又变成了可怕的"洪水猛兽"。故而，"水"在不同作者的手里，就像魔术师手里的魔杖那样，是可以做出各种花样、派作多种用场的；当然，究其主要的用途则又是以表现柔情为主的。

---

① 杜牧：《寄扬州韩绰判官》，《全唐诗》卷五二三，上海古籍出版社，1986年，第1327页。

柔性美的象征物
——谈唐宋词中的"杨柳"

在我国广袤的原野上,杨树和柳树随处可见。因此,它们很早就进入诗歌,成为诗中所常见的意象。如《诗》中即有"阪有桑,隰有杨"①和"昔我往矣,杨柳依依;今我来思,雨雪霏霏"②的句子。到了汉代及六朝,更出现了专以杨柳起兴的《折杨柳》曲辞,其内容多言军中辛苦及战争斩获之事。较为人知的诗篇如:"上马不捉鞭,反折杨柳枝。蹀座吹长笛,愁杀行客儿"③,"健儿须快马,快马须健儿。跕跋黄尘下,然后别雄雌"④,等等,它们的风格并不专致于"柔婉"一路。

但渐渐地,"杨柳"在后代的诗人笔下却发生了"柔变"。其原因大致有三:

一是古人向有"折柳送别"的习俗,因此杨柳就成了"送别"的象征,而离愁别绪在一般文人那里则通常属于儿女柔情的范围。二是杨柳(古代诗歌里,"杨"与"柳"往往通用或并称,偏多于指垂柳)本身具有既"美"又"柔"的特征,很易使人联想到女性的眉眼与细腰,因此也常被诗人用来比拟美女以及状写她们那婉转摇曳的柔情。三是杨柳虽遍布全国各地,然又更多地生长在南方的水乡泽国——白居易《苏州柳》诗即是明证。它说:"金谷园(在洛阳)中黄袅娜,曲江亭(在长安)畔碧婆娑。老来处处游行遍,不及苏州柳最多。"⑤又其《杨柳枝》曰:"苏州杨柳任君夸,更有钱塘胜馆娃。若解多情寻小小,绿杨深处是苏家。"⑥这都可证明在很多诗人眼中,杨柳便是江南地域的"特产"——因此"杨柳"这一意象自然更被诗人们选作描摹柔美的南方景色之"背景"或"构件"。比如:杜牧《江南春》绝句有"千里莺啼绿映红,水村山郭酒旗风。南朝四百八十

---

① 《诗经·秦风·车邻》,程俊英、蒋见元《诗经注析》,中华书局,1991 年,第 336 页。
② 《诗经·小雅·采薇》,程俊英、蒋见元《诗经注析》,中华书局,1991 年,第 468 页。
③ 郭茂倩:《乐府诗集》,中华书局,1979 年,第 369 页。
④ 同③,第 370 页。
⑤ 白居易:《苏州柳》,《白居易集》卷二四,顾学颉校点,中华书局,1979 年,第 543 页。
⑥ 白居易:《杨柳枝词八首》其五,《白居易集》卷三一,顾学颉校点,中华书局,1979 年,第 715 页。

寺,多少楼台烟雨中"①,其中的"绿"色,就决计离不开青青的柳色。故而在那类富有"南方文学"特色的柔美型诗歌中,杨柳便成了大不可缺的意象之一。由于以上诸种原因,我们发现:原先在古诗中作为一般景物描写的"杨柳",到了唐诗中就逐渐演变成专以咏写柔性情感的"专业化"意象;而在主体风格偏属"南方文学"的唐宋婉约词中,则更成了这个柔情舞台上经常登台表演的重要角色。

归纳"杨柳"在婉约词中担任的"角色"和发挥的作用,大致有如下数端:

首先,它是抒写离愁别绪的必不可少的"背景"或"道具"。大凡写到离情,就很少离开过"杨柳"这一既"无情"又"多情"的"见证人"——说它"无情",是因为"箫声咽,秦娥梦断秦楼月。秦楼月,年年柳色,霸陵伤别"(李白《忆秦娥》),不管楼上的秦娥何等梦断魂销、触景伤情,那曾经送走行人的霸桥柳枝却只管无情地年年返青,惹得"忽见陌头杨柳色"(王昌龄《闺怨》)的少妇年复一年地睹柳思人;说它"有情",则又是因为"杨柳丝丝弄轻柔,烟缕织成愁",它那饱含愁情的神态引得闺中人"而今往事难重省,归梦绕秦楼"(无名氏《眼儿媚》),竟连梦中都不能安宁。所以,"杨柳"就成了最能激惹离愁别绪的"触媒",多少词人就以它为题目或背景来抒写他们"柳下送别"的柔情。在这方面最有名的作品如周邦彦的《兰陵玉·柳》:"柳阴直,烟里丝丝弄碧。隋堤上,曾见几番,拂水飘绵送行色?登临望故国。谁识,京华倦客?长亭路,年去岁来,应折柔条过千尺……"正是在这堤柳拂水、烟柳弄碧的背景下,词人为我们展示了一幅"客中送客"的凄惘图景。而柳永也曾利用"杨柳岸"和"晓风残月"铸成了"今宵酒醒何处?杨柳岸、晓风残月"(《雨霖铃》)的千古"伤别"名句。这些便都说明了"杨柳"乃是词人手中的"宝葫芦",一将它祭起,就能"释放"出无穷无尽的离愁别绪。

其次,"杨柳"又是描写恋情的"法宝"之一。既然要写恋情,就势必写到女性——女性的容貌和她们的心态。此时,"杨柳"的意象便变得分外活跃,并又在恋情词中充当着各种"角色"。有时候,它们变成了美人的眉毛或细腰,如温庭筠《更漏子》:"相见稀,相忆久,眉浅淡烟如柳";如晏几道《生查子》:"轻匀两脸花,淡扫双眉柳";如顾敻《荷叶杯》:"花发柳垂条,花如双脸柳如腰";如欧阳修《阮郎归》:"玉肌花脸柳腰肢"。有时候它们又变成了思妇的愁肠或娇眼,如白居易《杨柳枝》:"人言柳叶似愁眉,更有愁肠似柳丝";如苏轼《水龙吟·杨花》:"萦损柔肠,困酣娇眼。欲开还闭"。更有些时候它们干脆就成了女性整体形象的化身,如敦煌词中的那位可怜歌妓,就自喻"我是曲江临池柳,这人折

① 杜牧:《江南春》,《全唐诗》卷五二二,上海古籍出版社,1986 年,第 1323 页。

去那人攀,恩爱一时间"(《望江南》);而《柳氏传》中记载的韩翃与其姬妾柳氏赠答的《章台柳》与《杨柳枝》:"章台柳,章台柳! 昔日青青今在否? 纵使长条似旧垂,亦应攀折他人手""杨柳枝,芳菲节,所恨年年赠离别。一叶随风忽报秋,纵使君来岂堪折!"①也都以"杨柳"来比喻柳氏。这种或以部分或以整体作比拟的写法,就使"杨柳"与美女之间建立起密切的联系,从而使得恋情词中所出现的女性增添了"弱不禁风""袅娜婷婷"的纤弱型美感,这就是"杨柳"在这些词中所发挥的第一方面的作用。而更为深远的作用则在于"杨柳"的摇曳多姿、烟水迷濛的形象,又为状写女性那深悠细长、缠绵怨悱的恋情提供了十分有效的衬托。试以温庭筠词为例:他写有10余首《菩萨蛮》词,专门描摹思妇的闺怨和相思,其中就有七首写到杨柳,如"江上柳如烟,雁飞残月天""玉楼明月长相忆,柳丝袅娜春无力""画楼相望久,栏外垂丝柳""牡丹花谢莺声歇,绿杨满院中庭月""杨柳又如丝,驿桥烟雨时"等,便都宛如一幅幅凄恻迷离的"杨柳图"。而在它们的衬托之下,人们便不难想见那些观柳美人的忧伤眼神,并进而深入其恺恻怨悱的内心世界。再如他的名篇《更漏子》,一上来就以"柳丝长,春雨细,花外漏声迢递"来烘衬氛围,最后才让读者进入"红烛背,绣帘垂,梦长君不知"的心理境界,这就收到了景与情相互渗透、相互交融的极佳效果。故而正如宋人把恋情称为"花情柳思"那样,"杨柳"这一既美且柔的景物,对于抒发那浓艳如花、深细如柳的男女恋情,就是一种用得十分顺手的"象征品"和"衬托物"。

再次,"杨柳"还有它神妙的"副产品",那就是濛濛飞扬的杨花柳絮。这个"似花还似非花"(苏轼《水龙吟·杨花》)、介于"花""柳"之间的意象,在唐宋婉约词中所发挥的妙用可谓大矣。举凡伤春惜时之感、惆怅失意之态,便都可以借助于杨花柳絮的神态得以淋漓尽致地表达。如借以描摹闺怨情绪的句子有:"南圆满地堆轻絮,愁闻一霎清明雨"(温庭筠《菩萨蛮》),"梦见秣陵惆怅事,桃花柳絮满江城"(皇甫松《梦江南》),"玉郎还是不还家,教人魂梦逐杨花"(顾敻《虞美人》),"去年相送,余杭门外,飞雪似杨花;今年春尽,杨花似雪,犹不见还家"(苏轼《少年游》)。如借以抒发"韶华易逝"之忧伤的句子有:"韶华不为少年留。恨悠悠,几时休? 飞絮落花时候一登楼"(秦观《江城子》),"楼外垂杨千万缕,欲系青春,少住春还去"(朱淑真《蝶恋花》),"卷絮风头寒欲尽,坠粉飘香,日日红成阵"(赵令畤《蝶恋花》)。如借以描写那复杂难言、莫可名状的"闲愁"的句子有:"撩乱春愁如柳絮,悠悠梦里无寻处"(冯

---

① 许尧佐:《柳氏传》,汪辟疆校录《唐人小说》上卷,上海古籍出版社,1978年,第52页。

延巳《鹊踏枝》），"小径红稀，芳郊绿遍，高台树色阴阴见。春风不解禁杨花，濛濛乱扑行人面"（晏殊《踏莎行》），"若问闲愁都几许？一川烟草，满城风絮，梅子黄时雨"（贺铸《青玉案》）……这样的例子真是举不胜举！缘此，我们不由得想到了张炎的名句："只有一枝梧叶，不知多少秋声。"（《清平乐》）只凭一株梧桐树，敏感的词人就不知感受到了多少烦恼人心的"秋声"；而同样，只凭一个"柳絮"的意象，聪明的词人也就将它作弄出不知多少"花样"，以此来状写他们各式各样的愁绪和柔情。其中的道理，正如张先的词中所说："伤高怀远几时穷？无物似情浓。离愁正引千丝乱，更东陌飞絮濛濛"（《一丛花令》），这个"飞絮"的形体特征恰与那愁绪细若游丝，乱如飞花，密得"扑面"，浓得"无穷"的心理特征十分吻合。所以，难怪东坡要说："细看来，不是杨花，点点是、离人泪"（《水龙吟》），在"杨柳"的这个"副产品"中，所凝聚的柔情怨绪恐怕比其"母体"本身还要浓郁几倍！

最后，我们又可注意到：上面所讲种种都有一个共同的特色，那就是不管用来描写离情还是恋情以及其他方面的柔性情感，"杨柳"或"杨花柳絮"又大致是以一种南方化的景物来为词境"布景设色"的。这就为婉约词提供了相当浓郁的南国地域色彩。那写于江南水乡的词篇自不必多说，因其中描写的"杨柳"本是"当地土产"，故而眼到笔到，拈来即是；而即使写作于北方的词篇，其中所描写的"杨柳"，有一些当然也是"实写"，但另有相当部分却是"虚写"的——也就是说，作者在构思词境时，思来想去后总觉得非用"杨柳"的意象不足以表现他们如柳丝一样的柔情，所以尽管眼前并无依依垂柳而只有挺拔的白杨树，可他们却偏要"引进"那鹅黄嫩绿的"江南"风物①。因此，在这些作于北方环境里的词中，"杨柳"照样也带有着江南垂柳的姿质和柔性。比如刘禹锡作于洛阳的《忆江南》："春去也！多谢洛城人。弱柳从风疑举袂，丛兰裛露似沾巾，独笑亦含颦。"看那弱不禁风的柳枝似在举袂向春天惜别，此种"可怜"复可爱的情状，难道不使我们联想到西湖白堤的垂柳在作迎风拂水的"舞蹈"吗？举此一例可知，"杨柳"之所以频繁地出现在婉约词中，许多词人之所以特别爱写"杨柳"，很大程度上是出于一种创作构思的需要——为欲表现那"似水柔情"（秦观《鹊桥仙》："柔情似水"），词人自然乐意采撷那与"水"近邻、又与"水"一样柔软的"杨柳"（成语"水性杨花"就说明了二者具有共同的柔性）作为构筑词境的常用意象了。

总结上文，我们可以得出这样一个认识："杨柳"在唐宋词中十足是一种柔

---

① 姜夔《淡黄柳》词有"春尽鹅黄嫩绿，都是江南旧相识"，即可说明此种心理。

性美的象征物;以表现"柔情"为"中心",它充分发挥着自己"多功能"的作用。借用司空图《诗品》里的描述:"采采流水,蓬蓬远春。窈窕深谷,时见美人。碧桃满树,风日水滨,柳荫路曲,流莺比邻"①,在唐宋词中十分"茂密"的"杨柳"意象背后,人们往往就能追踪到一群如花似柳的"美人",并能嗅到那股浓郁的"花情柳思"。

---

① 司空图:《诗品》,郭绍虞集解《诗品集解》,人民文学出版社,1963年,第7页。

人生难忘少年事

——谈唐宋词中对"少年"的咏叹

"夜深忽梦少年事,梦啼妆泪红阑干",这是白居易《琵琶行》中的名句。这两句诗,曾经激动过许许多多的后代读者,也肯定启发过不少唐宋词人,使他们打开了追忆"少年事"和缅怀"少年心"的感情闸门。

人生最美妙的年华无过于少年,这是很多人所公认的。但其实,此话只对了一半。这是因为,少年人童心未泯、无忧无虑,且又拥有充裕的时间"资本"和未来的广阔前途,从这个意义上讲,确是成年人所艳羡不已和自叹不如的。但从少年人自身来说,"少年"不过是他所必须经历和正在经历的人生阶段而已,其本身并无另外的特殊意义;何况,少年时的天真烂漫、无忧无虑,也正是他们不懂事和幼稚的一种表现,根本谈不上是什么"优点"或"幸福"。所以,赞扬"少年"的人大都是成年人和老年人,而真正的少年人却往往又在企盼早日成人。这就说明了对于"少年"的礼赞实际上只具有参照、对比的意义。具体来说,成年人和老年人之所以常会"夜深忽梦少年事"和感怀"少年心"的失落,一是他们怀旧、"寻根"情绪的流露,二是他们"今昔对比""嗟老叹贫"的一种心理对比行为。古人早就说过:"人生不如意,十事常八九。"涉世已深的人在经受过人生旅途中的种种风波挫折后,自然会"回过头"来反顾自己的少年时代。这时他就会觉得少年时代既无成年人的艰辛,又不像成人社会那样险恶,简直就像一块无瑕的白玉和一片纯洁的乐土。这种因反差而生的美化过去的现象,就有点像封建社会的人每当慨叹"世风日下"时便会缅怀和礼赞三皇五帝、尧舜禹汤时代的"淳朴"那样,实际都是带有错觉的。

但是,尽管如此,我们却又发现:上述那种心理虽其本身经不起推敲和易被"拆穿",然它在文学创作活动中却又具有重要的意义:一方面,因着这种"人生难忘少年事"的心理或"情结",便促使很多作者写下了许多咏叹少年情、事的作品;另一方面,由于人们对于"少年"的美化,就越加反衬出现实环境的不尽如人意,其作品遂增添了令人怅恍无穷或感叹不已的艺术效果。所以正像白居易诗所描写的那样,追忆"少年"的作品常会引发人们的眼泪,具有很强的感染力和悲剧色彩。

词是特宜于抒情的文体,而词人又往往是极多情的人。因而,我们在唐宋词中就常能读到追忆"少年事"和缅怀"少年心"的作品。朱彊村编的《宋词三百首》就似乎有意识地收录了有关乎此的三首名篇:

> 柳暗花明春事深,小阑红芍药,已抽簪。雨余风软碎鸣禽,迟迟日,犹带一分阴。 往事莫沉吟,身闲时序好,且登临。旧游无处不堪寻,无寻处,唯有少年心。(章良能《小重山》)

> 芦叶满汀州,寒沙带浅流。二十年、重过南楼。柳下系船犹未稳,能几日、又中秋? 黄鹤断矶头,故人今在否?旧江山、浑是新愁。欲买桂花同载酒,终不似、少年游!(刘过《唐多令》)

> 画楼帘幕卷新晴,掩银屏,晓寒轻。坠粉飘香,日日唤愁生。暗数十年湖上路,能几度,着娉婷? 年华空自感飘零,拥春醒,对谁醒?天阔云闲,无处觅箫声。载酒买花年少事,浑不似,旧心情。(卢祖皋《江城子》)

这三首词,就大致代表了词人所追忆与缅怀的三种类型的少年情事。对此,可作进一步的分析演绎。

先看卢祖皋的《江城子》。它所追忆的"载酒买花年少事",显然与恋情有关。词中写他愁绪满怀、终日醉酒,心中却总忘不了那位吹箫的姑娘;然又自感年华空逝、身世飘零,所以再无少年时代载酒买花、倚红偎翠的风流心情(附带补充一句:唐宋词人笔下的"少年"时间跨度较大,泛指青少年阶段)。这种意绪,也就是姜夔所说的"少年情事老来悲"(《鹧鸪天》)的悲绪。

像这类追忆青少年时代恋情旧事的词篇,在唐宋词中十分多见。如韦庄晚年寓蜀时所作的《菩萨蛮》:"如今却忆江南乐,当时年少春衫薄。骑马倚斜桥,满楼红袖招。 翠屏金屈曲,醉入花丛宿。此度见花枝,白头誓不归。"又如秦观中年时所作的怀旧之作《江城子》:"西城杨柳弄春愁,动离忧,泪难收。犹记多情曾为系归舟。碧野朱桥当日事,人不见,水空流。 韶华不为少年留。恨悠悠,几时休?飞絮落花时候一登楼。便做春江都是泪,流不尽,许多愁。"词里点明"少年"时的"碧野朱桥当日事"和那位已经"不见"的恋人。他们所追怀的,便都是青少年时代的恋情故事。

我们知道,唐宋时代的士大夫阶层存在蓄养家妓和狎妓冶游的风气,所以不少文人在其青少年时代乃至成年以后都曾有过风流韵事。这种"艳遇"和情事反映在词里,就使"少年"或"年少"二字和恋情之间建立起了密切的联系。如柳永词:"更阑烛影花阴下,少年人,往往奇遇"(《迎新春》),如晏几道词:"金鞭美少年,去跃青骢马。牵系玉楼人,绣被春寒夜"(《生查子》),如欧阳修词:"桥上少年桥下水,小棹归时,不语牵红袂"(《蝶恋花》),其中的"少年"便全都与恋情有关。此外,在唐宋词的词牌中,还专门有着《少年游》和《忆少年》两个曲牌,也多用于描写恋情,如周邦彦的《少年游·感旧》便是一首十分香艳旖旎的恋情词。缘此,当词人在后来回忆起"少年"时代的时候所首先想到的,就往往是那忘不了的旧日情事。而由于已经失去的通常便是最美好的,所以当他们旧事重忆时提笔写词,其笔端就显得十分沉重,其心情也倍觉怅惘。试再重读卢祖皋《江城子》的下片:"年华空自感飘零,拥春醒,对谁醒? 天阔云闲,无处觅箫声。载酒买花年少事,浑不似,旧心情。"我们岂不从中感受到一种低回往复的难言隐痛?

再来读刘过的《唐多令》词。它所抒写的情感便超出了上述的恋情范围,而有了更加深广的内涵。简言之,它属于一种"烈士暮年"的志士之悲。据其词文可知,这是他第二次登南楼①时所作。20年前,也即南楼落成不久,刘过怀着以身报国的志向离家赴考,曾在此度过一段豪纵浪漫的生活。但岁月匆逝,人生易老,当他20年后重登此楼时,却仍是一个布衣寒士。其个人生涯既是"四举无成,十年不调"(《沁园春》)的穷困潦倒,而更伤心的又是南宋国势的不振,那残山剩水的国土上笼罩着新危机的阴云,即词中所说的"旧江山浑是新愁"。故而当他登临此楼时,那种忧国哀时和自伤身世之感便借着"怀旧"的方式倾诉出来。词末所云:"欲买桂花同载酒,终不似、少年游!"表面只是怅叹昔年的豪情逸兴无法再觅,实际上却蕴藏着他对时局、命运的无限忧虑和悲慨。对此,我们再读他另一首感怀"少年"时代的《贺新郎》,就可理解得更深一些。词云:"男儿事业无凭据。记当年,击筑悲歌,酒酣箕踞。腰下光芒三尺剑,时解挑灯夜语。"这是何等神采飞扬、豪放不羁! 但现今却老大无成:"万里西风吹客鬓,把菱花、自笑人憔悴。留不住,少年去!"这又是何等萧瑟哀颓、悲不自禁!

像这种以"少年"来反衬现实环境的不得意及功业无成的悲愤心情之作,唐宋词中并不少见。不过就其格调看,又大致可以分为"低调"(悲哀为主)和"高调"(慷慨为主)两类。前者如黄庭坚晚年贬放宜州时所作的《虞美人》,其词尾道:"平生个里愿杯深,去国十年老尽少年心",写出了一个天涯待罪的老人无复青年时代的浪漫情怀而只有满腔贬谪之悲的忧愤。后一类词篇则大多出于一些个性刚强的作者之手。最有代表性的可举贺铸的《六州歌头》为例。此词起首

---

① 南楼故址在今武昌黄鹄山,又名安远楼。

便是"少年侠气"四个极有气势的字,底下就用如椽大笔一气追写了作者青少年时代与京都豪杰一起"使气任侠"的豪举:"肝胆洞,毛发耸。立谈中,死生同。一诺千金重。推翘勇,矜豪纵。轻盖拥,联飞鞚,斗城东。轰饮酒垆,春色浮寒瓮,吸海垂虹。闲呼鹰嗾犬,白羽摘雕弓,狡穴俄空。"像这样的侠骨英豪形象,我们在整个唐宋词坛上都是久违的。真所谓"自古英雄出少年""雄姿壮采,不可一世"①。但转手之间,词人便用"乐匆匆""似黄粱梦"两语将前面的侠少生活全盘否定,引出了下文沉沦下僚、怀才不遇的满腹牢骚。"恨登山临水,手寄七弦桐,目送飞鸿",词尾所留给读者的便是一股"慷慨有余哀"的怅恨。读毕全词,我们不能不被其抑塞郁愤之气所激动,同时也深为其将"少年侠气"与今日"官冗重""落尘笼"之失意境况作尖锐对比的力度所折服。

不过,像贺铸这种"少时侠气盖一座,驰马走狗,饮酒如长鲸"②的"奇少年"豪举,在柔弱成风的北宋文人中毕竟少见。但这种情况到南渡之后就有所改变。此时,出现了一位更具传奇色彩的英雄人物辛弃疾。他在年轻时率众起义,曾以50骑人马直闯敌营,生擒叛徒张安国,但后来却久受排挤、不得重用,因就写下了许多感怀"少年"之作。如其《水调歌头》上阕有云:"忆昔鸣髇血污,风雨佛狸愁。季子正年少,匹马黑貂裘",追写了当年虎虎有生气的自我形象;而下阕则写:"今老矣,搔白首,过扬州。倦游欲去江上,手种橘千头",在那嗟老叹卑的神态中,寓藏着时不我待、志不得申的愤懑。今昔对比,令人慨然。所以,我们越是读到他歌颂"少年"的词句,如《阮郎归》中以"挥羽扇,整纶巾,少年鞍马尘"颂扬诸葛亮,《南乡子》中以"年少万兜鍪,坐断东南战未休"颂扬孙仲谋,就越是感到被闲置在农村的这位老英雄的"烈士暮年,壮心不已"的悲愤。而他还有一首《丑奴儿》词,更通过"少年"与"而今"的比照,巧妙含蓄地说尽了后半生的凄凉感受:

　　　少年不识愁滋味,爱上层楼。爱上层楼,为赋新词强说愁。　　而今识尽愁滋味,欲说还休。欲说还休,却道"天凉好个秋"。

少年时代,明明是涉世未深、未解"愁"字,却因赋词作诗而"为文造愁";中年以后,又明明是愁绪百结、尝遍愁味,却只能以"天凉好个秋"来一语带过。下阕虽故作轻脱之语,明眼人一看就明白其中的感情分量有多沉重! 所以对于辛弃疾、

---

① 夏敬观《手批东山词》评语,转引自钟振振校注《东山词》,上海古籍出版社,1989 年,第 427 页。

② 程俱:《贺方回诗集序》,贺铸《东山词》,钟振振校注,上海古籍出版社,1989 年,第 423 页。

刘过等爱国志士来讲,他们所回忆的"少年事"和缅怀的"少年心",实际上就代表着自己逝去的大好年华和无法实现的报国理想。岳飞早就感叹道:"莫等闲、白了少年头,空悲切"(《满江红》)。殊不料这种"壮志未酬身先老"(甚至是"身先死")的厄运却几乎降临到每一个南宋爱国者的头上。这真是整个时代的一个莫大悲剧。

最后,再让我们来读章良能的《小重山》。这首词所咏写的"旧游无处不堪寻,无寻处,唯有少年心",拿今天的话来讲,就是一种浓重的人生失落感。从广义上讲,也就是一种惜时意识的流露。人生短促,青春易逝,所以古人向有"寸阴可惜"的思想。而特别是人生中的青少年阶段,如前所说,又是最为美妙和弥足珍贵的年华。故而唐人诗云:"劝君莫惜金缕衣,劝君须惜少年时。有花堪折直须折,莫待无花空折枝。"(无名氏《金缕衣》)此诗意欲劝人珍惜青春,及时行乐。而唐宋词中那类惋惜"少年心"之失落的作品,虽其最终的旨归仍然靠向及时行乐的人生哲学,然因它往往从反面写来,亦即怅慨于青春岁月的逝去,因此又显得格外令人惆怅和耐人寻味。也就是说,由于它所追忆的"少年事"和"少年心"说得比较抽象笼统,不像前两类词那样具体而明确,所以可以引发许多读者根据各自的人生经历去作联想,并引起他们不同心理层次上的共鸣。如章词所写的惜春情绪,即可引发人们的惜时意识:词中的"旧地重游"之感,可以引发人们对于旧时旧事的怅惘回忆;而词中的"身闲时序好,且登临",则又可唤起人们趁着身健事闲而抓紧游赏的心情。总之,由于其"少年心"带有不确定的多极指向,所以使得每一个步入中年以后的读者都能引起感情上的震颤,从心灵深处不约而同地重新升起对于童心的呼唤。

当然,章词所写还是从反面的角度着眼的,亦即抒写了对于"少年心"的失落感,而另外不少词人则从正面诉说了对于"少年"的珍爱。如范仲淹说:"人世都无百岁,少痴騃,老成尪悴。只有中间,些子少年,忍把浮名牵系"(《剔银灯》),也就是说:在短促的人生中去掉"两头"之后,更显其中的"少年"最足珍贵;而晏殊也说:"浮生岂得长年少?莫惜醉来开口笑"(《渔家傲》),也就是要抓住"年少"时候,尽情欢娱。总之,多情的词人们全都企盼着"花开未老人年少"(欧阳修《渔家傲》)的美妙岁月长驻,而当少年时代无可挽留地远逝之后,他们也仍希望"少年心"能够永远保持在美好的回忆中(欧阳修《玉楼春》:"已去少年无计奈,且愿芳心长恁在。")。这种种词句都表明,唐宋词人之赞美和珍视"少年",归根到底,乃是他们惜时意识的表现。

这种惜时意识,就构成了上述各类作品的思想基础。而由于作者的经历、遭遇和具体心境不同,有人就重点将"少年"借指其年青时代的恋情生活,有人则重点以"少年"时的豪举或理想来反衬"甚矣吾衰矣"的今日老态,更有人将"少年"的逝去作为衬垫,来抒发时光流驰、岁月不居的人生伤感。但它们在艺术表现上却有一个共同的地方,那就是"今昔对比"的写作角度和"朝花夕拾"的回忆笔法。而这种表现手法的成功之处,我们可举蒋捷的《虞美人》来做说明:

> 少年听雨歌楼上,红烛昏罗帐。壮年听雨客舟中,江阔云低断雁叫西风。　而今听雨僧庐下,鬓已星星也。悲欢离合总无情,一任阶前点滴到天明。

它用"听雨"把少年、壮年和老年这三个人生阶段串了起来,反映了作者宋亡前、宋亡时及宋亡后(入元朝)的不同生活境遇和心情,展现了一个饱尝亡国之痛的"遗民"那极端痛苦乃至貌似"麻木"的心境。由于它从少年时的欢乐温馨一路写来,将"而今"与"少年"做了尖锐的对照,因此令人读后唏嘘生哀,百感交集,这就极有效地增强了艺术感染力。

综上所说,唐宋词中那些追忆"少年事"和缅怀"少年心"的作品,基本反映了这样两对矛盾:第一,青春"少年"是美好的,但又是短暂的,任谁都无法克服这个矛盾;第二,人生本嫌短暂,"少年"更是瞬息即逝,但在这短促的生命过程中,偏又充满着无穷无尽的艰难忧患(李之仪《蝶恋花》词云:"百岁光阴谁得到? 其间忧患知多少!"),这又是另一个不可回避的矛盾。这两种矛盾横亘在上述作品之中,就使此类咏叹"少年"的词篇充满着悲剧性的心理和悲凉伤感的气氛,并促使它们生出浓厚的艺术感受力。这就是此类词篇之所以成功和吸引读者的主要原因。而在欣赏过这些"人生难忘少年事"的词篇之后,我们就更能深切地感受到唐宋词人那特别多愁善感的心理机制。欧阳修《秋声赋》中的一段话就明白地揭示了这点:"嗟乎! 草木无情,有时飘零。人为动物,惟物之灵。百忧感其心,万事劳其形,有动于中,必摇其精。而况思其力之所不及,忧其智之所不能,宜其渥然丹者为槁木,黟然黑者为星星。"①怀着这种多情而脆弱的心理气质,加上社会人生的种种激惹,这就难怪他们经常会"人穷则返本"地呼唤出"回来吧,少年时"的哀哀心声。

---

① 欧阳修:《秋声赋》,《欧阳修全集》卷一五《居士集》,中国书店,1986 年,第 111 - 112 页。

"合金钢"中的"新元素"

——谈唐宋词中的"言理"和"理趣"

人们在日常生活中,往往追求一种纯而又纯的境界。比如他们常会感叹"金无足赤,人无完人",这就从反面印证了一种求纯的心态。事实上,"纯"虽有"纯"的好处,而有时"不纯"比起"纯粹"而言,却也有它另一种妙处。对此,只需举一个例子即能说明问题:纯钢固然具有很好的质地,但科学家却在炼钢时有意配入一定比例的其他元素,从而炼出了"合金钢"。这新的合金钢比起纯钢来,就更有它自己的新特性和新用途。炼钢如此,文学创作又何尝不是如此?

拿诗和文来说,它们之间的相互"靠拢"、相互"沟通",有时也就会造就出绝佳的作品来。例如苏轼的名作《前赤壁赋》,说它是近乎诗的文和近乎文的诗,或称它是"诗化了的文"和"散文化的诗",就都是可以成立的看法。再如范仲淹的名篇《岳阳楼记》,从本质而言,它原是一篇"传道"之文。它在写法上既有庄重凝练的"古文"笔法,又有骈俪对偶的"骈文"笔法。对此,宋代的古文家尹洙就不以为然,批评它"以对语写时景","此传奇体耳"①;而清人姚鼐编《古文辞类纂》也将它"革除"在"古文"之外;倒是欧阳修这位古文名家颇为通达地指出:"偶俪之文,苟合于理,未必为非,故不是此而非彼也。"②这就说明,在一种文体中引入或糅合进另一种文体的某些特质,例如句式、词汇、风格、表现手法等,尽管有些"不纯",却又并非全属不当。相反,只要糅合得当、为我所用,有时倒反能收到很好的艺术效果。这方面的例子,在古代文学史上是屡见不鲜的(例如杜甫、韩愈的"以文为诗"和苏轼的"以诗为词")。

现在,再让我们来看词的情况。人所共知,词是一种专门"言情"的抒情文体;而且,它的抒情性比之诗来,似乎更其显得"纯粹"和细腻。前人论诗文,曾

---

① 陈师道:《后山诗话》,何文焕辑《历代诗话》上册,中华书局,1981年,第310页。
② 欧阳修:《论尹师鲁墓志》,《欧阳修全集》卷二三《居士外集》,中国书店,1986年,第534页。

分解其艺术要素为"理、事、情"三者①。但就唐宋词而言,它的艺术要素却主要只是"情"一种。这种情况,特别在将宋词和宋诗作一总体比较时,就显现得尤为分明。明人陈子龙曾说:"宋人不知诗而强作诗。其为诗也,言理而不言情,故终宋之世无诗焉。然宋人亦不免于有情也。故凡其欢愉愁怨之致,动于中而不能抑者,类发于'诗余'。故其所造独工,非后世可及。"②其意是说:诗本该"言情"而不必"言理",但宋人却这样做了,故其诗"不工";而宋词却能专门"言情","故其所造独工"。这话当然有所偏颇,但确也道出了宋词的主要艺术特征就在于它的"言情"这样一个基本事实。

可是,话又得说回来。正如前面所说,有时"不纯"比起"纯"来却也别有一种妙处,唐宋词中的某些作品因其在"言情"的同时夹寓进了某种新的艺术要素——我们这里指的便是"言理"和"理趣"——却又获得了格外耐人寻味的艺术效果。这就是说,它们在炽热真挚的情感中,"升华"或"提炼"出了理性的思索,这就比之一般的"言情"更加显得"深刻"和"丰富",或者又可说,它们在优美细腻的抒情中渗透或溶进了理性思考的成分,这就深化了词的思想内蕴和提高了词的艺术品位。此种情况,颇有些类似于纯钢加入新元素后变成"合金钢"的情况。

下面,就让我们来做具体考察。

王国维说:"词至李后主而眼界始大,感慨遂深。"③"感慨遂深"一语,就指出了后主某些词所带有的"言理"倾向。这是并不奇怪的。因为像他这样一位先天具有敏感气质的人,在身逢亡国破家的剧变之后,自会"人穷则返本"地进行反思,这就引发出了对于"世网"的那种畏惧性思索。他的《乌夜啼》这样写道:"林花谢了春红,太匆匆。常恨朝来寒重晚来风! 胭脂泪,留人醉,几时重?自是人生长恨水长东!"这末一句中,就包含了他对整个人生进行痛苦思索之后所得出的沉痛结论。又如其《子夜歌》一开头的两句:"人生愁恨何能免?销魂独我情何限!"其中也凝集了他的惨痛人生经验:"人生"本与愁恨结下了不解之缘,而我这个多情多愁者,偏又愈加敏锐地倍感其痛楚不堪!由于带有这类从切身体验中"升华"而出的哲理性思考,所以李煜的词不仅以其"情真"打动读者的心,并且更以其"思深"引起身处不幸的读者的广泛共鸣。

---

① 叶燮:《原诗》,王夫之,等《清诗话》下册,上海古籍出版社,第 574—589 页。

② 陈子龙:《王介人诗余序》,《陈子龙文集》下册《安雅堂稿》卷二,华东师范大学出版社,1988 年,第 55 页。

③ 王国维:《人间词话》,唐圭璋编《词话丛编》,中华书局,1986 年,第 4242 页。

　　当然,像李煜这类"感慨遂深"的词作,在晚唐五代词坛上是不太多见的(冯延巳的某些词篇则也有较深的人生感慨)。到了宋代,则因种种原因的诱发,就出现了一些说理倾向更加明显的词作。首启其端的便推范仲淹的《剔银灯》词:

　　　　昨夜因看《蜀志》,笑曹操、孙权、刘备,用尽机关,徒劳心力,只得三分天地。屈指细寻思,争如共、刘伶一醉?　　人世都无百岁,少痴騃、老成尪悴。只有中间,些子少年,忍把浮名牵系?一品与千金,问白发,如何回避?

这足称是篇"读史有感",又是一篇"人生纵横谈",写出了范仲淹对历史和人生的某种观感,明显是篇说理之作。在他之后,北宋的改革家王安石也写了好多首咏写禅理的词,有些像押韵的佛教讲义。倒是他有一首咏史的《浪淘沙令》还值得一读:

　　　　伊吕两衰翁,历遍穷通。一为钓叟一耕佣。若使当时身不遇,老了英雄。　　汤武偶相逢,风虎云龙。兴王只在笑谈中。直至如今千载后,谁与争功?

它通过伊尹、吕尚得遇商汤、周武王而建奇勋的故事,说明了一个道理:良相只有得到明君的重用,才能展其宏才。这里头就分明寄寓着他自身的政治感慨。

　　不过,像范、王这一类言理的词作,从艺术性来看,还很嫌不足,有些甚至是失败之作。而真能使"言理"与"抒情"成功地结合起来,又能使"言理"形成"理趣"的,还得数那位"嬉笑怒骂皆成文章"的文学天才苏轼。苏轼既是位覃思深虑、机趣横溢的哲人,又是一位"意之所到则笔力曲折无不尽意"的作文高手。所以他的诗里就经常可以见到那类富有"理趣"的作品。如他《题西林壁》诗中的两句"不识庐山真面目,只缘身在此山中"①,至今还启迪着人们的思维,成为中国人常常引用的名句之一。此外,像他的某些写景之诗,如"水光潋滟晴方好,山色空濛雨亦奇。若把西湖比西子,淡妆浓抹总相宜"②、"黑云翻墨未遮山,白雨跳珠乱入船。卷地风来忽吹散,望湖楼下水如天"③,以及某些咏物之诗,如"若

① 苏轼:《题西林壁》,《苏轼诗集》卷二三,王文诰辑注,孔凡礼点校,中华书局,1982年,第1219页。
② 苏轼:《饮湖上初晴后雨二首》其二,《苏轼诗集》卷九,王文诰辑注,孔凡礼点校,中华书局,1982年,第430页。
③ 苏轼:《六月二十七日望湖楼醉书五绝》其一,《苏轼诗集》卷七,王文诰辑注,孔凡礼点校,中华书局,1982年,第340页。

言琴上有琴声,放在匣中何不鸣?若言声在指头上,何不于君指上听"①,虽其本意并不一定在于"言理",但因其咏写对象本身含有一定的启示性,加上作者"智慧之光"的涵盖,故也能催人联想、发人深省。而在苏轼的词中,也同样有着这类"言理"和富有"理趣"的作品。我们试读他有名的"中秋"词《水调歌头》,此词本是抒情之作,抒写中秋之夜思念手足之情,但写到后来,那手足情深却久不得见的苦闷终于"升华"成了三句千古传颂的"至理名言":"人有悲欢离合,月有阴晴圆缺,此事古难全。"这三句话,可谓概括尽了宇宙和人生的缺憾,显示了词人十分睿智的哲理性思考;但因他把人生难免悲欢离合的"铁的规律"结合着"月有阴晴圆缺"的文学形象写出,所以其说理并不显得空洞和枯燥,反而觉得相当妥帖和富有"理趣"。而再综观全词,则这插入于全词抒情环境中的几句"理语",非但不嫌突兀和龃龉,相反,它就像在纯钢中掺入了新元素那样,有效地增添了词的思想深度和哲理内蕴,也大大有助于词尾表述主题的进一步抒情:"但愿人长久,千里共婵娟。"像这样在"景语""情语"中间用"理语"来"画龙点睛"的写法,苏词中还有不少。如其《南乡子·重九》词,在描绘秋景之萧瑟与"明日黄花蝶也愁"的抒情之中,就插入了"万事到头都是梦"的喟叹;又如其《定风波》词在描写柔奴的美貌及歌声之后,又点出她虽随夫君远贬而仍葆青春容颜的精神支柱在于"此心安处是吾乡"的人生哲学……但最能引起人们兴趣和赞叹的,则更是他那些将"说理"如盐溶水般溶解进叙事写景的词篇。比如他被贬黄州时所写的《临江仙》和《定风波》,就是极富"理趣"的名作:

> 夜饮东坡醒复醉,归来仿佛三更。家童鼻息已雷鸣,敲门都不应,倚杖听江声。　　长恨此身非我有,何时忘却营营?夜阑风静縠纹平。小舟从此逝,江海寄余生。(《临江仙》)

在那夜阑人睡之际,东坡倚杖静听江声,终于从中得到了感悟:多少年来之所以在宦海沉浮中弄得心力交瘁,归根到底即是因为未能"忘却营营";而如能抛却这些思虑杂念,就定能像奔流的江水那样,还我自由之身!因着思想境界的这一番豁然开朗,词人眼前所见的自然景象竟也发生了奇妙的变化:原先腾涌的江水顿时变得那么平伏,就连风儿都已止息,它们好像在向词人招手:何不驾一叶之扁舟,在江海的怀抱中做快活自适的逍遥之游呢?所以,这一首词实际上描写了作者精神境界上的一番自我反省和大彻大悟,中藏机锋,耐人寻味;但因它始

---

① 苏轼:《题沈君琴》,《苏轼诗集》卷四七,王文诰辑注,孔凡礼点校,中华书局,1982年,第 2535 页。

终结合着叙事写景来写,故读者就像身临其境那样,不知不觉间完成了与作者相似的心路历程的转变。再读后一首词:

> 莫听穿林打叶声,何妨吟啸且徐行!竹杖芒鞋轻胜马,谁怕? 一蓑烟雨任平生。 料峭春风吹酒醒,微冷。山头斜照却相迎。回首向来萧瑟处,归去,也无风雨也无晴。(《定风波》)

此词表面上写他途中遇雨的生活小事,实际却是写他的人生态度或人生哲学:人生犹如自然界一样,经常会"兴风作浪";但是,风雨过后,却仍旧会复归于晴天——而从更"彻底"的意义上讲,人在到达"终点"的时候回顾一生,则一切悲欢离合、阴晴晦明,都不过如梦幻一场,全无意义! 所以,眼前所遇的风波挫折,尽可毫不在意,只要抱定"任天而动""随遇而安"的人生态度,则何处不可以"吟啸徐行!"这里,全没有哲学家的说教意味,也没有理论家的演讲腔调,活脱是一位阅历很深的过来人在娓娓自道其生活经历和人生经验。然而,就在这一小故事中,词人却如盐溶水般寓托了他对整个人生的覃思深虑。它那深刻的哲理和全词的写景叙事已到了水乳交融、浑化无迹的地步,着实令人赞叹不已。所以,苏轼的这些"言理"之词,因其深厚的哲学修养和精湛的文学技巧,就表现出相当诱人的"理趣"。它们的艺术性,就大大高出于那类言理流于空洞或仅在词中呈现为游离状态的词作,不愧是"智者"之词。

继轨苏轼这种寄"言理"于抒情写景和叙事之中的词风者,在南宋词坛上也不乏其人。其中比较突出的,当推朱敦儒和辛弃疾二位。

朱敦儒向以其咏写隐逸情趣的词著称。他的妙处,在于将"看穿"人生的思想用通俗、形象的词语道出。如其《西江月》词:

> 世事短如春梦,人情薄似秋云。不须计较苦劳心,万事原来有命。 幸遇三杯酒好,况逢一朵花新。片时欢笑且相亲,明日阴晴未定。

只用"春梦"和"秋云"两个比喻,就把全部人世看穿写透,又用天气的阴晴未定来反衬出赏花饮酒、及时行乐的"迫切性"。前人对此评曰:"辞浅意深,可以警世之役役于非望之福者。"①又如其《临江仙》:

> 堪笑一场颠倒梦,原来恰似浮云。尘劳何事最相亲?今朝忙到夜,过腊又逢春。 流水滔滔无住处,飞光忽忽西沉。世间谁是百年人?

---

① 黄昇选:《花庵词选·中兴以来绝妙词选》卷一,中华书局,1958 年,第 179 页。

个中须着眼,认取自家身。

通过除夕将过、腊尽春来的感叹,说明了人生倏忽、万事如梦而应当尽早醒悟的道理,也是一篇寓理于抒情写景之中的作品。

而比起朱敦儒来,辛弃疾的说理程度与范围就更加深广了。早在宋代,就有人说过:"东坡为词诗,稼轩为词论。"①也就是说,他的某些词完全可以当作"论"来看。此语非虚。我们只要读他那篇与酒杯"对话"的《沁园春》词便知端详。他在里面甚至表述了这样的哲学观点:"怨无小大,生于所爱;物无美恶,过则为灾",竟多少有些儿辩证法的意味! 他的另一首词《最高楼》,则借着斥骂犬子,劝他多置田产后再作归隐之计的口吻,陈述了一大篇"富贵是危机"的理论,其中有云:"千年田换八百主,一人口插几张匙? 便休休,更说甚,是和非。"这两个比喻,对于那些一心要为子孙打下"万世江山"的贪心人而言,不啻是一帖攻心良药。而另外他还有一首"戏赋云山"的《玉楼春》词:

> 何人半夜推山去? 四面浮云猜是汝。常时相对两三峰,走遍溪头无觅处。　　西风瞥起云横度,忽见东南天一柱。老僧拍手笑相夸:且喜青山依旧在。

词人其时正落职闲居在江西铅山乡间,故而青山就是他的"知己"。此词看似描写青山忽被云遮、不见踪影,终而风起云散、依旧挺立的日常所见,实则所寓甚深。它可以使我们联想到词人对于抗金事业坚定不移的信念,也可以使人联想到他同苏轼相似的"莫听穿林打叶声""山头斜照却相迎"的旷达胸襟,更可以使人联想到夕阳几度而青山依旧的历史和哲学理念。所以,辛弃疾真是一位了不起的人物,不仅其抗金业绩令人起敬,就是他的议论见解也着实叫人敬佩。刘克庄说他:"文墨议论尤英伟磊落,乾道、绍熙奏篇及所进《美芹十论》、上虞公《九议》,笔势浩荡,智略辐辏,有权书衡论之风。"②而其实,他的词篇何尝没有这种"智略辐辏"、智慧密集的特色呢。一些平凡的生活现象,一些日常的所闻所感,一经他的慧眼和妙笔点化,就会生发出哲理的光彩。如"城中桃李愁风雨,春在溪头荠菜花"(《鹧鸪天》)、"青山遮不住,毕竟东流去"(《菩萨蛮》)、"秋江上,看惊弦雁避,骇浪船回"(《沁园春》)、"近来始觉古人书,信着全无是处"(《西江

---

① 陈模《论稼轩词》引潘牥之语,辛弃疾著、邓广铭笺注《稼轩词编年笺注》,上海古籍出版社,1978 年,第 564 页。
② 刘克庄:《辛稼轩集序》,辛弃疾著、邓广铭笺注《稼轩词编年笺注》,上海古籍出版社,1978 年,第 562 页。

月》)、"江头未是风波恶,别有人间行路难"(《鹧鸪天》)等,就都是一些发人深省的警句和格言。甚至,像他那首看似描写元宵之夜寻人不遇的《青玉案》,那带有喜剧色彩的结尾"众里寻他千百度。蓦然回首,那人却在,灯火阑珊处",其中也可挖掘出哲理的内涵。罗大经《鹤林玉露》曾引一尼姑的《悟道诗》:"尽日寻春不见春,芒鞋踏遍陇头云。归来笑拈梅花嗅,春在枝头已十分",以此来阐发孔子"道不远人"和孟子"道在迩而求诸远"的道理①,而稼轩的这首词据我看也可做类似的理解。而王国维则又把它比拟为古今之成大事业、大学问者所必经的第三境界②。这都说明,辛弃疾的不少词作,因其哲理内涵的丰富与深刻,又加上这种哲理往往渗透到具体可感的文学形象中去,所以既富"理趣"又不失诗意,堪称文学与哲理成功结合的佳作。

　　以上,我们仅就六位词人的作品谈了唐宋词坛上的"言理"和"理趣"现象。但从中却也能够得出初步的结论:词虽主要以抒情为其表现手段和艺术目标,然又不排斥"言理"这种常为散文和诗歌所采用的手法。当然,"运用之妙,存乎一心",它所收到的艺术功效又是存在着优劣高下的差异的。运用得差,会使词中出现生硬、别扭的说教意味;运用得妙,就使词中呈现出耙味无穷的"理趣"。这正如炼钢时混入杂质就会成为废铁,而科学地配入"新元素"却会炼出优质的"合金钢"一样。

---

① 罗大经:《鹤林玉露》丙编卷六,王瑞来点校,中华书局,1983 年,第 346 页。
② 王国维:《人间词话》,唐圭璋编《词话丛编》,中华书局,1986 年,第 4245 页。

尺幅之内的"多味"意绪

——谈词中的"复合"型情感

词之特长在于抒发和表现人的情感。就其抒情内蕴来看,它大致可以分为两类:一类抒发比较单一或单纯的情感,比如王建的《宫中调笑》:"杨柳,杨柳,日暮白沙渡口。船头江水茫茫,商人少妇断肠。肠断,肠断,鹧鸪夜飞失伴。"它抒发的就是那位商妇"去来江口守空船"的寂寞空虚之情;另一类则抒发比较复杂或"复合"的情感,如苏轼的《水调歌头·中秋》就既有词人思欲出世的愿望,又有不忍离开尘世的眷恋;既有中秋不见亲人的苦闷,又有解脱这种苦闷的旷达情怀……总之很像一个文学的水晶球,多方位地展示着他丰富复杂的内心世界。以上这两类词作分别给人以不同的感受。拿味觉来做比喻,前者好像糖水或盐汤,给人以单一的"甜"或"咸"的感觉;而后者则如很多人喜食的"椒盐花生"或"多味瓜子",给人以咸中有甜、五味杂陈的复杂感受。

应该指出:无论是表现比较单一的情感还是表现比较复杂的情感,只要在艺术上是成功的,它们就都能给人以美的享受。但从耐人寻味的角度来看,则后一类作品就格外受人青睐。这是因为,外部世界是五彩缤纷的,而人的那个小小的"方寸"之内却也并不单调纯净,所谓"美恶之辨战乎中,而去取之择交乎前"[1],它是时刻翻滚着喜怒哀乐和七情六欲的。故而无论从创作者还是欣赏者而言,人们似乎更乐意于创作和欣赏那类带着"椒盐"味的作品。而唐宋词之所以能够赢得无数读者的欣赏,在很大程度上就正因为它在尺幅之中展示了词人"多味"的、丰富复杂的思想意绪(我们大可称之为"复合"型情感)。而其常可见到的"复合"模式有如下几类:

第一类是悲喜交织、忧乐相加。

这类情感特别多见于描写恋情的词篇中。一方面,情人相遇,喜悦万分;但另一方面又由于种种原因而不能结成佳偶,或虽能欢会而终要分手,故而词人的心中便充满着悲喜交织的复杂意绪。比如张先"玉仙观道中逢谢媚卿"的《谢池

---

① 苏轼:《超然台记》,《苏轼文集》卷一一,孔凡礼点校,中华书局,1986年,第351页。

春慢》：

> 缭墙重院，时闻有、啼莺到。绣被掩余寒，画幕明新晓。朱槛连空阔，飞絮知多少？径莎平，池水渺。日长风静，花影闲相照。　　尘香拂马，逢谢女、城南道。秀艳过施粉，多媚生轻笑。斗色鲜衣薄，碾玉双蝉小。欢难偶，春过了！琵琶流怨，都入相思调。

在那春光明媚的天气里，作者有缘得遇慕名已久的歌妓谢媚卿，见她秀艳过人、光彩耀目，因而激起了无限的喜悦和兴奋。但尽管她浅笑生媚、顾盼流情，却终无缘与她"欢偶"，因此良辰美景顿就变得黯然失色，而那优美悦耳的琵琶声在词人听来竟也成了一曲《相思怨》的哀调！如果说这首词里的心理变化过程是由喜变悲的话，那么，下面晏几道的《鹧鸪天》就更表现了悲与喜多次"轮换"和交叉重叠的复杂状态。

> 彩袖殷勤捧玉钟，当年拼却醉颜红。舞低杨柳楼心月，歌尽桃花扇底风。　　从别后，忆相逢，几回魂梦与君同。今宵剩把银釭照，犹恐相逢是梦中！

细析其中的感情变化，经历过几次起伏：上片四句写他与恋人的欢聚，极尽歌舞声色之乐，下片前三句写他与恋人的别后相思，又极尽梦魂牵绕之苦，末三句写他再度与她团聚，自然更觉喜出望外、倍感幸福；但在此外，却还潜藏着一条可怕的不见诸文字的"尾巴"，那就是今宵见后又将再别，因此就在"剩把（一再把）银釭照"的动作背后又显露着他恐惧"得而复失"的忧伤心理。所以尽管篇幅不长，它却淋漓尽致地写出了作者悲喜交织、忧乐相加的复合情感。

而除开恋情词外，那些描写闲愁、闲情的词篇里，也往往呈现这种乐中有悲的感情色彩。比如宋祁的名篇《玉楼春》：

> 东城渐觉风光好，縠皱波纹迎客棹。绿杨烟外晓寒轻，红杏枝头春意闹。　　浮生长恨欢娱少，肯爱千金轻一笑？为君持酒劝斜阳，且向花间留晚照。

其上片展现的就是令人赏心悦目的美好风光。而一片风景实际就是一片心情，所以那"红杏枝头"所呈现的"春意"就不仅体现着大自然的蓬勃生机，同样也体现着作者心头的盎然生趣。但紧接而来的却又是另一番感情境界了：面对着这片如火如荼的大好春光，词人蓦然又落入到"好花不常开，好景不长在"的精神苦恼中去，那"浮生若梦，为欢几何"的怅慨顿时浮现在他的心头，因之词情很快就由乐变哀，呈现为哀中作乐（"持酒劝斜阳""花间留晚照"）的颓废心态。这一种微妙的心理变化,也正是在其他很多词人作品中常可见到的。例如"昨夜笙歌容易散,酒醒添得愁无限"(冯延巳《鹊踏枝》),"尽日登高兴未残,红楼人散独盘桓"(冯延巳《抛球乐》),"一场愁梦酒醒时,斜阳却照深深院"(晏殊《踏莎行》),"今年花胜去年红。可惜明年花更好,知与谁同"(欧阳修《浪淘沙》)等,就都抒写了他们在欢歌剧饮、登高赏花之后由兴高采烈而转生"闲愁"的"乐尽悲来"的惆怅与感慨。所以,上述这两种词中往往交织着乐与悲、绮与怨、甜蜜与苦涩、欢娱与悲哀等本相对立的心理感受和思想意绪,形成"多味"的特种风味。

第二类是悲愤交集、慷慨生哀。

这类情感主要见于南宋的"抗战"词篇中。其悲来自于国土的遭人(异族入侵者)践踏和人民的遭人蹂躏,而其愤则针对着外部的侵略者和内部的投降派。由于这些词篇的作者都是一些热血汉子,所以他们一腔忠愤发见于词,就喷发出慷慨、亢奋的激情;但又由于现实环境的难以改变,往往又很快转为低沉,流露出"慷慨有余哀"的悲凉情绪。这样的词篇很多见,仅以张元幹一人为例试举一二。

> 梦绕神州路。怅秋风、连营画角,故宫离黍。底事昆仑倾砥柱,九地黄流乱注?聚万落千村狐兔。天意从来高难问,况人情老易悲难诉!更南浦,送君去。　凉生岸柳催残暑。耿斜河、疏星淡月,断云微度。万里江山知何处?回首对床夜语。雁不到,书成谁与?目尽青天怀今古,肯儿曹恩怨相尔汝?举大白,听《金缕》。(《贺新郎·送胡邦衡待制赴新州》)

其中既表现了对于侵略者的无比仇恨和斥责,又表现了对于朝廷内部投降派迫害抗金志士的极度悲愤和不平,前人评曰:"慷慨悲凉,数百年后尚想其抑塞磊落之气"①。

> 雨急云飞,蓦然惊散! 暮天凉月。谁家疏柳低迷,几点流萤明灭。夜帆风驶,满湖烟水苍茫,菰蒲零乱秋声咽。梦断酒醒时,倚危樯清绝。　心折,长庚光怒,群盗纵横,逆胡猖獗。欲挽天河,一洗中原膏血。两宫何处? 塞垣只隔长江,唾壶空击悲歌缺。万里想龙沙,泣孤臣吴越。(张元干《石州慢》)

① 纪昀,等:《芦川词提要》,影印《文渊阁四库全书》第1487册,上海古籍出版社,1987年,第585页。

此词作于兵荒马乱的艰难时世，1129 年金兵大举南侵，宋高宗逃奔海上；南宋小朝廷内部又出现了苗傅、刘正彦的兵变。词人怀着一颗忧国忧民的"孤臣孽子"之心，悲愤地写下了这首忧时伤乱、百感交集的词篇，其心态正处于极不平衡的痛苦状态。而扩展开去说，又岂止张元幹一人如此，差不多整个的南宋爱国词人群体就都处在这种理想与现实发生猛烈撞击的愤悲交互的精神态势之中。一方面，苦难的时代召唤着英雄志士，需要他们起来力挽狂澜；另一方面，黑暗的社会却又在压抑和扼杀这些英雄志士，使他们回天无力、报国无门。这样深刻的矛盾，就必然促使他们的词中充满着极为复杂的情感。

第三类是豪雄与凄凉意绪的"转换"和"替代"。

这类情感通常见于某些嗟叹身世的词篇中。例如陈与义的《临江仙》：

> 忆昔午桥桥上饮，坐中都是豪英。长沟流月去无声。杏花疏影里，吹笛到天明。　　二十余年如一梦，此身虽在堪惊。闲登小阁看新晴。古今多少事，渔唱起三更。

词前原有小序："夜登小阁，忆洛中旧游。"20 余年前，词人在洛阳称得上是位著名人物，曾因其《墨梅绝句》受到徽宗的赏识而蒙受"召对"，驰名一时。与他交结者，也尽多"豪英"之辈。词的上片就追忆他当年与知交们在洛阳午桥剧饮畅欢的场面——不过由于这些"豪英"们并非赳赳武夫，而是一批风流倜傥的文人，所以当他们酒酣耳热、意气风发之际就一不以划拳二不以赌博来发泄其豪情逸兴，而是坐置于长沟流月之旁，通宵达旦地吹笛作乐。读着"长沟流月去无声。杏花疏影里，吹笛到天明"这看似"优美"实则又寓"壮美"的词句，我们能不感受这批年轻才子的豪迈情怀吗？而词的下片马上又转换出另一番情景："二十余年如一梦"，轻轻一转就把前半部分的内容一笔勾销，推出了词人只身独登小阁的凄凉画面，他的那种感怀身世、嗟伤时局（其时已在靖康之变以后）的无限忧伤，便尽在"古今多少事，渔唱起三更"的"淡语"中深悄曲折地流露而出。故而，它的"情绪曲线"就经历着从豪雄到凄凉的"转换"和"替代"，令人感叹不已①。

又如贺铸的《六州歌头》：

> 少年侠气，交结五都雄。肝胆洞，毛发耸。立谈中，死生同。一诺千金重。推翘勇，矜豪纵。轻盖拥，联飞鞚，斗城东。轰饮酒垆，春色浮寒瓮，吸海垂虹。间呼鹰嗾犬，白羽摘雕弓，狡穴俄空。乐匆匆。

---

① 刘熙载《艺概》卷四就用"豪酣转为怅悒"来评此词。见《刘熙载集》，刘立人、陈文和点校，华东师范大学出版社，1993 年，第 140 页。

似黄粱梦。辞丹凤,明月共,漾孤篷。官冗从,怀倥偬,落尘笼。簿书
丛,鹖弁如云众,供粗用,忽奇功。笳鼓动,渔阳弄,思悲翁。不请长缨,
系取天骄种,剑吼西风。恨登山临水,手寄七弦桐,且送归鸿。

作者和上一首词的作者陈与义有所不同,他本是武人出身,其祖上七代皆为军
人,本人也靠着门荫担任武职;因此他所描写的年轻时代的生活,就十足是一种
英雄豪杰而兼游侠的生涯。他与"哥儿们"在一起豪饮、狂游、打猎、习武,真有
不可一世之概! 而且这一批少年英豪们不独是在生活方式上仿效古代的侠士,
更在精神风貌上迥异于当时的士大夫文人。他们讲义气、重然诺,胸怀大志、憎
恶不平,极富刚性热肠和正义感,很想做一番惊天动地的大事业。然而命运不
济,词人从 24 岁到 37 岁这 10 多年中南仕北宦,始终只能沉沦下僚。因此,词人
悲从中来,在其下片中愤懑地诉说满腹牢骚和悲凉之感。写到最后,那种悲愤和
凄凉之情就尽溢于言表①。故而全词上下两片之中的感情色彩形成强烈的反
差:一边是睥傲人世的狂放,一边又是屈居下僚的悲凉! 从而"复合"成本词斑
驳杂糅的词境。

《文心雕龙》在谈到文学作品的"情采"时指出:"故立文之道,其理有三:
一曰形文,五色是也;二曰声文,五音是也;三曰情文,五性是也。五色杂而成黼
黻,五音比而成韶夏;五性发而为辞章,神理之数也。"②其"形文"和"声文"大致
指作品的辞采和音调,其"情文"则大致指其感情内容。但不管是辞采、音调还
是感情内容,刘勰都对它们提出了一种"多样"和"丰富"的要求(观其用"五色"
"五音"和"五性"来做解释即知)。这种要求其实并非刘勰个人的想当然,而是
基于社会生活本身的繁复多变和人类感情世界的纷纭复杂而提出的。"人禀七
情,应物斯感",既然外界的"物"是个万象杂沓的"大千世界",而人的主观世界
又蕴含着喜怒哀惧爱恶欲等丰富生动的"七情",那么作为"感物吟志"而生的文
学作品,希望它们无论在感情内容还是在艺术风格和写作技巧方面都具有"多
样"和"丰富"的丰厚"质地",就不是一种过分的要求。唐宋词中的很多作品
(特别是慢词长调)正"实现"了刘勰"五性发而为辞章"的理论主张。周济论词
认为,优秀的词篇能使人读后深感"万感横集,五中无主"③。这种"多味"的艺
术效果,说到底即来源于词所表现的"复合"型情感。

① 此词中"恨登山临水"即宋玉《九辩》中"登山临水送将归"的羁旅悲秋之感。
② 刘勰:《文心雕龙·情采》,《文心雕龙校证》卷七,王利器校笺,上海古籍出版社,
1980 年,第 205 页。
③ 周济:《宋四家词选目录序论》,唐圭璋编《词话丛编》,中华书局,1986 年,第 1643 页。

伤春与悲秋：唐宋词中流行的"季节病"

——谈词中的"佳人伤春"和"男士悲秋"

"春秋多佳日，登高赋新诗"①，春天与秋天本是四季中赏心悦目的季节，若能再携上一壶美酒，则就更加显得其乐融融了。这就难怪那位五柳先生在吟过了上面两句诗后，还要接着续上两句："过门更相呼，有酒斟酌之"。由此可见，在正常人心目中，春秋两季正是踏青登高、尽情观赏的大好时光。

可是，在唐宋词中所出现的春与秋，其面貌却未免大异其样。冯延巳词云："谁道闲情抛掷久？每到春来，惆怅还依旧"（《鹊踏枝》），而李清照所感知的秋天又是："乍暖还寒时候，最难将息。雁过也，正伤心"（《声声慢》）。在他（她）们笔下，这两个季节几乎变成了最易引发"忧郁症"和感染伤风、咳嗽的时节。而若把眼光扩展开去，则我们更不难发现：在那春光明媚、秋色浩荡的两季里，词人们似乎不约而同地都在生病——生的是"佳人伤春"和"男士悲秋"的"季节病"！

这真是又一个十分奇妙的文学现象，大可值得我们去探讨其"病因"和"病症"。

不妨先看"佳人"们的"伤春病"。这里所指的"佳人"，有一些确是女性作者，例如李清照就写过"髻子伤春懒更梳"（《浣溪沙》），而朱淑真也吟出过"把酒送春春不语，黄昏却下潇潇雨"（《蝶恋花》）的伤春之句，这是名副其实的"佳人伤春"。但更多的情况却是：明明是男士作者，他们却也模拟女性的口吻，写下了许多十分哀怨的伤春词篇，例如辛弃疾的《祝英台令》：

> 宝钗分，桃叶渡，烟柳暗南浦。怕上层楼，十日九风雨。断肠片片飞红，都无人管，倩谁唤流莺声住？　　鬓边觑，试把花卜心期，才簪又重数。罗帐灯昏，呜咽梦中语：是他春带愁来，春归何处？却不解将愁归去！

---

① 陶渊明：《移居二首》其二，《陶渊明集》，逯钦立校注，中华书局，1979年，第57页。

这类作品可称作以"男子而作闺音"的"佳人伤春"。但不管是女性作者还是男性作者,他们在其所写的以春天为背景、为咏写对象的词篇中,大多都显露出一副"佳人伤春"的愁容,这又是为何?

简单来说,它就跟春天的物候特性与作者的心理状态之间的"对照"与"反差"有关;而在这两者之中,当然又由作者的心理状态居于决定性的地位。具体些说:春天的"姿容"其本身原是多样的,而作者的心境也是斑驳而复杂的。当作者怀有愉悦的心情时,他们就会择取春天美好的一面,以之状写自己欢快开朗的精神面貌,张志和词中的"西塞山前白鹭飞,桃花流水鳜鱼肥",白居易词中的"日出江花红胜火,春来江水绿如蓝"即是例证。而当作者怀着忧郁悲苦的心情时,他们或则择取春天悲伤的一面来烘托自己愁绪百结的心态,温庭筠词中的"南园满地堆轻絮,愁闻一霎清明雨",辛弃疾词中的"更能消几番风雨,匆匆春又归去"即是例证;或则又以春天"美好"的一面来反衬自己失意哀怨的心态,温庭筠词中的"为君憔悴尽,百花时",陈亮词中的"春归翠陌,平莎茸嫩,垂杨金浅。迟日催花,淡云阁雨,轻寒轻暖。恨芳菲世界,游人未赏,都付与、莺和燕"即是例证。而我们又深知,"人生不如意,十事常八九",在上述两大类心理状态中,自然以失意悲苦者为多,更何况中国古典诗歌早就有着"以悲为美"和"以愁为工"的悠久而深厚的传统,所以综观唐宋词中描写春景的作品,就绝大多数都是"伤春"的词篇;而由于"伤春"的情绪通常属于女性所特富的情绪,再加上词体本身(指"本色"的婉约词)又具有某种程度的女性化倾向①,因此这类"伤春"的词篇就偏多以女性的身份口吻写出,偏多以女性化的柔婉风貌呈现在读者面前。缘此,大好的春光在词中往往就发生"变形",变成了烦恼人的断肠景色,冯延巳的《鹊踏枝》词就有"烦恼韶光能几许?肠断魂销,看却春还去";而男性的文人在写词时也发生了"性变",变成了满腔哀愁的"思妇"或"怨女",秦观的《如梦令》就是这样的一首代表作品:"门外鸦啼杨柳,春色着人如酒。睡起熨沉香,玉腕不胜金斗。消瘦,消瘦,还是褪花时候。"以上就是唐宋词中流行"佳人伤春病"的主要原因。

至于"佳人伤春病"的"症状",我们大致可以举出如下一些表现:

一是痴呆恍惚、失眠流泪。这类"症状"最多出现在失恋者的身上。试举两词为例。先看温庭筠的《更漏子》:

---

① 张炎《词源》指出:"簸弄风月,陶写情性,词婉于诗,盖声出莺吭燕舌间……"参见唐圭璋编《词话丛编》,中华书局,1986 年,第 263 页。

> 星斗稀，钟鼓歇，帘外晓莺残月。兰露重，柳风斜，满庭堆落花。
> 虚阁上，倚栏望，还似去年惆怅。春欲暮，思无穷，旧欢如梦中。

词中的这位思妇似乎整日都处在痴呆恍惚的神态中，以至于凌晨时分就孤单地倚在栏杆上伤悼落花，这种"伤春"的意绪一看即知是因回忆"旧欢"而发。再读欧阳炯的《三字令》：

> 春欲尽，日迟迟，牡丹时。罗幌卷，翠帘垂。彩笺书，红粉泪，两心
> 知。　　人不在，燕空归，负佳期。香烬落，枕函欹。月分明，花淡薄，
> 惹相思。

它从"日迟迟"的白昼一直写到"月分明"的晚间，又从"罗幌卷"的倚窗盼信写到"枕函欹"的辗转难眠，其中心画面就是她泪淌粉面的愁容，而其起因也明显是由词尾所挑明的"相思"所惹发。所以，此类因相思、失恋所引出的"佳人伤春病"，大致表现为痴呆恍惚的神态和失眠流泪的举止，十足体现了女性化的特征。

二是莫名的忧郁和难言的惆怅。这类"症状"大多表现在惜时者身上。春去秋来，花开花落，原是"与卿何干"的自然现象，但对那些特别珍惜生命、特别眷恋青春的词人来讲，却不免会引发"好景不长""盛时不再"的无穷怅恨。因此，无论面对美好的春光，还是面对暮春的落花，他们都会感生出一种莫名的忧郁和难言的惆怅。请看冯延巳的名篇《鹊踏枝》：

> 谁道闲情抛掷久？每到春来，惆怅还依旧。日日花前常病酒，不辞
> 镜里朱颜瘦。　　河畔青芜堤上柳。为问新愁，何事年年有？独立小
> 桥风满袖，平林新月人归后。

医学界有一种奇怪的病叫"蚕豆病"，是指某些具有过敏气质的人一吃蚕豆甚至一闻到蚕豆的花香就会得病。冯延巳似乎也就有着这种十分"过敏"的心理气质，每到春来，就年年都会触发他的"惆怅"，引起他的"新愁"。而这些惆怅和愁绪又并非仅属恋情范围，这从"新愁"的"年年有"中可以见出，所以我们只能冠以"莫名"和"难言"这两个形容词。那么，这种并不排斥恋情却又比恋情深广得多的惆怅和愁绪，该包含哪些思想内涵呢？我们不妨再读冯延巳的另一首《鹊踏枝》："梅落繁枝千万片，犹自多情，学雪随风转。昨夜笙歌容易散，酒醒添得愁无限。　　楼上春山寒四面，过尽征鸿，暮景烟深浅……"梅是无情之物，可在词人看来，它在离开枝头之时犹作"多情"的留恋之舞，那么，身为万物之灵的人就更会在"繁花易落"和"笙歌易散"的现象中深刻地感受到"人生易老"的悲

恸！故而冯延巳所患上的"伤春病"，说到底就是对于生命无常的缱绻哀伤，它从反面表达了作者对于短暂而美好的人生之珍惜与眷怜。当然，冯延巳在这两首词中所呈现的面目大致还是一个男性士大夫，但从他的"多情"和"对镜"自怜等情状来看，却又显露了某种程度的女性化倾向。而他在另外几首伤春词，如"几日行云何处去？忘却归来，不道春将暮""六曲栏干偎碧树，杨柳风轻，展尽黄金缕"、庭院深深深几许？杨柳堆烟，帘幕无重数"等词里，便尽"化"为思妇的面容。故而，若从其抒情之细腻和风格之柔婉着眼，则这些描摹因珍惜时光而导致忧郁心绪的词篇，也可归入到佳人惜春、自伤"迟暮"的类型里去。

三是哀极生怨、怨极生怒，甚至出现了偏执狂想的"症状"。这种情况大致出现在借用比兴手法寄寓政治感慨的"伤春词"中。辛弃疾的《摸鱼儿》就是突出的例子。此词一开头就是四句哀痛已极的句子："更能消几番风雨，匆匆春又归去！惜春长恨花开早，何况落红无数。"常人惜春大都只是惋惜花的早落，而辛词中所写的这位女性却"超前"为怨恨花之早开，这就显示了她的伤春、惜春的情绪简直已达到了浓极而致"变态"的地步。果然，哀极生怨，怨极生怒，接下来的词情就从"惜春"而转为"怨春"，再从"怨春"而转为"愤人"："春且住！见说道，天涯芳草无归路。怨春不语。算只有殷勤，画檐蛛网，尽日惹飞絮。"这就是"哀极生怨"；而随后的一系列怨愤之语（先是怨愤皇帝的言而无信、轻易悔约，后是怨愤奸臣的妒贤嫉能、百般阻拦，最后是诅咒奸臣们不得好下场），则就是"怨极生怒"。所以此词虽以伤春开头，又以伤春结尾（"休去倚危栏，斜阳正在，烟柳断肠处"），但当感情达到白炽化的高潮时，却突破了常见的"伤春"范式，甚至还突破了"怨而不怒"的传统习套，出现了悲愤怨怒交加的情绪倾向。而这种情状，是一般的"佳人伤春"词中所少见的。原因其实也很简单：这是因为作者那股忧国忧政之情实在是太深太广、太愤太切了。所以，虽被摧刚为柔地纳入"佳人伤春"的模式中，可它仍会按捺不住地闪露出愤怒的感情锋芒。而到了宋亡以后的爱国词人刘辰翁那里——他是一位以写"伤春词"著称的词人，厉鹗《论词绝句》就称之为"送春苦调刘须溪"①——则就更在他的伤春词中出现了有些近乎偏执狂想型的"症状"。在他的词里，"春"是作为故国的象征而出现的。而他虽知"春天"已去（亦即南宋已亡），却还是固执地挽留着"春天"，幻想着已经逝去的"春天"能够奇迹般重返。他作于临安沦陷那年的《兰陵王·丙子送春》共三片，三片的起句分别是："送春去，春去人间无路""春去，最谁苦""春

---

① 厉鹗：《论词绝句十二首》其九，《樊榭山房集》上册，董兆熊注，陈九思标校，上海古籍出版社，1992年，第513页。

去,尚来否",就表达了词人对故国的深情悼念和对复国的哀哀呼告。他的《沁园春·送春》又以"春汝归欤?风雨蔽江,烟尘暗天"开头,而以"我已无家,君归何里?中路徘徊七宝鞭。风回处,寄一声珍重,两地潸然"结尾,字里行间处处渗透了他视"春天"为知己朋友,与"春天"结下生死之谊的动人感情。他还念念不忘地反复唠叨:"怎知他春归何处"(《摸鱼儿》)、"春亦去人远矣"(《八声甘州》)、"更欲徘徊春尚肯,已无花"(《山花子》)……这些情况,都足以见出他的"伤春""惜春""留春"情绪,简直到了痴迷甚至有些偏执狂想的境地。这种现象,正同辛词中的哀极生怨、怨极生怒一样,也同样是由于伤心过度而导致的。

上述三方面的"症状"大致"常见多发"于多情而又失意的妇女身上。因此,唐宋词中的这类"佳人伤春"之作,可谓集中表现了词人感情世界中"柔性"的那一侧面(尽管也有表面是"柔"而实质是"刚"的情况,但那毕竟只是少数);同时又把词体的女性化特征发挥到了极致。这类词篇的大量涌现,对于形成"词为艳科"的局面,以及它那"绮怨"的主体风格,就产生了很大影响。

相比于"佳人伤春"的词篇而言,士大夫文人在其所写的"男士悲秋"词中,就基本恢复了他们的本来面目。当然应该指出,唐宋词中并不乏女性所写的悲秋词,如李清照的《声声慢》等,同时也可见到男性作者假借女性身份而写的悲秋词,如晏殊《蝶恋花》(槛菊愁烟兰泣露)等。但就大多数情况来看,男士们在他们所写的悲秋词里,一般都凝注了比较宽广的人生感慨,并使词风有所"刚化"。对此可从下列几方面与"佳人伤春词"作比较:

一是"身份"问题。"佳人伤春"式的词篇,顾名思义是以女性的身份、眼光和女性化的委婉笔触来写词,而"男士悲秋"的词篇,则是以男性的身份、眼光和男性化的笔调来写词。前者往往是"男子而作闺音",后者则大致复原了作者作为士大夫文人的本来面目。

二是感情内容问题。"佳人伤春"词篇主要用来抒发恋情方面的感情内容,如相思、失恋、"美人迟暮"之感等,当然也可用来表达词人的惜时之感以及寄寓家国身世之感,但就其重心来说,则偏重于女性化的柔性心理。而"男士悲秋"词篇,则更多地用来抒发士大夫文人比较宽广和深沉的人生感慨,其感情的核心内容便大多不离"感士不遇"的"悲秋"心理。中国古典诗歌,自宋玉的《九辩》起,就开启了"悲秋"与"感士不遇"之间形成心理定势的悠久传统,因而一写及"悲哉秋之为气也"之类的秋景,马上就会使人感生出"贫士失职而志不平"的郁闷和牢骚。唐宋词中的"男士悲秋"词篇,基本上也是沿着这个心理定势和传统写法来写的。它们的感情内容,大致可举三位词人的悲秋词来具体说明。

第一位是柳永,他的悲秋词多写其浪迹江湖、羁旅行役之悲。如其有名的

《戚氏》词首片为：

> 晚秋天，一霎微雨洒庭轩。槛菊萧疏，井梧零乱，惹残烟。凄然，望江关，飞云黯淡夕阳间。当时宋玉悲感，向此临水与登山。远道迢递，行人凄楚，倦听陇水潺湲。正蝉吟败叶，蛩响衰草，相应喧喧。

其时作者远离汴京，身在驿站，面对萧疏的晚秋残景，他大动起"登山临水送将归"的"宋玉悲感"。尽管它仍斩不断恋情的丝缕，但毕竟写出了词人作为一个失意文人而非仅是一位风流浪子的"贫士失职"之悲。

第二位是苏轼，他的悲秋词就更显得老成和深沉。如其《南乡子·重九》词云：

> 霜降水痕收，浅碧鳞鳞露远洲。酒力渐消风力软，飕飕，破帽多情却恋头。　　佳节若为酬？但把清尊断送秋。万事到头都是梦，休休，明日黄花蝶也愁！

此词作于苏轼被贬黄州之时，表面达观而实质却郁藏着深广的政治烦恼和人生感慨，结尾的"万事到头都是梦"和"明日黄花蝶也愁"就挑明了这点。再如其《阳关曲》："暮云收尽溢清寒，银汉无声转玉盘。此生此夜不长好，明月明年何处看？"明明是中秋佳节的弟兄欢聚，词人却萌发了人生的"秋意"：他既"超前"地预感到今后必将"离多会少"的悲剧，又更加敏锐深刻地感受了"月不长圆""人不长好"的深痛大悲。这样的感情内容就远远超出了一般的失意或失恋情绪，而拓展为对于整个人生的忧患与畏惧，具有很深的哲理深度。

第三位是辛弃疾，他的悲秋词所表达的就不仅是一般意义的"悲秋"心理，而是交织着忧国伤时和报国无门的巨大苦闷。如其《丑奴儿》词：

> 少年不识愁滋味，爱上层楼。爱上层楼，为赋新词强说愁。　　而今识尽愁滋味，欲说还休。欲说还休，却道天凉好个秋！

明明是"近来愁似天来大"（《丑奴儿》），明明是"而今识尽愁滋味"，可他却只用一句"却道天凉好个秋"来一语遮过。这种重语轻说、顾左右而言他的写法，恰恰表明他的愁绪是何等的强烈与复杂！因此索性避开其家国身世之愁的真实内涵而用"悲秋"之语来故作遮掩。但聪明的读者自会从它的"欲说还休"中充分感受到词人那百感交集的苍茫愁绪。又如他的《清平乐·独宿博山王氏庵》，实际上也是一首悲秋之词。它通过饥鼠绕床、蝙蝠舞灯的凄凉画面，写出了词人穷愁潦倒的境况，虽则词尾"布被秋宵梦觉，眼前万里江山"仍表达了他"老骥伏枥，志在千里"的不已壮心，但全词整体的悲秋氛围却仍无法掩盖其内心的巨大苦闷。

由以上情况来看,我们应该承认:一般来说,"男士悲秋"的词篇比起"佳人伤春"的词篇,其感情内容是要广泛和深沉得多的。

三是意境问题。相对而言,"佳人伤春"词的意境显得比较狭窄、封闭,而"男士悲秋"词的意境则显得比较宽阔、开放。这里大致有两方面的原因。

首先,"佳人"们所身处的环境是封闭的,因之她们的眼界自然局限于庭院深处、闺阁内外。如冯延巳《鹊踏枝》词:

> 庭院深深深几许?杨柳堆烟,帘幕无重数。玉勒雕鞍游冶处,楼高不见章台路。　　雨横风狂三月暮。门掩黄昏,无计留春住。泪眼问花花不语,乱红飞过秋千去。

这位女主角就只能在这样狭窄的小天地里伤春怨人。而男士们的悲秋则往往由登高游览引起,其眼之所见和心之所思也就宽广得多。以柳永那首主题仍是写恋情别绪的《八声甘州》为例,它的意境就显得相当寥廓远大。试读它的"对潇潇暮雨洒江天,一番洗清秋。渐霜风凄紧。关河冷落,残照当楼……"就确实能感受到一般婉约词中所少见的"阔大"的风味,这就难怪苏轼要赞赏它"不减唐人高处"①了。

其次,"佳人伤春"所表现的情感往往和春天美好的景色呈现出"矛盾"的状态,此亦人们常说的"以乐景写哀,倍增其哀感"。如晏几道的《更漏子》:

> 柳丝长,桃叶小,深院断无人到。红日淡,绿烟轻,流莺三两声。　　雪香浓,檀晕少,枕上卧枝花好。春思重,晓妆迟,寻思残梦时。

柳丝、桃叶、红日、绿烟,还有三两声莺啼,这该是多么明媚的春景;可是思妇的情绪却又是那样的哀怨,那样的慵懒,这种景与情呈现为矛盾的状态,便使词的意境显得相当压抑、内敛。而"男士悲秋"词则因秋天的萧瑟景象与词人的悲秋心理呈现为一致的状态,故而词境就显得开阔与外向。如刘克庄《贺新郎·九日》词上片:"湛湛长空黑,更那堪、斜风细雨,乱愁如织。老眼平生四海,赖有高楼百尺。看浩荡、千崖秋色。白发书生神州泪,尽凄凉、不向牛山滴。追往事,去无迹。"作者那苍凉悲愤的情绪,就与"湛湛长空黑"的"浩荡秋色"浑成了一片开阔

---

① 赵令畤:《侯鲭录》卷七引苏轼评语,《丛书集成初编》本,中华书局,1985 年,第 69 - 70 页。

而又深沉的意境,使人不必细品就能感受词人胸中郁勃翻滚的愁情。又如吴文英的《唐多令》:

> 何处合成愁?离人心上秋。纵芭蕉不雨也飕飕。都道晚凉天气好,有明月,怕登楼。　年事梦中休,花空烟水流。燕辞归、客尚淹留。垂柳不系裙带住,谩长是、系行舟。

吴词素以浓密甚至晦涩难读而著称,但"此词疏快却不质实"①,其原因即与这首悲秋词意境的"不隔"和外向有关。

四是笔调问题。"佳人伤春"词的笔调一般都显得十分委婉和细腻,"以柔为美",而"男士悲秋"则相对显得"老气横秋"和有所"刚化"。比如李清照的《浣溪沙》:

> 髻子伤春懒更梳,晚风庭院落梅初,淡云来往月疏疏。　玉鸭熏炉闲瑞脑,朱樱斗帐掩流苏,通犀还解避寒无?

全词的笔调柔极细极,端的是标准的"女性文学"风味。而范仲淹那首悲秋而兼述边镇之劳苦的《渔家傲》,其风貌就大不一样了:"塞下秋来风景异,衡阳雁去无留意。四面边声连角起。千嶂里,长烟落日孤城闭……"它就显示出比较遒劲有力的笔调来。

当然,以上数者的比较都只是从其总体观照而言的。事实上,由于唐宋词人在文体特征偏向"软性"的词体里,一般偏重于表现他们"柔性"的心态,所以有一些"男士悲秋"词亦会呈现出与"佳人伤春"词相似的柔婉哀凄的风貌。比如周邦彦的《关河令》:

> 秋阴时晴渐向暝,变一庭凄冷。伫听寒声,云深无雁影。　更深人去寂静,但照壁孤灯相映。酒已都醒,如何消夜永?

它虽是男士的悲秋,但因笼盖着"人去"的惆怅气氛,所以仍显出某种程度的女性化倾向来。故而通过以上分析,我们不难看出:在那"春秋多佳日"的美好季节里,词人们之所以会好发"伤春病"和"悲秋病",之所以好写"佳人伤春"和"男士悲秋"的词篇,归根到底,是与他们受压抑乃至有些"病态"的心理有关。这正如人们戴上有色眼镜观物,物都带上了眼镜的颜色那样,词人们怀着此种压抑和"病态"的心理去看待和描写春天与秋天,也就必然会使它们带有"悲伤"的色泽。所不同的只是,"佳人伤春"词大多采用"男子而作闺音"的方式来写作,

---

① 张炎:《词源》卷下,唐圭璋编《词话丛编》,中华书局,1986年,第259页。

故而偏多表现出女性化的特征;而"男士悲秋"词则大致恢复了男性的面目,因此无论在词的感情内容或意境格调方面,就都有所拓展和"刚化"。而若究其本源,就仍都可以归结到一点——词人伤感压抑的愁苦心态。所以表现在某些词篇中,"春"与"秋"就合二为一了。例如:李煜词有"春花秋月何时了"(《虞美人》),秦观词有"晓阴(指春晓)无赖似穷秋"(《浣溪沙》),在他们笔下,"春"与"秋"就都由"良辰美景,赏心乐事"一变而为烦恼惹愁的事物,这就可见词人所"戴"的"有色眼镜"其伤感的"颜色"有多浓了!

柳永因何被晏殊黜退

——从柳永《定风波》看两种"趣味"的对立

张舜民曾记有柳永被晏殊黜退的一段故事。柳永因写词忤逆了宋仁宗皇帝，吏部不肯授官，于是去拜谒当时的宰相晏殊，求他帮忙。晏殊没好气地说道："贤俊作曲子么？"柳永觉察到其中的不满之意，委婉地反唇相讥："只如您相爷，也作曲子。"晏殊越加来气，斥责道："我虽作曲子，却从未写过你那种'绿线慵拈伴伊坐'之类的词篇！"于是柳永只好默然而退①。这看似一段趣闻，但我们从中却感到大可寻味：尽管同是写词，可词坛上确然存在着两种不同的"趣味"，在有些时候，这两种趣味之间甚至形成严重的对立。

古往今来，大人物奖掖提携小人物虽不多见，却常被人们传为美谈。特别是文人之间，由于惺惺相惜，所以更流传着一些慧眼识英才的传说。据传李贺7岁时即能写诗，名动京师，韩愈与皇甫湜二位名流就登门探访。目睹了他写出《高轩过》一诗，两人惊叹不已，亲自为他束发。后来当李贺因父名"晋肃"而不得举进士时，韩愈还特为此事作《讳辩》，替李贺打抱不平②。又如杜牧应考，主考大人是崔郾。崔读了杜的《阿房宫赋》后十分佩服这位年轻人的文才，于是提拔杜牧得中第五名进士③。而晏殊本人，史载他"平居好贤，当世知名之士如范仲淹、孔道辅，皆出其门。及为相，益务进贤材，而仲淹与韩琦、富弼皆进用"④，也是一位知人善任的伯乐。他还有一件足称文坛佳话的趣事：有一次他到扬州出差，宿在大明寺里，乘空闲就尽观寺壁上的题诗，特别记住了署名王琪的一首佳作，就唤人将王琪邀来同进晚饭。饭罢，晏殊吟诵自己的诗篇，说有一上句"无可奈

---

① 张舜民：《画墁录》，影印《文渊阁四库全书》第 1037 册，上海古籍出版社，1987 年，第 172 页。

② 王定保：《唐摭言》卷一○，影印《文渊阁四库全书》第 1035 册，上海古籍出版社，1987 年，第 773－774 页。

③ 王定保：《唐摭言》卷六，影印《文渊阁四库全书》第 1035 册，上海古籍出版社，1987 年，第 736 页。

④ 脱脱，等：《宋史》卷三一一《晏殊传》，中华书局，1977 年，第 10197 页。

何花落去"十分满意,可下句却思索近一年未能觅得。王琪答曰:"何不对上'似曾相识燕归来'?"晏殊大喜,立即决定将他辟为幕僚,授以馆职①。从这些情况看来,晏殊不像是位气量狭小的人物;相反,他倒很能提携后进、选拔人才。可他为什么偏偏又要黜退词名很响的柳永呢?这里头就有若干奥妙耐人寻味。

照我的看法,晏殊不满柳永的,首先就是柳的"人品"不高、"名声"不佳。柳永出身于一个世代为官的仕宦人家,照封建时代的标准来衡量,读书做官才是"正道"。可柳永却似乎有些"叛逆者"的味道,年轻时就喜欢作词唱曲,在歌妓乐工群中厮混,从而获得了"才子词人"的美名。据传,"妓者爱其有词名,能移宫换羽,一经品题,声价十倍。妓者多以金物资给之"②,简直成了当时的词坛领袖和"浪子班头"。但他越在下层市民中混得大红大紫,就越受到上层社会的鄙视和不满。因此当他以柳三变的本名赴考时,本已得中进士,但恰被"留意儒雅"的仁宗瞥见其名字而特意将其刷了下来。皇帝为此还亲口说了一句:"且去浅斟低唱,何要浮名"(这是针对柳永的一篇影响很大的《鹤冲天》词而发的,因词中有"忍把浮名,换了浅斟低唱"之句),可见其怒气不小③。由此可知,晏殊黜落柳永,实是一种"上等人"瞧不起"下等人"的举动,其中明显包含着对柳永的偏见。这种基于看不起作者的"人品"而贬低其"词品"的做法,我们并不陌生。后来的王灼也曾因李清照的改嫁而"迁怒"于她的词作,说她"晚节流荡无归""闾巷荒淫之语,肆意落笔,自古缙绅之家能文妇女,未见如此无顾忌也"④,正与晏殊之指责柳词出于同一道理。

其次,晏殊之所以黜退柳永,也与柳永的答话不太"得体"有关。这其实又牵涉到宋人对词的一种矛盾心理:一方面,晏殊跟其他很多士大夫文人一样,很喜欢作词唱曲;另一方面,他们又感到作词之举不像作诗写文,多少有些儿妨碍自己的名声。不是吗?晏殊的晚辈王安石就曾批评过他:"为宰相而作小词,可乎?"⑤晏殊的儿子晏几道写词,也有人好心地写信劝他别做这种"才有余而德不足"的人才做的傻事⑥。而晏殊所写的那些恋情词在当时也已引起了"好作妇人语"的戏嘲,所以当晏殊摆出一副"正经"面孔问柳永"贤俊近来作曲子吗"

---

① 胡仔:《苕溪渔隐丛话·后集》卷二〇引《复斋漫录》,廖德明校点,人民文学出版社,1962年,第142页。

② 罗烨:《醉翁谈录》丙集卷二,古典文学出版社,1957年,第32页。

③ 吴曾:《能改斋漫录》卷一六,上海古籍出版社,1979年,第480页。

④ 王灼:《碧鸡漫志》卷二,唐圭璋编《词话丛编》,中华书局,1986年,第88页。

⑤ 魏泰:《东轩笔录》卷五,李裕民点校,中华书局,1983年,第52页。

⑥ 邵博:《邵氏闻见录》卷一九,刘德权、李剑雄点校,中华书局,1983年,第151页。

时,如果聪明一点,柳永该诚惶诚恐地"检讨""忏悔"一下自己的举止才是,但他却不识时务和不甘受训地反驳晏殊"只如相公,亦作曲子"。这当然使晏殊下不了台,因而就遭到了晏的有些强词夺理的指责。从这一两句含有潜台词的对话中,我们又很可窥见宋代文人写词时的微妙心理:既想吃羊肉(喜欢写词),又怕羊腥味(害怕别人批评自己"不务正业"),柳永之所以倒霉,就与他触动了晏殊那一根敏感的神经有关。

而第三点,也是说到底的一点,柳之所以遭黜,还与他的"词品"有关。不然,晏殊就拿不出把柄和找不到口实来斥责同是"作曲子"的柳永了。那么,被晏殊当作靶子攻击的"彩线慵拈伴伊坐",究竟又体现了怎样的"词品"呢? 不妨让我们做些分析。它本是柳永《定风波》词中的一句,全词如下:

> 自春来,惨绿愁红,芳心是事可可。日上花梢,莺穿柳带,犹压香衾卧。暖酥消,腻云亸,终日厌厌倦梳裹。无那! 恨薄情一去,音书无个!
>
> 早知怎么,悔当初、不把雕鞍锁。向鸡窗、只与蛮笺象管,拘束教吟课。镇相随,莫抛躲,针线闲拈伴伊坐。和我,免使年少光阴虚过。

从这首词来看,它确实相当典型地体现了柳词那种不同于正统士大夫文人的生活理想和审美趣味。

先看此词所反映的生活理想。正统的封建文人,一向把功名利禄、仕途经济当作人生的目标和读书人的"正道"看待,而只有像后世贾宝玉那样的"不肖种"才会说出把"读书上进的人"称为"沽名钓誉之徒"和把"仕途经济"的学问称为"混账话"的"胡言乱语"来。柳永的这首《定风波》虽然不像贾宝玉那样"直言"(他在另一些词里却表露过与之有些相似的蔑视功名的思想),但借着一位歌妓的口吻表达了这样的人生理想:为什么要为那些功名利禄去拼搏呢? 人间最可贵的是"年少",而"幸福"的"真谛"就是要"小妹妹唱歌郎奏琴"地男欢女恋过一生! 所以她就发出了"镇相随,莫抛躲,针线闲拈伴伊坐。和我,免使年少光阴虚过"的心声。但这种人生理想在晏殊他们看来,自然是"没有出息"和"俗不可耐"的。故而他在举出此词以斥责柳永时,肯定含有这样的弦外音:你既然要与歌女"伴坐",那又何必来求官觅差? 还不趁早离开这里!

再来看此词所体现的审美趣味。这方面可谈的问题很多,大致有如下几点:

第一是它的气度。我们知道,北宋由于城市繁华和鼓励享乐,所以整个文坛上都流行着以富贵气度为美的风尚。别人不说,就连词风相当平易自然的李清照在评论秦观词时尚且要批评他"譬如贫家美女,虽极妍丽丰逸而终乏富贵态",由此可知此风的盛行了。但是,同是写富贵,却又有真富贵和假富贵之分。

晏殊就既是生活中的一位真富贵者(他是有名的"太平宰相"),又是文学创作和文学欣赏活动中提倡"(真)富贵气象"的代表人物。他曾尖刻地批评前代有些仅以华丽字面堆垛起来的"富贵诗"是"乞儿口中语""作此诗者必非贵族",而颇为自豪地称自己的诗是"每言富贵,不及金玉锦绣,惟说气象"①。他的这种"富贵气象",是从"骨子"里透出来的。而相比之下,柳永只是一个下层文人,他所结交的也大都是些地位低微的歌妓,故而他词中所写的"富贵"就有些儿像穷人穿上高级时装那样,不免仍露出若干"寒酸"相来。试看柳永的那首《定风波》就可略感一二。它写歌妓的容貌和服饰,尽量用"暖酥""腻云""香衾"之类浓丽得有些发腻的字面;它写歌妓的居室和陈设,又用了"鸡窗""蛮笺象管"之类并不相配的辞藻;甚至在写大自然的景色时,也用了"惨绿愁红"等带有刺激性的字来做形容。凡此种种,都显示了词人拼命要夸富的心理;而在晏殊这类好用淡雅语表露其富贵气象的优雅文人看来(如其自负的"梨花院落溶溶月,柳絮池塘淡淡风",就是不着金玉锦绣字面而尽得其富贵"神髓"之语),这种夸富举动的背后恰恰隐藏着贫士的羡富欲望。故而从其气度来看,柳词就显得有些"小家子气"了。

第二是它的抒情方式和抒情风格。在柳永以前,词坛基本是小令的天下,其词风含蓄而文雅。但到柳永,他改以慢词长调为主,而其词风也变为"铺叙展衍,备足无余",称得上是一种经过"放大"后的词风。试以这首《定风波》为例,光是描写一个"懒"字,就花费了多少笔墨。从春色的撩拨愁绪到芳心的无处可摆,再到"日上花梢,莺穿柳带"时的犹压香衾高卧,进而更写她的肌肤消瘦、鬓发散乱,最后揭示她病恹恹的倦懒心态。这就把思妇的相思之情写得"穷形极相""备足无余"!而比之晏殊他们只用一两句话(如"双燕欲归时节,银屏昨夜微寒""凭高目断,鸿雁来时,无限思量"等)就把这类情感隐约地暗示出来,这中间就存在发露与含蓄之分、放肆与蕴藉之异。而照传统的观点来看,柳词当然就嫌"韵终不胜"②了。苏轼也曾批评过秦观,说他的"小楼连苑横空,下窥绣毂雕鞍骤"以13个字只说得一个人骑马楼前过,乃是学柳永的写法③,同样也是不满

---

① 胡仔:《苕溪渔隐丛话·前集》卷二六,廖德明校点,人民文学出版社,1962年,第175—176页。

② 李之仪:《跋吴思道小词》,《姑溪居士文集》卷四〇,《丛书集成初编》本,中华书局,1985年,第310页。

③ 事见冯金伯《词苑萃编》卷九引《高斋诗话》,唐圭璋编《词话丛编》,中华书局,1986年,第1967—1968页。

于柳词的过分发露而不求含蓄。而这种带有市民作风的但求畅快淋漓、不求委婉蕴藉的抒情方式和抒情风格,当然也成了柳词不讨人喜欢的原因之一。

第三则要谈到柳词的语言。柳永长期生活在社会底层,他写词也往往是为了满足乐工歌妓之请并欲赢得市民群众的欢迎,所以其词中就大量采用民间的俗语俚字,这就形成了它不同于传统文人词篇的"骫骳从俗"的语言风貌。如李清照就批评他"词语尘下"①,而更甚于此的批评还指责他"好为淫冶讴歌之曲"②。观之本首《定风波》词,其中确还保留着很多市民语言的痕迹,如"惨绿愁红""是事可可""无那""怎么"等,就带有若干俚气和俗味。这在语言风格十分精致优美、文雅秀洁的晏殊(他的词集命名为《珠玉词》,可见其语言的"珠圆玉润")看来,自然是不登"大雅之堂"的。

从以上三点综合起来看,柳词所体现的就是一种异于"常规"的审美趣味,它和当时瓦舍勾栏中兴起的市民文艺息息相通,而和正统文人那种传统的、"高雅"的审美趣味就显得格格不入了。正因如此,再加上前述"人品"和答话不得体等原因,晏、柳之间自然话不投机,柳永就难逃被黜了。这也从一个侧面反映了宋代词坛两种不同趣味之间存在的相当严重的对立。

不过,柳永在上层社会虽然失败了,但他在下层社会却是一个"胜利者"。且不说其词获得"凡有井水饮处即能歌"的殊誉,就在汴京大相国寺的一个公众集会上,竟也发生了一件以柳词"黜退"士大夫文人的故事。有一位刘季高侍郎,饭饱酒足之后在那里"力诋柳氏,旁若无人"。忽有一老太监闻后取纸笔跪请他老先生:"您老以柳词为不佳,能否请您自作一篇给我辈看看?"刘只好默然无应,悄然而退③。这个故事或许也可看作柳永(尽管他早已逝世)对于正统文人的一种"报复"吧。可见,柳词尽管不受士大夫文人的青睐,可它在民间却自有其强大的生命力。后世戏曲小说中颇多描述柳永故事的作品(如话本中的《众名妓春风吊柳七》,戏文中的《变柳七》等),就体现着广大民众对于这位大词人的爱慕和纪念。

---

① 李清照:《词论》,王仲闻校注《李清照集校注》,人民文学出版社,1979 年,第 194 页。
② 吴曾:《能改斋漫录》卷一六,上海古籍出版社,1979 年,第 480 页。
③ 徐度:《却扫编》卷下,影印《文渊阁四库全书》第 863 册,上海古籍出版社,1987 年,第 788 – 789 页。

消极词论的某种积极作用

——谈"娱宾遣兴"论的有功于词

中国古代文学理论的内容相当丰富,但从如何看待文学的功能和作用这一角度来看,则大致可以分成两派观点。一派观点认为,文学对于政治、教化具有重要的补裨作用,因而相当重视文学的思想内容,强调它的社会效益和"美刺"作用。这一派的观点首先由孔子提出,《论语·阳货》曰:"诗可以兴,可以观,可以群,可以怨。迩之事父,远之事君。"①此观点后来又被许许多多坚持"孔门文学观"的作家和批评家们所继承发扬,如白居易《与元九书》中就宣称"文章合为时而著,歌诗合为事而作""可以救济人病,裨补时阙"②,又在《新乐府序》中宣称"总而言之,为君、为臣、为民、为物、为事而作,不为文而作也"③。另一派观点则认为,文学创作只是"壮夫不为"的"雕虫篆刻"④,其主要功能只是供人或供己作精神消遣和文化娱乐,比如汉武帝的蓄养辞赋家,就是把他们当作倡优之类的人物来看待的⑤;而即使是思想性很强的大诗人杜甫,有时竟也把"诗"与"酒"并提,把它们派作"宽心遣兴"之用⑥。这就可知此种把文学看成"小道末技"和"娱乐品"的观念,在有些时候和有些诗人那里还是很有市场的。当然,平心而论,在这两种观点中,基本由前一派观点占据着主流和显要的地位,而后者则处于支流和潜伏的地位。

那么,从其总体情况来看,这两派不同的观点对于文学创作分别起着什么作

① 《论语·阳货》,朱熹《四书章句集注·论语集注》,商务印书馆,1935 年,第 130 页。
② 白居易:《与元九书》,《白居易集》卷四五,顾学颉校点,中华书局,1979 年,第 962 页。
③ 白居易:《新乐府序》,《白居易集》卷三,顾学颉校点,中华书局,1979 年,第 52 页。
④ 扬雄:《法言·吾子》,《法言(及其他一种)》,《丛书集成初编》本,中华书局,1985 年,第 5 页。
⑤ 《汉书·贾邹枚路传》载,枚乘自言其"为赋乃俳,见视如倡"。班固:《汉书》,颜师古注,中华书局,1962 年,第 2367 页。
⑥ 杜甫《可惜》诗云:"宽心应是酒,遣兴莫过诗。"杜甫著,仇兆鳌注:《杜诗详注》卷十,中华书局,1979 年,第 803 页。

用呢？拿今天的眼光来看，应该说前者的作用基本可称是积极的，而后者的作用则是消极的。尽管前一派观点后来曾分化成两个系统：一个系统是片面地、极端化地强调文学维护封建统治的"卫道""传道"作用，从而把文学变成了政教的"附庸"；另一个系统则是充分重视文学的思想内容和社会作用。后者有效地发挥了它批评时政、泄导人情的效能，但从文学史的基本事实考察，还是"功大于过""益大于弊"的。我们试观，从屈原、司马迁开始，直到唐宋的李白、杜甫、白居易、苏轼、陆游、辛弃疾，以及元明清时期的很多优秀作家，事实上哪一位不是坚持着"兴、观、群、怨"特别是"诗可以怨"的创作原则？由此可知，重视文学的社会地位和社会作用、重视文学的思想内容和功利目的的文学理论，其总体的积极作用是应该加以肯定的。而那种轻视文学的社会作用甚至把文学当作"佐欢"之具的观点，则对文学的健康发展无疑起着消极和有害的作用——扬雄时代"丽以淫"的某些辞赋作品、齐梁时代某些色情化的宫体诗，就是后一理论支配下的产物。

不过，事情往往会有例外。那就是：总体上处于支流和潜伏局面的"小道末技"论，却也曾在某一时期的某一文体之创作中，得到过公然的、全局性的流播。唐宋词坛上曾经广为流行"娱宾遣兴"论的史实，就是一个例证。而若运用一分为二的观点来分析问题，我们竟又发现：这种总体上是消极的词论，在一定程度上却又产生过某种积极的作用；或者也可说，"坏事"在一定程度上却又变成了"好事"。这种微妙复杂的文学现象，值得我们进一步探究。

我们知道，封建时代的文人一向把君国大事和本身的功名业绩当作自己的"正事"和"大业"来追求。从这个角度出发，他们就把"文章"看成了功业和道德以外的"余事"。孔子说过"行有余力，则以学文"[1]，而大文学家韩愈也自称"余事作诗人"[2]。相对于"诗"和"文"而言，"小词"就更成了"余中之余"。如苏轼曾称张先"诗笔老妙，歌词乃其余波"[3]，而王灼又称苏轼"以文章余事作诗，溢而作词曲"[4]。这就意味着：诗乃文之"余"，而词又只配称作为诗之"余"，于是词更戴上了"诗余"这顶帽子（南宋人就开始把词集定名为"诗余"，

① 《论语·学而》，朱熹《四书章句集注·论语集注》，商务印书馆，1935年，第3页。
② 韩愈：《和席八十二韵》，《韩昌黎诗系年集释》卷九，钱仲联集释，上海古籍出版社，1984年，第962页。
③ 苏轼：《题张子野诗集后》，《苏轼文集》卷六八，孔凡礼点校，中华书局，1986年，第2146页。
④ 王灼：《碧鸡漫志》卷二，唐圭璋编《词话丛编》，中华书局，1986年，第83页。

如《定斋诗余》《草堂诗余》等）。这种将文体"分等"的观念，实际上反映了人们对于词体的轻视态度。抱着这种态度去写词，词人们自然不约而同地产生了用词来"娱宾遣兴"，甚至是"佐欢侑酒"的创作动机和创作行为。这方面的例子相当之多。如陈世修为冯延巳的《阳春集》作序道："公以金陵盛时，内外无事，朋僚亲旧，或当燕集，多运藻思为乐府新词，俾歌者倚丝竹而歌之，所以娱宾而遣兴也。"①晏几道称自己的词是"病世之歌词，不足以析酲解愠""期以自娱"②。而欧阳修《采桑子·西湖念语》则说他之所以写这组词，不过是"敢陈薄伎，聊佐清欢"。另外在南宋曾慥所编《乐府雅词》一书中也保存着许多以词"娱宾""助欢"的话头。由此可见，"娱宾遣兴"论实为当时一种颇为流行的创作理论，它几乎贯穿着整个唐宋词的创作历史。后来虽有人起而抬高词体并在实际上把写词当作一项严肃的事业来对待，但毋庸讳言，上述观念始终在词坛上占有优势。

那么，这种轻视词体的"娱宾遣兴"论对于唐宋词的创作起了什么作用呢？答案是显而易见的：它在总体上起着一种消极的、有害的作用。它的直接结果便是：大大削弱了词的思想内容，降低了词的思想价值，甚至催生了某些格调低下、趣味庸俗的"淫词""谑词"，以及一些仅以文字技巧取胜而用作"应社"之需的"无谓之词"③。由于这方面的危害性是明摆着的，所以这里就不劳多说。现在的问题是：这种基本有害的词论，在词的发展史上究竟还有没有积极的作用呢？回答也是肯定的：它在促成词体的抒情性格以及形成婉约词的主体风格方面，就曾起过相当积极的作用。

中国古代文学史上，早在"小词"登上文坛以前很久，诗和文就已具有悠久的历史并取得了辉煌的成就。特别是诗至唐代已臻全盛，鲁迅甚至夸张地认为"一切好诗，到唐已被做完，以后倘非能翻出如来掌心之齐天大圣，大可不必动手"④。但是（唐）宋人却并未就此止步，他们依仗自己杰出的艺术创造力，终于在唐诗之后新建了另一座瑰丽的文学宫殿——（唐）宋词。而在这方面，除开词体本身的某些优越条件（如它的合乐性、长短句式及在艺术技巧和语言方面可向唐诗借鉴等）外，视词为"小道末技"、用词来"娱宾遣兴"的词学观却也在此起

---

① 王鹏运辑：《四印斋所刻词》，上海古籍出版社，1989 年，第 332 页。

② 晏几道：《小山词序》，朱孝臧辑校《彊村丛书》第 1 册，上海古籍出版社，1989 年，第 653 页。

③ 周济在《介存斋论词杂著》中说"南宋有无谓之词之应社"。参见唐圭璋编《词话丛编》，中华书局，1986 年，第 1629 页。

④ 鲁迅：《一九三四年致杨霁云信（12 月 20 日）》，《鲁迅书信集》下卷，人民文学出版社，1976 年，第 699 页。

了某种开路的作用。

　　这里不妨借用陈子龙的一段话来做解释。陈子龙曾说："宋人不知诗而强作诗。其为诗也，言理而不言情，故终宋之世无诗焉。然宋人亦不免于有情也。故凡其欢愉愁怨之致，动于中而不能抑者，类发于'诗余'。故其所造独工，非后世可及。"①在他看来，宋人本自有其感情郁积于胸，但由于宋诗的"言理而不言情"，因此这些感情无法在诗中得到宣泄，故就一股脑儿地涌到了词中，由此造成了宋词"独工"一时的奇观。而在这中间，我们就该看到，词为"诗余"的观念为词的勇敢"接纳"感情和优美地表现感情，大开了方便之门。具体而言，它为词的抒情提供了求真、求美而不必求善的条件；而这就为促成词体"狭深"的抒情性格和形成婉约词那香艳、纯情、唯美的主体风格起了不小的作用。对此，不妨先从王国维的一段话谈起。他在比较词与诗的差异时说："词之为体，要眇宜修，能言诗之所不能言，而不能尽言诗之所能言。诗之境阔，词之言长。"②他所讲的"诗之所不能言"的感情，实际上主要是指隐藏在人们内心深处的某些儿女私情。但由于封建礼教对正常人性的压抑和"诗言志"的传统观念的束缚，人们就不便或不愿在诗中畅快淋漓地将其表现出来。而"小词"的情况就跟"诗"不同了：由于它源自"胡夷里巷之曲"，既没有显赫的家世和高贵的血统（例如据说《诗经》就曾经过"先王"和"圣师"的删改），同时也就"豁免"了对"传道""言志"的责任与使命，而仅被文人当作酒边余兴的"娱宾遣兴"工具。这样，正像喝醉了酒的人可以借酒遮脸红地说出平日正经场合不便讲的话那样，也像喝醉了酒的人往往"酒后吐真情"地向别人倾吐衷曲那样，词的抒情比之诗的抒情来，其"真"（真诚、真率）和"深"（深刻、深挚）的程度与品位就更升高了一个台阶。缘此，词人就不避"嫌疑"地在小词中大写其平昔隐藏在内心深处的女儿私情，向人们敞开心扉。关于这点，可用文人词的第一本专集《花间集》作为典型的例证。其序言就开宗明义地表明此集是为"娱宾遣兴"的目的而编纂的。它不但形象地展示了才子佳人作词、唱词的旖旎情景，甚而公开招认其词源自"南朝之宫体"，且也不怕担上"扇北里之娼风"的罪名。言外之意即是：小词本来就是"用助娇娆之态"的游戏文字，那就再别用"言之不文""秀而不实"的话来指责它们。在这种词学观的指导下，整部《花间集》就变成了一部"艳词"的专集，其中某些作品甚至出现了色情化的倾向。但在此同时，我们却又看到，词人的抒情

　　① 陈子龙：《王介人诗余序》，《安雅堂稿》卷二，《陈子龙文集》下册，华东师范大学出版社，1988 年，第 55 页。
　　② 王国维：《人间词话删稿》，唐圭璋编《词话丛编》，中华书局，1986 年，第 4258 页。

确乎已朝着真和深的方向迈进了一步。比如韦庄写他思念恋人的深情:"不知魂已断,空有梦相随。除却天边月,没人知"(《女冠子》),要不是通过他的词,我们就是"没人知"的;而像顾夐那类"换我心,为你心,始知相忆深"之类的"透骨情语",也是很少能在正统诗文中见到的。这就表明,借着"娱宾遣兴"的幌子,戴着词为"小道"的"安全帽",词人就可轻巧地冲破或绕过封建礼教和儒家诗论的"防线",自由自在地翻滚在情天欲海中,全无遮拦地倾吐他们的欢愉愁怨。在这样的特殊场合里,他们可以不必顾忌自己的词作是否有悖于传统的伦理标准(即所谓的"善"),而只求其尽"真"和尽"美"。关于这最后一点,其原因也很简单:词因为用作"娱宾遣兴",当然就应力求其音律之美和文辞之美。《花间集序》所说的"镂玉雕琼,拟化工而迥巧;裁花剪叶,夺春艳以争鲜"和"声声而自合鸾歌""字字而偏谐风律",就分别表明了词的文辞之美和音律之美。这样,《花间集》的作品就普遍呈现出香艳、纯情、唯美的特色,而这就又为整个婉约词的主体风格奠定了深厚的基础。当然,词的这种主体风格的形成还有其更深刻的原因,如时代精神、文人心态、文学传统、审美心理等,但我们却不能不看到:以词来"娱宾遣兴"的创作目的和视词为"小道末技"的词学观点,在这方面也以"偏师"而非"主力军"的姿态,参与了这种主体风格的形成过程。

文人词的早期阶段即是如此,而它在后来的发展中又何尝不是如此!比如北宋名相晏殊就写过许多被人称为"妇人语"的恋情词,王安石颇为不解和不满地批评他"为宰相而作小词,可乎";若究其创作动机,也还与"娱宾遣兴"有关。叶梦得《避暑录话》上卷记述他每宴宾客必以歌乐相佐,待歌妓唱毕,他就自告奋勇道"汝曹呈艺已遍,吾当呈艺",于是援笔写诗,以作自娱和娱宾之欢①。他对写诗的态度都是这样,那就遑论写词了。我们读他词里的下列句子:"座有佳宾尊有桂,莫辞终夕醉"(《谒金门》)、"劝君绿酒金杯,莫嫌丝管声催"(《清平乐》)、"萧娘劝我金卮,殷勤更唱新词"(《清平乐》),以及"酒宴歌席莫辞频"(《浣溪沙》)、"兰堂把酒留嘉客"(《滴滴金》)……就完全有理由说,晏殊词中的很大部分就是在酒宴待客、歌妓献曲的环境中诞生的,它的直接目的也分明就为"娱宾遣兴"!再如对于写词相当认真的辛弃疾也摆脱不掉这种"娱宾遣兴"的作词习气。岳珂《桯史》卷三记载他"每宴必命侍妓歌其所作",歌毕即拊髀自笑,遍问座客其词写得如何;若遇到得意时,更"使妓迭歌,益自击节"②。这段描述亦足见此翁对于其词能够起到"娱宾遣兴"作用感到的兴奋和快慰。所以

---

① 叶梦得:《避暑录话》卷上,《丛书集成初编》本,商务印书馆,1939年,第35页。
② 岳珂:《桯史》卷三,中华书局,1981年,第38页。

纵观唐宋词坛,以词来"娱宾遣兴"可说是普遍的风尚。而正像前面指出过的那样,这种创作动机和词学观点,一方面曾起过相当消极的作用,另一方面却也"坏事变好事"地产生过某种程度的积极作用。简而言之,正像谚语"水往低处流"所说的那样,人们那"动于中而不能抑"的某些特殊类型的感情既然不易"高攀"正统的诗和文,那么凭着"娱宾遣兴""小道末技"的词学观念为之"开道",它就"顺流而下"地涌溢进了词中,并由此促成了词情真辞美、深挚动人的艺术风貌。我们发现:强调文章是"经国之大业,不朽之盛事"①的曹丕,其本身并无惊世之名作;倡言"何故谓之诗? 诗者言其志"②的邵雍,也并未写出了不起的诗篇;倒是将词用作"娱宾遣兴"的(唐)宋词人,却为后代留下了无数文学瑰宝。这一现象启示人们:适度地重视文学的娱乐功能,对文学创作产生的影响其实并非全部是消极、有害的;倒是过分地强调文学的政治、教化作用,有时却会损害作品的文学性和感染力。

① 曹丕:《典论·论文》,萧统编《文选》卷五二,李善注,影印《文渊阁四库全书》第1329册,上海古籍出版社,1987年,第895页。
② 邵雍:《论诗吟》,《伊川击壤集》卷一一,《缩本四部丛刊初编》第192册,商务印书馆,1936年,第84页。

早熟的儿童
——谈晚唐五代词的"早熟"特性

　　人的一生,可以划分为婴儿期、儿童期、青年期、成人期乃至衰老期等不同的生长阶段。一种文体的发展史,又何尝不可以做类似的划分? 拿唐宋词来讲,如果我们把它视为一个相对完整的"全过程"的话,那就同样可以大致地划分出几个不同的生长阶段:它初起于民间,后有文人作者仿效和试作,这一阶段即民间词和中唐文人词的阶段,可视为词的新生期或婴儿期;接下来的晚唐五代词,从时间表上看,便属儿童期;而到了词曲大盛的两宋时代(南宋后期除外),它就迎来了自己的青春期和高度成熟期(或称青年期和成人期);至若南宋后期,则我们又可将它看作是唐宋词的衰老和终结阶段。本文所要谈论的,乃是其中的晚唐五代词,也就是唐宋词的儿童阶段。不过,当我们一旦接触这个"儿童"时,便会惊讶地发现:这个儿童大不同于常见的儿童,而是一个"早熟"的儿童!

　　晚唐五代词的这种"早熟"特性,首先表现在它艺术风貌的"速成"方面。对此不妨与诗来做一比较。如果把近体诗特别是律诗的形成看作是诗全面成熟的标志的话,那么从《诗经》开始,历经《楚辞》和汉魏六朝诗直至唐诗,诗才到达了众体齐备、意境老成的全盛时期,其间共花了 1000 余年时间。而词从民间兴起,只经过中唐文人短暂的尝试阶段,却一下子"跳跃"到了晚唐五代词的成熟阶段,这中间只有 200 年左右的时间。相比之下,词在艺术风貌方面的成熟就显得相当"速成"或超前成熟了。这种艺术风貌方面的"速成",可从以下两点看出:

　　第一是体式。词在民间初起时,其体式是很不稳定的。唐圭璋先生曾将其特点归纳为七条:有衬字;有和声;有双调;字数不定;平仄不拘;叶韵不定;词的内容多咏调名(如《献忠心》词就写向大唐皇帝效忠的心愿)。而到了晚唐五代时,词的体式就形成了"调有定句,句有定字"和每字大致"定声(平仄)"的定型化格局。比如对温庭筠词,夏承焘先生就指出:"往往有同调数首(不仅句数、字数尽同),字字从同;凡在诗句中可不拘平仄者,温词皆一律谨守不渝。"他特举其七首《南歌子》为例,得出"每首五句二十三字,共一百六十一字,无一字平仄不合"①的结论。这就可知晚唐五代词在体式方面的极快"成熟"。

第二是意境。词在民间流行的阶段,意境相当浅露,带有较多的民歌风味。如《捣练子》:

> 孟姜女,杞梁妻,一去燕山更不归。造得寒衣无人送,不免自家送征衣。　　长城路,实难行,乳酪山下雪纷纷。吃酒则为隔饭病,愿身强健早还归。

它就很像是叙事体的民间小唱。而中唐文人写的不少词,也还脱不掉绝句小诗的形骸。如刘禹锡的《竹枝词》:"白帝城头春草生,白盐山下蜀江清。南人上来歌一曲,北人莫上动乡情。"又如白居易的《杨柳枝》:"瞿塘峡口水烟低,白帝城头月向西。唱到《竹枝》声咽处,寒猿闲鸟一时啼。"说它们是词或是诗就都可以。而到了晚唐五代词的阶段,词的意境就变得"老成"起来,词境与诗境的差异也已充分地显露出来。比如薛昭蕴的《离别难》:

> 宝马晓鞲雕鞍,罗帷乍别情难。那堪春景媚,送君千万里。半妆珠翠落,露华寒。红蜡烛,青丝曲,偏能勾引泪阑干。　　良夜促,香尘绿,魂欲迷,檀眉半敛愁低。未别,心先咽,欲语情难说出,芳草路东西。摇袖立,春风急,樱花杨柳雨凄凄。

且不说它的"场景"多次转换,也不说它的"布景设色"有多繁复,光从它的换韵和音调来看(全词共用五部韵,且交互错杂地押韵,使其声情显得哀迫凄切),就明显展示了词体在表现窈深曲折的感情方面的特殊韵味②。打个比方来说,民间词和中唐文人词在艺术风貌方面好比牙牙学语的婴儿,显得很"稚气";而此后不久的晚唐五代词却像几年不见就出落为一位亭亭玉立的俏姑娘那样,其成长和变化速度之快,着实令人惊异。故而从词的"出世"未久却超速形成其所特有的艺术风貌来说,我们就有理由把晚唐五代词这个唐宋词的"儿童"称作"早熟"的儿童。当然,纳凉不忘栽树人,在指出词生长速度之快的同时,我们也不应忘掉诗对词的"哺育"之功——正是借鉴和学习了诗的写作经验并再加以新的创造,正是诗人们把恋情诗和闺怨诗里的感情养料移注到词中,这才使后者获得了丰厚的艺术营养和精神营养,从而得以快速成长和提前成熟。

---

① 夏承焘:《唐宋词字声之演变》,《唐宋词论丛》,上海古典文学出版社,1956 年,第54 页。

② 汤显祖《玉茗堂评花间集》评此词曰:"咽心之别愈惨,难说之情转迫。"见明万历庚申(1620)闵氏朱墨套印本,卷二,第6 页。

但是,问题还可作更深一层的剖析。晚唐五代词的"早熟"特性,不仅表现在它的"年龄"甚短而艺术风貌却"速成"的反差上,而且还表现在它"心理面目"的过早"成人化"上。具体来说,它虽离开诞生时期不久,在当时还属一种新兴的文体,但在其抒情内容方面却已有了凝固和偏执的趋势:第一,它已定型或基本定型为专门"言情"的特殊文体,形成了"词为艳科"的局面;第二,它又和"愁""怨"之类的悲哀情绪结下了不解之缘,变成了基本用以"言愁"的专门文体。辛弃疾《丑奴儿》就说过"为赋新词强说愁",足以证明词与愁之间的"缘分"。当然,诗歌乃至散文都曾有过描写爱情和表现愁情的传统,而民间词及中唐文人词中也都有过上两类作品;但像晚唐五代词那样偏执或高度集中于这两方面的情况,却还是比较少见的。拿诗歌来说,它就不仅"言情",而且更多的是用以"言志";拿民间词来说,则它往往"感于哀乐,缘事而发",有什么感触就发什么声音,并不侧重于抒发特种类型的感情;而中唐文人词却还反映了比较宽广的情志,其体制与规模虽小而其抒情的范围却仍能与诗接轨(故"诗余"一词也可从这一意义上来理解:它把诗的感情内容纳入作为其"余波"的词中来表现)。但一到晚唐五代词里,情况就大变了。它几乎急不可耐地转到了专门描写艳情和表现愁绪的轨道上来,其"心理面目"顿时变得"成人化"甚或"老化"起来。这就和它的"儿童"身份显得差距甚大。对此,我们可以分别加以剖析:

首先是它的过早的、畸形的艳情化倾向。当然,正如前述,早在民间词和中唐文人词中,就已出现过若干描写艳情的作品,但毕竟尚未形成"词为艳科"的"定格"局面。比如,它们也写闺怨,也写花情柳思,但除此之外却也还有许多作品描写恋情之外的其他题材,如写江南风景、塞下风光、隐逸之趣以及谪迁之怨、商妇生活等,词人并非一味从事艳词的写作。但借用孙光宪的词来说,晚唐文人词却是"半为枕前人,半为花间酒"(《生查子》)而动笔的,因而呈现出十分浓烈郁馥的"香艳"的色味。对这一令人惊异的文学现象,我们大可用《红楼梦》中的一段情节来做比拟:贾宝玉刚满周岁时,其长辈将"世上所有的东西摆了无数叫他抓,谁知他一概不取,伸手只把些脂粉钗环抓来玩弄"①。曹雪芹安排这个细节,或许是想说明宝玉天生是个"情种",所以一出世就对脂粉钗环"情有独钟"。而我们则想借此说明:词在它的儿童时代即晚唐五代词的时代,就已怀有对于恋情的"早熟"心理;不然的话,身处这个昏暗动乱的社会环境,词人们(主要是"花间"词人)该有多少复杂的感触可写,而他们却偏独在其词中大写特写那似

---

① 曹雪芹、高鹗:《红楼梦》第二回,中国艺术研究院红楼梦研究所校注,人民文学出版社,1990年,第17页。

乎永远也写不完的恋情婉思！由此可知，其"心理年龄"已经"超前"，所以才会产生这样"早熟"和带有几分畸形的恋情心理。

其次是它的过分沉重的忧伤和颓废的"面容"。人说，文学是欢乐和苦闷的象征，因而历代的文学作品基本上就既写苦事又写乐事。就拿民间词来说，它就既有"我是曲江临池柳，这人折去那人攀"（《望江南》）的愁苦之音，却也有"生死大唐好，喜难任，齐拍手，奏仙音"（《献忠心》）的欢欣之声。再拿中唐文人词来看，张志和对西塞山桃花流水的心醉，白居易对江南美好风光的礼赞，刘禹锡对巴蜀风土人情的描摹，其中就都闪现过明亮的色彩和轻快的音符，并不是一味的愁苦烦闷。而晚唐五代词的"面容"却顿改其貌。这并不是说从其中挑不出一些描写欢快之情的作品来，而是从它的总体气氛来看，似乎深深笼罩着一层像铅似沉重的阴云。是的，晚唐五代词人爱写恋情——这本是人类最幸福的生活体验——但他们笔下的恋情却混合着愁闷和苦涩，呈现为"绮"和"怨"交相错杂的"绮怨"面目。他们也常写歌席酒宴上的狂欢，但他们描绘的狂欢"背后"却又渗透出颓废忧患的意绪。而除开少量描写南国风貌的乡土词之外，整个晚唐五代词坛，几乎遍布着忧伤之雾，蔓延着颓废之风——特别是这些忧伤和颓废往往升起于处于恋情和狂欢的人心中，那就很有些像少年人愁白了头发那样，显得很不相称。如身为"金陵盛时"的南唐宰相冯延巳，他的词中就有很多"乐极生悲""盛时不再"的莫可名状的惆怅与颓丧。其词云：

> 笙歌放散人归去，独宿江楼，月上云收，一半珠帘挂玉钩。　　起来点检经由地，处处新愁。凭仗东楼，将取离心过橘洲。（《采桑子》）

又云：

> 花前失却游春伴，独自寻芳，满目悲凉，纵有笙歌亦断肠。　　林间戏蝶帘间燕，各自双双。忍更思量？绿树青苔半夕阳。（《采桑子》）

它的这种"笙歌放散""纵有笙歌亦断肠"的悲凉和颓丧，就充分表明了晚唐五代词人那种深藏在"骨子"里的人生苦闷。而身历亡国之变的李后主，他的词中就更清晰地显露出畏世和厌世的颓废"面容"来了。如：

> 昨夜风兼雨，帘帏飒飒秋声。烛残漏滴频欹枕，起坐不能平。世事漫随流水，算来一梦浮生。醉乡路隐宜频到，此外不堪行。（《锦堂春》）

> 林花谢了春红，太匆匆。无奈朝来寒重，晚来风。　　胭脂泪，留人醉。几时重？自是人生长恨水长东！（《乌夜啼》）

这两首词都足可看出他畏惧世俗、厌倦人生的疲惫、颓废的心态。这种词带"老人气"的情况表明：晚唐五代词虽尚处在词史的儿童阶段，但从心理面目而言，却已相当地"老化"了。

从以上两点——身为"儿童"却过早地怀有浓溢的恋情心理，同时又过早地显露出沉重的颓废"面容"——来看，我们就有理由说：晚唐五代词作为整个唐宋词的"儿童"，毕竟显得过分"老成"和提早"成熟"了。而大家知道，人在儿童时期(特别是早熟的儿童)所形成的性格和习惯，往往会对他的大半辈子起一种"奠基"作用；有些孩提时代所形成的性格习惯，甚至会贯穿一生。唐宋词的情况也就大体如此。"三岁知老"，我们从"早熟"的晚唐五代词身上，就依稀可辨它的发展趋势。我们发现：尽管晚唐五代词历时并不算长、作品并不算多，但它对其后 300 余年的宋词发展史，却产生了相当巨大而深远的影响。一本《花间集》，几乎成了宋代词人必读的"教科书"，即使是词中的"改革家"苏轼和辛弃疾，也有模仿"花间"作风和体式的作品；而南唐一冯(冯延巳)二李(李璟、李煜)的词作，也对宋代词人们起过"沾溉"作用，如晏殊、欧阳修词就分别得冯词之"俊"和"深"，李清照也盛赞过李氏君臣之词风"文雅"。甚至可以夸张些说：差不多所有宋代婉约词的"细胞"和"血液"中，都还保留着晚唐五代词的"遗传基因"。虽然它们的"年龄"已经增长，它们的"躯体"与"容颜"也有所变化，但其抒情内容却仍摆脱不了晚唐五代词所烙下的深刻印记。对此，仍可举出上面说过的两点：

首先，宋代婉约词始终未跳出过"艳科"的樊篱，这正像周岁时的贾宝玉爱抓脂粉钗环，长大后的贾宝玉仍喜欢在丫鬟群里厮混一样。我们试看宋末元初的张炎，尽管他已经历过国破家亡的人间惨变，然而他写恋情的词作却也不少见；而即使是号称"豪放派"的词人如苏、辛，也写下了很多缠绵悱恻的恋情词。故知：词在其晚唐五代的"儿童时代"所形成的艳情化倾向几已变成一种"天性"，而"江山易改，本性难移"，虽经时代变易，它却难以改变了。

其次，晚唐五代词所呈现的那种忧伤颓废的"面容"，后来也一直在宋代各种流派的词里不断再现。婉约词作如晏殊的《浣溪沙》："一向年光有限身，等闲离别易销魂，酒宴歌席莫辞频。 满目山河空念远，落花风雨更伤春，不如怜取眼前人"；豪放词作如苏轼的《念奴娇》："故国神游，多情应笑我，早生华发。人间如梦，一尊还酹江月"；清空词作如姜夔的《点绛唇》："燕雁无心，太湖西畔随云去。数峰清苦，商略黄昏雨。 第四桥边，拟共天随住。今何许？凭栏怀古，残柳参差舞"……就几乎都离不开忧伤的意绪与多少有些颓废的心态。所以，若把唐宋词史比作人的一生，那么晚唐五代文人词就是它崭露头角却又超前"成熟"的儿童时代。一方面,它"立身"未久,却已俏容大展、风采照人;另一方面,它又过早地显露出与其"年龄"不太协调的"心理面目",并深远的影响到它的发展。对于这个成长在晚唐五代衰乱时世的词的"宁馨儿",我们就只能一边惊叹和赞美它的早慧和早秀,一边却又不能不为它带有几分贾宝玉式的"乖张"和忧伤颓废的病态而感到惋惜。

"赤子之心"加"成人之思"

——借用旧说论李煜词

    王国维评论李煜词,有两段相当有名的论断:"词人者,不失其赤子之心者也。故生于深宫之中,长于妇人之手,是后主为人君所短处,亦即为词人所长处。""客观之诗人不可不多阅世。阅世愈深,则材料愈丰富、愈变化,《水浒传》、《红楼梦》之作者是也。主观之诗人不必多阅世。阅世愈浅,则性情愈真,李后主是也。"①前一段话且先不论,而后一段话中的"阅世愈浅,则性情愈真"就显然说得不确切。因为李后主后来(亡国前后)非但"阅世",而且阅世很深,所以才写出了那些嗟伤亡国破家的充满挚情的词篇。难怪已故的顾随先生要对之而做出补充:"然而小孩子毕竟要长大。'词人者,不失其赤子之心者也',但只有赤子之心不成,还要加上成人的思想。"②我们认为,若用这个"赤子之心"加"成人之思"的论点来分析李后主的词,那就是相当中肯的。

    何谓"赤子之心"? 照本意解释,即婴儿之心。但婴儿只字不识、啥事不懂,怎能写诗作词? 故而王氏之论实际是一种比喻,意谓其性情之"真"也。但大凡优秀的诗人都有其"真性情",所以仅此还不足以说明"赤子之心"的全部含义。参照王氏论纳兰容若的话:"纳兰容若以自然之眼观物,以自然之舌言情。此由初入中原,未染汉人风气,故能真切如此。北宋以来,一人而已。"③以及他论李煜所说的"生于深宫之内,长于妇人之手"和"阅世愈浅,性情愈真"等话,则王氏的"赤子之心"还包含着这样一层意思,即这种"赤子之心"是先天带来的,但它常易受到"污染"而泯灭;唯有阅世浅或受到特种"保护"(如深宫内、妇人手),才能永葆这样一颗"自然""真切"的"童心"。以上是我们对王国维理论的理解,不知是否能接近其原意。

    不过,在利用这一理论时却还要自己加以引申和发挥。我们认为,"赤子之

---

    ① 王国维:《人间词话删稿》,唐圭璋编《词话丛编》,中华书局,1986 年,第 4242 – 4243 页。
    ② 顾随:《顾随文集·驼庵诗话》,《顾随文集》,上海古籍出版社,1986 年,第 777 页。
    ③ 同①,第 4251 页。

心"不失为一个有意思和有意义的论题,但又存在明显的缺陷。第一,如前所述,李后主后来非但不是"阅世浅",而且是在人世间跌过大跟斗、撞得头破血流的人;第二,现实生活中不也照样有些"老天真"式的人物,虽然涉世已深却仍然未泯其童心和未改其幼时故态? 所以不揣冒昧,我们不妨在尊重王氏原意的前提下对之"别立新解"。我们认为,结合李煜其人其词,这个"赤子之心"可以从心理机制、个性气质和抒情方式等多方面来进行阐发。它的内涵大致可以包括以下几点:

首先,它指一种纯真的人生态度。持有这种人生态度的人处世待物比较单纯、比较率真,因而就很有些像婴幼儿的遇喜则笑、遇悲即哭,毫不掩饰,很少做作。而与它相异的则是一种世故的人生态度:遇事深思熟虑、三思而行。或者也可说,前者属于纯情型的性格,感情用事的味道较浓;而后者则属于理智型的性格,理性思考就是其长处。李煜其人就属于前者。他生长于皇家,目睹了父兄辈为争夺皇位的争斗和残杀,后来更经历了由君王转为俘虏的巨变,但是那种单纯和率真的习性和脾气却始终没有大的改变。举一个典型的例子:当他被囚禁之后,却仍不懂得收敛和做假,仍写下了"雕栏玉砌应犹在,只是朱颜改"的怨词;而明知宋太宗派徐铉来试探自己近来的心情,竟然还直言"当时悔杀了潘祐、李平(两位力主抵抗宋朝的大臣)",由此立即招来了杀身大祸。相比之下,另一位降宋为虏的南汉国君刘鋹就"乖巧"多了,他在宋太宗的宴会上半真半假地戏言:我在众位降王中是率先投降的,故应作"诸降王长"。引得太宗哈哈大笑并赏赐甚多,后来终于逃过了被毒杀的险关。所以后人作诗凭吊李煜道:"作个才人真绝代,可怜薄命作君王。"[1]作为君王,李煜的这种单纯和率真当然是无能的表现;但作为一个人,他却拥有一颗常人难觅而真正的诗人所必备的纯真的心,这就给他的词作带来了"真"的品格和特色。我们试看他作于宋亡前的词:

> 花明月暗笼轻雾,今宵好向郎边去。划袜步香阶,手提金缕鞋。 画堂南畔见,一向偎人颤。奴为出来难,教郎恣意怜。(《菩萨蛮》)

据马令《南唐书》载,这是写他与小姨子即后来的小周后偷情之作。对此人们当然可作伦理方面的批评,但从词人的写作态度来看,却又是不避"轻薄"之嫌而

<hr>

[1] 郭麐:《南唐杂咏》,袁枚《随园诗话·随园诗话补遗》卷三,顾学颉点校,人民文学出版社,1982年,第637页。

十分真诚和率真的。故而马书又载,此词传播宫外之后,群臣都有讽谏,但后主就既不谴责他们又不感到反悔①。再如他在金陵即将被宋兵攻破前夕所写的《破阵子》:

> 四十年来家国,三千里地山河。凤阁龙楼连霄汉,琼枝玉树作烟萝,几曾识干戈?　　一旦归为臣虏,沈腰潘鬓销磨。最是仓皇辞庙日,教坊犹奏别离歌,垂泪对宫娥。

在辞别太庙、出降为虏之际,李煜所依恋不舍的却是宫娥们,这就难怪苏轼要批评他"故当恸哭于九庙之外,谢其民而后行,顾乃挥泪宫娥、听教坊离曲哉"②!而其实对于一个享乐君主而言,这种"几曾识干戈"的错愕心态和怅恋于宫娥翠女的柔情反倒是比较真实地表现了此时此地的自我,而并未加以掩饰与伪装。正因为李煜对于人生和创作都抱有这样一种纯真的态度,所以他的词呈现出独特的面貌:第一是饱含真情,特别是他作于亡国前后的词,其深情更全是从肺腑中汩汩流出,而没有丝毫的虚情假意;第二是抒情的率真与诚挚,简直达到了完全"坦白"的境地,如"问君能有几多愁? 恰似一江春水向东流"等句,就是不做任何理性的节制的抒情。这两个特色,就使李后主的词具有以"真"动人的强烈的艺术感染力。王国维称赞他"不失其赤子之心",在很大程度上就源于其处世待物和抒情言志的"真"上,即真诚、真挚、率真、纯真。

其次,这个"赤子之心"恐怕还可兼指其特殊类型的心理机制和心理气质。一般以为,人们生下来时其心灵全都像白纸那样,并无多大差异。实则不然。现实生活中我们时会碰到这样的现象:有的孩童天生对音乐敏感,他能无师自通地一边听歌一边在钢琴上按出相应的琴音;有的孩童则天生对绘画有兴趣,很小的年龄就能涂鸦出令人惊叹的图画。对此,人们常以"天才"一词来概括。而在对于外界事物的体察和对外部刺激做出反应这些方面来看,人们的心理机制实也存在着一定的差异:有的人敏感,有的人迟钝;有的人聪明,有的人愚笨。佛教论人有"利根"与"钝根"之分,大约就指此点。故而人的心灵并不像计算机那样,只要接受特定的指令就能按照原先编制的程序做出相应的反应,而是一个十分复杂、十分灵巧、具有充分能动作用和创造能力的"思想机器"。正是在这个意义上,人被称为"万物之灵",而再"聪明"的电脑也只被比喻为用电操作的

---

① 马令:《南唐书》,影印《文渊阁四库全书》第 464 册,上海古籍出版社,1987 年,第279 页。

② 苏轼:《书李主词》,《东坡题跋》卷三,《丛书集成初编》本,中华书局,1985 年,第61 页。

"脑"而已。明白了这些道理，我们就可发现，李后主及纳兰性德便属于那类心理机制和心理气质特别灵巧、特别敏感的少数"超人"中的一个；而他们所特别深刻地感知着的，则又是人间悲剧性的那一侧面。在这些人中，我们可以举出释迦牟尼、基督、叔本华、尼采等人。如释迦牟尼，相传他 29 岁做王子的时候就痛感人世生、老、病、死等诸种痛苦，便毅然出家修道，创建意欲救人脱离苦海的佛教。又如创立悲观主义哲学的叔本华，他在很小的时候遇见悲惨的事件就会沉思良久：世间为什么会有这么悲惨的事件呢？这个世界为什么充满着这么多的不幸呢？而照王国维看来，人都具有这种先天的忧生忧世的悲观主义倾向；常人之所以会在后天变得麻木、迟钝，就由于迷失或丢却了那颗"赤子之心"。但李煜与纳兰性德却不然，前者因"生于深宫之中，长于妇人之手"，后者因"初入中原，未染汉人风气"，故能"以自然之眼观物"（亦即用"赤子之心"去感受世界），真切地写出"俨有释迦、基督担荷人类罪恶之意"①的词篇。这里，王国维实际上已经触及了他们那特别敏锐的悲剧性心理机制和心理气质问题，不过是讲得比较隐约而未能说破，同时他又认为这种气质是每个人都先天具有的，只是后天常会丢失而已。我们则认为，像李煜和纳兰性德所具备的那种多愁善感的禀性和气质，若和常人比较起来，却是得天独厚和出类拔萃的。借用江淹《恨赋》中的"仆本恨人，心惊不已"②这句话来说，他们就是一种天生的"恨人"——对人生的悲剧和不幸深怀着愁恨和憾恨。以李煜为例，在南唐小朝廷过着锦衣玉食生活的时候，他就写出了这样的悲秋词：

> 冉冉秋光留不住，满阶红叶暮。又是过重阳，台榭登临处。　　茱萸香坠，紫菊气，飘庭户，晚烟笼细雨。噰噰新雁咽寒声，愁恨年年长相似。（《谢新恩》）

他从秋光渐老中，分明已感受到人生易老的愁恨。又如其《阮郎归》：

> 东风吹水日衔山，春来长是闲。落花狼藉酒阑珊，笙歌醉梦间。　　珮声悄，晚妆残，凭谁整翠鬟？留连光景惜朱颜，黄昏独倚栏。

它借闺怨的形式，写出了词人自己虽处"笙歌醉梦间"而深刻感知人生无常、朱颜易凋的苦闷，着实体现了词人多愁善感的心理气质。而这样的心理气质，一旦遇到外界的巨大刺激，就像微风中都会发出细微颤音的特别灵敏的七弦琴（人

---

① 王国维：《人间词话》，唐圭璋编《词话丛编》，中华书局，1986 年，第 4243 页。
② 江淹：《恨赋》，萧统编《文选》卷一六，李善注，影印《文渊阁四库全书》第 1329 册，上海古籍出版社，1987 年，第 282 页。

正好有喜怒哀惧爱恶欲的"七情")那样,碰到有人弹拔,定会发出感情的轰鸣。我们试看,李煜作于国亡前后的词中,就充满了"恨"与"愁":"人生愁恨何能免?销魂独我情何限!"(《子夜歌》)"春光镇在人空老,新愁往恨何穷!"(《谢新恩》)"炉香闲袅凤凰儿,空持罗带,回有恨依依。"(《临江仙》)"琼窗梦留残日,当年得恨何长"(《谢新恩》)……所以我们认为,后人以"哭"字来形容李煜的词①,这和他怀有一颗多愁善感的"赤子之心",亦即悲剧型的性格和敏感型的气质,是大有关联的。

但是,又正如顾随先生所说"只有赤子之心不成,还要加上成人的思想",李煜词之所以能赢得千百万读者的赞赏,还与它所表现的"成人的思想"有关。这就是说,李煜禀性脆弱、多愁善感,这还只是先天方面的条件;李煜感情纯真、抒情直率,也还是他创作方面的特色。而除此以外,还必须充实以深刻的思想内容(当然另还必须有高超的文学才华),这样才能造就出激动人心、感人至深的作品。而在这方面,李煜词就是够格的。他的词里正充溢着一股深沉的忧患意识。对此,王国维就曾用"尼采谓:'一切文学,余爱以血书之。'后主之词,真所谓以血书者也"来做过形容②。就拿前已引用过的两句词"人生愁恨何能免?销魂独我情何限"来看,其中分明就凝聚着他无穷的人生忧患,几乎可视作他对整个人生及自身不幸命运的一个总结。照他看来,人生是永和"愁恨"结伴而行的,这本已是一种无法摆脱的大不幸;而偏生自己又是一个"情种",偏生自己又遭逢了人间最大的惨剧,因此更因多重不幸而倍感其痛楚和断肠销魂。李煜又这样写道:

> 林花谢了春红,太匆匆!常恨朝来寒重晚来风! 胭脂泪,留人醉,几时重?自是人生长恨水长东!(《乌夜啼》)

人生"长恨",正像江水之长向东流一样,这就是他从春花易谢的自然现象中感悟出来的"规律",实际也就是一种深沉的忧患意识。这种认识,既源于他的"赤子之心"(近乎本能地感知着人生的悲剧性本质),又源于他生活遭遇的巨大变化,乃是一种相当成熟、痛定思痛的理性反思。这就应合了顾随所讲的"赤子之心"加"成人之思"的要求,显得既有纯真诚挚的感情成分,同时又有丰富深刻的

---

① 刘鹗《老残游记》曰:"《离骚》为屈大夫之哭泣,《庄子》为蒙叟之哭泣……李后主以词哭,八大山人以画哭,王实甫寄哭泣于《西厢》,曹雪芹寄哭泣于《红楼梦》。"参见刘鹗:《老残游记·自叙》,陈翔鹤校,戴洪森注,人民文学出版社,1979年,第1页。

② 王国维:《人间词话》,唐圭璋编《词话丛编》,中华书局,1986年,第4243页。

哲理蕴含。而如对后者再加剖析,我们又可发现,李煜词的思想内涵大致可以划分成三个层次:第一,人生的本质离不开痛苦;第二,痛苦的根源来自于人之欲望;第三,如要摆脱痛苦,只有凭借"浮生若梦"的思想武器。

不妨以词验证:第一点已见前引二词,不劳多说。第二点我们可读他的词:

> 往事只堪哀!对景难排。秋风庭院藓侵阶。一行珠帘闲不卷,终日谁来? 金锁已沉埋,壮气蒿莱。晚凉天静月华开。想得玉楼瑶殿影,空照秦淮!(《浪淘沙》)

> 春花秋月何时了?往事知多少?小楼昨夜又东风,故国不堪回首月明中! 雕栏玉砌应犹在,只是朱颜改。问君能有几多愁?恰似一江春水向东流!(《虞美人》)

他所至死不忘、念念于怀的,便是故国,便是雕栏玉砌,便是那想不完、说不尽的"往事"。所以,他的痛苦正源于他的"执着"、他的仍然有"大欲"存焉。

对于第三点,我们又可读他的词:

> 昨夜风兼雨,帘帏飒飒秋声。烛残漏滴频欹枕,起坐不能平。 世事漫随流水,算来一梦浮生。醉乡路稳宜频到,此外不堪行。(《乌夜啼》)

> 人生愁恨何能免?销魂独我情何限! 故国梦重归,觉来双泪垂。 高楼谁与上,长记秋晴望。往事已成空,还如一梦中。(《子夜歌》)

他所寻觅到的平衡心态与免除愁恨的唯一办法,就是把人生当作一场春梦来看待!

以上这三个层次的思想内涵,其中有两层便不期而然地与佛教哲学(李煜信奉佛教,是一位虔诚的佛教徒)及叔本华的人生哲学暗合。佛教教义有所谓"四谛"学说,即苦、集、灭、道,而其核心在于苦谛,即人世间的一切都是痛苦的;痛苦是人的最基本的生存状态。人要想摆脱痛苦,就要跳出七情六欲。而叔本华则认为:"欲求和挣扎是人的全部本质。人生是在痛苦与无聊之中像钟摆一样来回摆动。事实上,痛苦和无聊就是人生的两种最基本的组成部分。"他甚至进而断言:"一个人的智力愈高,认识愈明确,就愈痛苦,具有天才的人则最痛苦。"[①]李煜的词当然不可能表述得像上述两者那样明确和透彻,但毕竟用它特

---

① 叔本华:《作为意志和表象的世界》,石冲白译,商务印书馆,1982年,第427页。

殊的方式表现出与它们相似或相近的悲观意念。所以,聪敏异常的苏轼后来就看出了此点,他说:"李主好书神仙隐遁之词,岂非遭罹多故,欲脱世网而不得者耶"①。而素嗜叔本华、尼采哲学的王国维也分外推崇李煜词。至于我们的看法,则可利用前人的说法,把李煜词形容为"赤子之心"加"成人之思"。它之所以"眼界始大,感慨遂深",一是因为词人怀有"绝假纯真"、多愁善感的"赤子之心"②;二是因为他的不幸遭遇又使其词充满了成年人才有的深沉的忧患意识。

---

① 阮阅:《诗话总龟·后集》卷四〇,周本淳校点,人民文学出版社,1987年,第254页。
② 李贽《童心说》曰:"夫童心者,绝假纯真,最初一念之本心也。"此即"赤子之心"。

"真元帅"为何发出"穷塞主"之音

——谈范仲淹的《渔家傲》词兼及其他

相对于唐代的边塞诗而言,宋代的边塞词本就不多,因此流传的宋人边塞词更是寥寥无几。不过,其中有一篇却是人所熟知的,那就是范仲淹的名作《渔家傲》:

> 塞下秋来风景异,衡阳雁去无留意。四面边声连角起。千嶂里,长烟落日孤城闭。　　浊酒一杯家万里,燕然未勒归无计。羌管悠悠霜满地。人不寐,将军白发征夫泪。

关于此词,据魏泰《东轩笔录》卷一一记载:范仲淹镇守边界时,作《渔家傲》词好几首,每首都以"塞下秋来"作起句,"颇述边镇之劳苦"。范的好友欧阳修读后,颇不以为然,戏称它为"穷塞主"之词。及至王素出守甘肃平凉,欧公也作《渔家傲》一词送行,其结尾几句这样写道:"战胜归来飞捷奏,倾贺酒,玉阶遥献南山寿。"并对王素说:像此词所描写的,才是"真元帅"的事业①。

由此看来,范仲淹此词(还有其他几首已失传的《渔家傲》)在当时是存在不同看法的,并不像我们今天这样众口交誉。而其中的关键问题,恐怕就在于它的思想内容和情调。照欧阳修看来,此词所写的边塞生活未免太艰苦,而情调也太嫌低沉,与范仲淹身为边疆统帅"真元帅"的身份并不相称,反倒像出自一位少数民族的酋长("穷塞主")之手,因此他就要自己动手来写另一首"飞捷奏"与"倾贺酒"的《渔家傲》了。类似于此的看法还见于明人瞿佑的《归田诗话》,他说范仲淹"以总帅而出此语,宜乎士气不振而无成功"②,似乎北宋不能有效地抵御西夏的边患,就与此词的缺乏豪言壮语有关。缘此,我们就有兴趣来对范词做进一步的探析,看看上述两位的看法是否有道理。

我们的探析,先不忙对范词本身进行,而不妨从传称欧公所作的那首《渔家

---

① 魏泰:《东轩笔录》卷一一,中华书局,1983年,第126页。
② 吴衡照:《莲子居词话》卷一引瞿佑《归田诗话》,唐圭璋编《词话丛编》,中华书局,1986年,第2415页。

傲》谈起。今查欧阳修的词集,并未找到它的全文。倒是孔凡礼先生《全宋词补辑》中,载有一首与它相似的《渔家傲》,其全文如下:

> 儒将不须躬甲胄,指挥玉麈风云走。战罢挥毫飞捷奏,倾贺酒,三杯遥献南山寿。　草软沙平春日透,萧萧下马长川逗。马上醉中山色秀,光一一,旌戈矛戟山前后。

其中三、四、五句与《东轩笔录》所载的断句相差无几,仅数字之异,故可认定二者实为一词。但据《补辑》(它转录自明抄本《诗渊》),此词的作者却非欧阳修,而乃庞籍。那么它的"著作权"到底该归谁呢?据《宋史·庞籍传》可知,庞籍生于宋太宗端拱元年(988),比范仲淹仅长一岁。他由进士出身,后在西夏作乱时任陕西体量安抚使,并在仁宗庆历二年(1042)与范仲淹、韩琦同事,担任陕西经略安抚招讨使,以后又升任枢密副使。从这样的既身任过镇边统帅,又与范仲淹有过同事关系、更是所谓的"儒将"的经历来看,他作这首"儒将不须躬甲胄"的《渔家傲》词,其可能性就远大于欧阳修。宋人笔记中有关"词"的记载常多失实之处,《东轩笔录》此条的后半部分说欧公作此词,恐怕就是"张冠李戴"。因此我们就大可将它认定为庞籍所作。而接下来的问题就是:范公与庞氏所写的这两首《渔家傲》,虽同出于边帅之手,然一首相当低沉,另一首则十分豪壮;二者之中究竟谁更符合历史的真实面貌呢?

　从宋代的实际情况来看,由于北宋长期实行"守内虚外""崇文抑武"的政策,所以国力不振,对外战争屡屡告败。东北边疆的辽国自不必去说它,而即使对于西北边陲的小国西夏,竟也束手无策,经常被动挨打。根据史籍记载,仁宗康定元年(1040)西夏大举进攻延州(今陕西延安),宋帅范雍急调附近的刘平与石元孙率兵支援,结果宋军溃败,刘、石二人被俘。延州兵败后,朝廷另调范仲淹、韩琦等协助主帅夏竦守边,情况才有所改善。但由于韩琦急于求成,不听范仲淹"未可轻兵深入"的劝告,匆忙发兵,最后落得个惨败的下场:数名大将阵亡,士卒死达 10300 余人。兵败归来,"阵亡者之父兄妻子数千人号于马首,持故衣纸钱,招魂而哭曰:'汝昔从招讨(指韩琦)出征,今招讨归而汝死矣,汝之魂亦能从招讨以归乎?'哀恸之声震天地,琦掩泣驻马不能进。"①范仲淹写作《渔家傲》,正是在他守边四年之中。他之所以会感发"燕然未勒归无计"的无奈之情与"将军白发征夫泪"的喟然之叹,就肯定跟当时军事形势的不利甚或这一场发生于好水川的惨败有关。当那些阵亡者家属的哀哀哭声还萦绕在范公的耳畔

① 陈邦瞻:《宋史纪事本末》卷三〇,中华书局,1977 年,第 259—262 页。

时,他能写出如庞籍所谓的"战罢挥毫飞捷奏,倾贺酒,三杯遥献南山寿"的"豪言壮语"吗?他哪还有闲情逸趣去欣赏"草软沙平春日透"的山色和醉中遛马于好水川上呢?通过上述历史背景的分析,我们便不难明白:范词所写的边塞荒凉景色和将士的黯然心态,就绝非为文而设景造情,而确确实实是一个亲历其境者的真切感受。相比之下,庞籍的词"壮"则壮矣,却是一种"假、大、空"的作品。而更值得进而深论的则是:范与庞二人,究竟谁配称所谓的"真元帅"呢?据史料记述:范仲淹守边有方,西夏人闻之后相戒曰:"无以延州为意,今小范老子(指仲淹)腹中自有数万甲兵,不比大范老子(指范雍)可欺也!"范仲淹率将练兵,教民习射,大大提高了边防力量;联络羌人,孤立西夏,被羌人爱称为"龙图老子"。由于他与韩琦齐心协作,"二人号令严明,爱抚士卒,诸羌来者,推诚抚接,咸感恩畏威,不敢辄犯边境。边人为之谣曰:'军中有一韩,西贼闻之心胆寒。军中有一范,西贼闻之惊破胆'。"①可知他确是一位兼有政治韬略和军事才干的能吏,不愧是个"真元帅"之材。而相比之下,庞籍却只是个庸才和酷吏。史称他"持法深峭,军中有犯,或断斩剉磔,或累笞至死"②,这和范仲淹的"爱抚士卒"形成了鲜明的对照。但就是这样一个无能而暴虐的统帅,居然写下了"儒将不须躬甲胄,指挥玉麈风云走"的"风雅"词句,这就更使人感叹其虚假不实了。所以,经过这番对比考察,我们就越发感受到范词的难能可贵。它真实地传达了作者与守边士卒的共同心声:一方面因边塞荒凉苦寒,久戍之下自然思乡;另一方面又感到责任重大,必须坚守。这一种矛盾的心理表现在词中,就形成了它复杂的感情内容和难免低沉苍凉的情调。而从一定意义上讲,它正是作者"先天下之忧而忧""与民(士卒)共忧"胸襟的自然流露。根据清代人贺裳的意见,"宋以小词为乐府,被之管弦,往往传于宫掖",则此词之写作企图或许是想对身居京城的皇帝有所警触,使其"知边庭之苦如是",故谓深得《诗经》中《采薇》《出车》"杨柳""雨雪"之遗意③。此话当然有点儿"拔高"的意味,但从范词所涉及的社会问题相当重大这一点来看,它还是有些道理的。"'真'字是词骨。"④范词之所以能在后世广泛流传和博得众誉,而不像庞词那样被长久湮没,除开其艺术方面的原因外,就明显与它思想内容之"真实"与"深厚"有关。欧公与瞿佑对它的批评,则不免显得迂腐和苛求了。

---

① 陈邦瞻:《宋史纪事本末》卷三〇,中华书局,1977 年,第 259 – 267 页。
② 脱脱,等:《宋史》卷三一一《庞籍传》,中华书局,1977 年,第 10201 页。
③ 贺裳:《皱水轩词筌》,唐圭璋编《词话丛编》,中华书局,1986 年,第 707 页。
④ 况周颐:《蕙风词话》卷一,唐圭璋编《词话丛编》,中华书局,1986 年,第 4408 页。

那么，欧阳修身为范仲淹的"同党"（他们同是"庆历革新"运动的中坚人物），又是北宋诗文革新运动的一位主帅，为何会对范词作出那种"书生之见，真足喷饭"①的评语呢？这就涉及欧公以及其他宋人对"小词"的看法了。我们知道，欧阳修对于边防问题一向也很关注。有次，时任枢密使的老师晏殊邀他赴宴赏雪，他即席吟出"主人与国共休戚，不惟喜乐将丰登。须怜铁甲冷彻骨，四十余万屯边兵"的诗句来，意谓主人不能一味庆贺"瑞雪兆丰年"，而要想到戍卒的冷暖。这就弄得晏殊很不开心，从此与他"闹翻"②。但那是"作诗"而不是"填词"！欧公在其《采桑子·西湖念语》词序中曾说过："因翻旧阕之辞，写以新声之调，敢陈薄伎，聊佐清欢。"照他看来，词只是"佐欢""助兴"的"薄伎小道"而已。因此，他当然仅对那些用以"娱宾遣兴"的词感到眼熟，而对范仲淹那种"颇述边镇之劳苦"的词感到陌生和不以为然。这里反映了两种不同的词学观和创作态度。

因此，对于一般的宋代文人乃至最高统治者而言，他们所喜欢的，自然不会是"穷塞主"式的"边塞词"了。他们所欣赏的，只是那类微微叹些"苦境"却又歌颂"太平盛世""国力昌盛"的作品。对此，可举一个有趣的例子。据王明清《挥麈余话》卷一记载，蔡挺镇守平凉时也作过一首边塞词《喜迁莺》，其下片云："谈笑，刁斗静，烽火一把，常送平安耗。圣主忧边，威灵遐布，骄虏且宽天讨。岁华向晚愁思，谁念玉关人老？太平也，且欢娱，不惜金尊频倒。"③它一方面像庞籍词那样，歌颂了"圣主"的"威布遐迩"和边疆的"平安""太平"；另一方面又不免发些"谁念玉关人老"的牢骚，是首小埋怨、大捧场的"谀词"。此词偶被皇帝派来的犒军太监所得，带回京师，传播于宫庭。神宗皇帝但闻满宫争唱"太平也"的歌声，诘其所来，方知为蔡挺所作。他就当即索纸批曰："玉关人老，朕甚念之；枢管（指枢密院）有缺，留以待汝"，一下子把蔡挺从甘肃调返汴京，升任枢密副使。那蔡挺本以为这次捅了娄子，却不料"因祸得福"，反因之跳出了"紫塞古垒"的边陲，一跷跷到了青云里头！这就足以说明当时人的词学嗜好乃在于此类"宴嬉逸乐，以歌咏太平"④的作品，也就难怪范仲淹的《渔家傲》会遭"背

---

① 吴衡照：《莲子居词话》卷一，唐圭璋编《词话丛编》，中华书局，1986年，第2416页。

② 事见胡仔《苕溪渔隐丛话·前集》卷二六引《隐居诗话》，人民文学出版社，1962年，第176－177页。

③ 王明清：《挥麈余话》卷一，影印《文渊阁四库全书》第1038册，上海古籍出版社，1987年，第583－584年。

④ 朱彝尊：《紫云词序》，《曝书亭集》卷四〇，影印《文渊阁四库全书》第1318册，上海古籍出版社，1987年，第106页。

时"之遇了。但是,最公正的评判并非出于一时一地,而在于历史的考验。宋代"边塞词"的"皇冠"最后没有落到庞、蔡等人所写的"真元帅"之词头上,却由范仲淹写的"穷塞主"之词夺得,这就足以说明艺术贵在真实、艺术的生命力首先来源于作者的人格。

对于"渐变"的感悟与描绘

——谈晏殊的《浣溪沙》及其他

读晏殊词,有一点不能不重点提出,那就是他对"渐变"的敏锐感悟与精细描绘。这一特色,即是大晏词最大魅力之所在。试以他的名篇《浣溪沙》为例:

一曲新词酒一杯,去年天气旧亭台,夕阳西下几时回？　无可奈何花落去,似曾相识燕归来,小园香径独徘徊。

此词所写,本是宋词中所最常见的伤春、惜春情绪,并无特别新鲜或值得惊奇的内容,可是,千百年来,它却一直受到人们的赞叹与激赏。究其原因何在？照我看来,在于它精细地描绘出了词人对于时光流逝和节物推移的那种"渐变"的敏锐感悟。

人类的生存与发展,很大程度上依赖于自然界。因此,大自然的变化就不能不影响到人的心境。故而自古以来,自然界的气候变化和节序转换,就一直成为感发文学创作的动机或外因,并且又成为文学的一个重要表现内容。陆机《文赋》中说:"遵四时以叹逝,瞻万物而思纷,悲落叶于劲秋,喜柔条于芳春。"①钟嵘《诗品序》中说:"若乃春风春鸟,秋月秋蝉,夏云暑雨,冬月祁寒,斯四候之感诸诗者也"②,便都说明了"四时""四候"对诗歌创作的感发作用。再加上社会人事对诗人心理的刺激,于是,"时序惊心"之感之叹,自然就成了诗歌的"永恒主题"之一。

不过,在咏发这方面的感叹时,那些出色的佳作往往得力于下面两种情况:一是借助于用时光流逝与人事变迁之速来打动人心。如卢照邻的"节物风光不相待,桑田碧海须臾改。昔时金阶白玉堂,即今惟见青松在"③,又如李白的"君

---

① 陆机:《文赋》,萧统编、李善注《文选》卷一七,影印《文渊阁四库全书》第 1329 册,上海古籍出版社,1987 年,第 289 页。
② 钟嵘:《诗品序》,《诗品注》,陈延杰校,人民文学出版社,1958 年,第 4 页。
③ 卢照邻:《长安古意》,《全唐诗》卷四一,上海古籍出版社,1986 年,第 134 页。

不见黄河之水天上来,奔流到海不复回。君不见高堂明镜悲白发,朝如青丝暮成雪"①,它们就都以沧桑变化和人生倏忽的强烈变动深深叩击着读者的心弦。二是处于丧乱时代的人,当他们写出兴亡盛衰的对比感时,也极易引起人们的共鸣和同情。如李峤的"昔时青楼对歌舞,今日黄埃聚荆棘!山川满目泪沾衣,富贵荣华能几时"②,又如杜甫的"人生不相见,动如参与商。今夕复何夕,共此烛灯光。少壮能几时?鬓发各已苍"③,这些就都是千古传诵的名句。它们的成功,或许就是"诗穷而后工"之故吧?

然而,晏词的情况却并不像上述两者那样。首先,作者生逢北宋的"盛世",本人又仕途通达,绝非一位"穷诗人"。其次,从词情来看,也只写的是一种平缓的景物变化,并非天翻地覆、沧海桑田的剧烈变易。但它却照样能够吸引读者、耐人寻味,个中奥妙就在于它敏锐地抓住了一般人所常易忽略的自然景物乃至宇宙人生的微妙变化("渐变");或者又可说是,它精细地写出了人们对此或也偶有触动但又不易形诸笔端的某种精神感悟。

此话怎样理解?原来,自然界及人类社会、个体生命的变化历来有两种形态:一种是质变、剧变,另一种是量变、渐变。前一种如地震海啸、战争政变,这是常人都会惊恐的;后一种如春去秋来、日常起居,一般人对此常熟视无睹、习以为常。而其实,后一种"渐变"却又是宇宙人生所最常呈现的变化方式,它具有无比的"哄骗性"。记得当年丰子恺先生写过一篇题为《渐》的散文,文章一开头就这样说:"使人生圆滑进行的微妙要素,莫如'渐';造物主骗人的手段,也莫如'渐'。"在那不知不觉的渐变中,在那一年、一月、一日乃至一分、一秒的渐进中,天真幼稚的孩童不知不觉就变成了阅历很深的成年人,而那如花似玉的少女,也终于变成了围坐火炉旁的鹤发老婆婆。所以,渐变"真是大自然的神秘的原则,造物主的微妙的工夫"!但是,对于这样一种"犹如从斜度极缓的长远的山坡上走下来"的演变过程,常人却是"麻木不仁"的,特别在生活节奏极快的现代社会,人们更不易觉察这种变化。而真正的诗人,却因其独具多愁善感的气质与禀性,能敏锐地捕捉到这种细微的变化,并用"诗"的语言将它精细地描绘、揭示出来。大晏的《浣溪沙》词,就是这样的代表作。

"一曲新词酒一杯",当词人从玉堂华宴上退席而出,步入花园之际,他的心情是多么轻快和满足!他一面擎着酒杯,一面哼着小曲,流露出一副安闲舒适的

① 李白:《将进酒》,《全唐诗》卷一六二,上海古籍出版社,1986年,第383页。
② 李峤:《汾阴行》,《全唐诗》卷五七,上海古籍出版社,1986年,第169页。
③ 杜甫:《赠卫八处士》,仇兆鳌注《杜诗详注》卷六,中华书局,1979年,第512页。

神态。可是,蓦然之间,他的心忽被触动了,"去年天气旧亭台",如此天气、如此亭台、如此对酒唱曲,以前不也有过几乎完全相似的情景? 但细细一想,那已是"去年今日"的旧事了。而在这貌似"依旧"的外表下,岁月却已流逝一年,生命也已悄然溜走了一截! 念此,一种淡淡的人生忧伤不由袭上心头。试看,眼前又是夕阳西下的光景了。夕阳西下,明日还能升起,可那逝去的光阴,却永远不会逆转! 词人的心境,顿由原先的"圆满"状态变为怅惘和沉思。怀着这样惆怅的心情再去观照花园里的"良辰美景",词人所见就不再全是"赏心乐事"了。底下"无可奈何花落去,似曾相识燕归来"两句,就是作者描绘"渐变"的最为精细和美妙的千古名句。"花落",本是抒写伤春惜时情绪时极常采用的描绘物象。但我们注意到,大晏所写的"花落"不同于李煜所写的"流水落花春去也,天上人间"那种疾风骤雨式的迅猛变化,而是一种"风定花犹落"式的平缓景象。我们不妨闭上眼睛,默想这样一种境界:暮春的傍晚,风早静息了,可是由于"大限"已到,那片片花瓣只得告别枝头,忽忽悠悠地向下坠落。此情此景,除开"无可奈何"四字,我们还能找出更确切、更精细的词语来形容吗? 这四个字,既写出了词人所感悟到的时间老人催化万物的那种极巧妙的"渐变"本领,同时又蕴涵了他对春花陨落以及生命渐逝的无限眷恋,可谓情景交融、巧夺天工。而"燕归"亦乃物候变化的明显标志,词人加之以"似曾相识"的形容,也仍着眼于对于"渐变"的感悟。有论者曾把这句理解为"在消逝的同时仍然有美好事物的再现",因"那翩翩归来的燕子不就像是去年曾在此处安巢的旧时相识吗"? 此论当然也有道理,可备一说。但我的理解则有所不同。我以为此句的重心在一个"似"字,亦即燕子归来,虽然眼熟,但毕竟已非旧日的燕子。哲人早就说过,一个人永远不可能在同一条河中洗澡,因为河水和时间永远流动,谁也无法恢复旧状。所以,这里的"似曾相识燕归来",仍是在写词人对于时光流逝的惆怅与惋叹;在旧燕和新燕的"似曾相识"之间,正暗藏着光阴渐移、春秋代序的新陈代谢痕迹。明白了这一联名句所揭示的自然、人生的"渐变"轨迹后,我们就不难理解词人为何要在"小园香径独徘徊"了。照我看来,他的这种"徘徊"并非惬意的散步,而是一种内心有所冲动而形之于外的举动。这是因为,依一般人的眼光看,官运亨通、锦衣玉食的晏殊,该是什么都得到了,也算得上"人生圆满"了;然而,作为一个真正的诗人,他却从大自然的悄然渐变中敏锐地感悟到人生的不"圆满",那就是任谁都无法抗拒的"时光只解催人老"(其《采桑子》语)的永恒法则! 而这种悄然动容的感悟,又非常人所能理解与对之诉说,所以他就只能在这落红铺径的小院中独自徘徊。而"徘徊"二字,又使我们联想起《古诗十九首》

中的"忧愁不能寐,揽衣起徘徊"①。这种心有所感而又有所克制的徘徊举动,不同于李煜式的"呼天抢地"(其《乌夜啼》在感触于"林花谢了春红"的花落景象后,就发出"太匆匆,常恨朝来寒重晚来风"和"自是人生长恨水长东"的哀鸣),也不同于秦观式的洒泪哀叹(其《江城子》在有感于"西城杨柳弄春柔"后,便写下了"动离忧,泪难收"和"便做春江都是泪,流不尽,许多愁"的愁语),体现出一种与大自然"渐变"的节律相一致的平缓而微有颤动的律动感。这种平稳中见力度的词风,既与作者"太平宰相"的身份教养相符合,更与词中所描绘的自然风光的细微变化和内心世界的深细感触表里相符。

所以,读晏殊的词,就可从他对"渐变"的敏锐感悟与精细描绘方面着眼。对此不妨再举几例:

> 小径红稀,芳郊绿遍,高台树色阴阴见。春风不解禁杨花,濛濛乱扑行人面。　　翠叶藏莺,朱帘隔燕,炉香静逐游丝转。一场愁梦酒醒时,斜阳却照深深院。(《踏莎行》)

这首词描写春末夏初的"渐变"。"红稀"与"绿遍"两句,活画出一幅春夏交替的彩色图画:春花凋谢,间或残留几朵红瓣;夏草已长,但见一片茂绿。其间显露出一种"渐变"的进程和趋向。它们和后面的"春风""杨花""翠叶""朱帘"等句,共同描绘了春去夏临的季节特征和自然风光。这是第一层"渐变",即"换季"的变化。第二层"渐变"则是一天之内光阴的推移。上阕所写,大概是晨起所见;而经过"炉香静逐游丝转"一句,就悄悄地转到了下午;再经过午后的一场困倦愁梦,便来到了"斜阳却照深深院"的黄昏。通过对这两层"渐变"的细腻而优美的描绘,词中那位闺妇无可排遣的闲愁及词人本身对于春光消逝的惋惜,就像蜘蛛织网一般被精细地"编织"了出来。

又如:

> 金风细细,叶叶梧桐坠。绿酒初尝人易醉,一枕小窗浓睡。　　紫薇朱槿花残,斜阳却照栏干。双燕欲归时节,银屏昨夜微寒。(《清平乐》)

这又是有感于秋景的"渐变"。请看,秋风是那样细细地吹拂,梧桐叶也只是片片地洒落;在小窗下一枕浓睡之后,很快又迎来了一抹斜辉。在大晏的笔下,秋

---

① 《古诗十九首·明月何皎皎》,萧统编《文选》卷二九,李善注,影印《文渊阁四库全书》第1329册,上海古籍出版社,1987年,第509页。

季和黄昏的来临，就像踮起脚步走路那样，来得那么轻、那么安闲，这就是"渐变"的特色。而在这种安详、缓和的"渐变"背后，却又深藏着一颗并不平静的"词心"。词人所欲表现的，仍是一股忧惧时序流逝的伤感意绪！

或许有人会问：晏殊何以会如此"敏感"于时序之转换和时光之流逝？这可以拿他自己的词来做回答："一向年光有限身"（《浣溪沙》）、"无情不似多情苦"（《玉楼春》）。简而言之，晏殊是一位非常热爱生命的人，又是一位感情十分丰富和细腻的人，当然更是一位文学修养相当深厚的人。他深知每人只有一次生命，因此非常珍惜自己的每一寸、每一缕生命。虽然晏殊的人生历程中没有遇到太多太大的挫折（除了晚年贬官离京），但是就在平凡顺利的"圆满"的生活中，他却在日常花开花落、春去秋来的时序流转中，敏锐地感悟到宇宙人生无法抗拒的"荣衰生杀"法则。从这一点而言，多愁善感者反而比不上"麻木""愚钝"的"芸芸众生"来得"幸运"。他之所以要说"无情不似多情苦"，是因为时时忧惧着"一向（即一晌）年光有限身"，生命实在短促极了！

所以，说到底，晏殊那些描绘"渐变"的词篇，从表面看似乎只写了一种迷惘的伤春悲秋情绪，或"代"深锁闺中的女性写出了百无聊赖的"闲愁"，但从深处来看，那实在是一股深浓的"惜时"意绪。它表现了词人对于生命的留恋与珍视，同时也显现了词人深厚的艺术功力和优雅、美丽的文笔。

观念的演进与手法的变更

——温、柳恋情词比较

唐宋词坛上,有两位擅写恋情的"大师":一位是温庭筠,另一位是柳永。前者是五代"花间"词的鼻祖,后者则是北宋艳词的领袖,两人在致力于描写男女恋情方面,有着很多的共同之处。至于他俩之间的词风差异,则一般认为:温氏全力写令词,词风含蓄蕴藉;柳氏则大量写作慢词长调,词风相应变得发露浅率。这种看法当然不错。但我认为,虽然同是以写艳词著称,同是唐宋词史上的里程碑,但温、柳的恋情词还是有着很大差异的。这种差异,不仅表现为体制格局和艺术风貌方面的某些外在的差异,而且还应包括它们在思想观念方面的内在差异。只有从这种因内而外、内外结合的角度来看问题,我们才能比较深刻地认识这两位艳词作家在思想内涵和审美趣味方面的不同特质。

恋情词的主题和内容,自然是描写男女之间的恋情,而温、柳本身又都是男性作者,这样,首先碰到的、也是主要存在的一个思想观念问题就是如何看待和对待女性,这个问题如果从理论上加以抽象,那就是妇女观和恋爱观的问题;而在恋情词的写作中,则表现为如下一些有关乎艺术构思和写作手法方面的具体问题:

第一,"谁追谁""谁想谁"的问题。

这其实是一个以男子为中心还是男女平等的问题。在实际生活中,男女恋爱本是相互爱恋、相互吸引的双向关系,虽然其间也存在着哪方主动一些、哪方矜持一些的问题。但在封建社会男尊女卑风气的笼罩下,古代文人的爱情作品中,却绝大多数地表现为"女追男""女想男"的并不正常的现象。我们试观宋代以前的恋情诗文,除开《楚辞》中的《湘夫人》、张衡的《四愁诗》、陶渊明的《闲情赋》,以及李商隐的某些无题诗等极少量作品外,其余的大量宫体诗、闺怨诗,就尽多的是"千春谁与乐?唯有妾随君"①,"忽见陌头杨柳色,悔教夫婿觅封

---

① 萧纲:《采莲曲二首》其二,郭茂倩《乐府诗集》卷五〇,影印《文渊阁四库全书》第1347 册,上海古籍出版社,1987 年,第 444 页。

侯"①之类的"妾恋主""妻想夫"的神态和意绪。由此可见,直到宋词,特别是柳永词以前,文人爱情作品的模式基本上还局限在女子思慕男子甚至女子向男子"乞怜"的习套里面,而隐伏在其背后的则是大男子主义的思想观念。这就难怪陶渊明的《闲情赋》由于诚实地写下了他对所恋女子的一片真情②,就被萧统批评为"白璧微瑕""惜哉,无是可也"③。所以,明明是男子追逐女子甚或男性玩弄女性,但到了文人的笔下,却不由都变成了女子在那儿整日思念情郎的单相思局面。从这一点来看,则温庭筠的恋情词基本仍沿袭着传统的习套和路数,没有什么新的突破。比如他最为著名的 10 余首《菩萨蛮》词,就几乎每首都在写女性因失恋和孤栖独宿所造成的哀怨心态;而他的 7 首《南歌子》,写来写去也只是写女性欲嫁情郎的"思君""忆君"情怀。

说到柳永,则情况就有很大变化了。柳词中固然仍有很多"女恋男"式的"代言体"作品,但难能可贵的却是,他还写了不少"男恋女"的词篇。这不仅展示了他对所恋女子的那份深情和挚情,同时也一定程度上显露了他在思想观念上的某种解放和更新。比如他的《曲玉管》,大段描写他思念汴京城里的旧日相知之情:"暗想当初,有多少、幽欢佳会。岂知聚散难期,翻成雨恨云愁。阻追游,每登山临水,惹起平生心事,一场消黯,永日无言,却下层楼。"这就显得何等诚挚和毫不遮掩。再如他的《凤栖梧》,写他至死不悔的刻骨恋情:"拟把疏狂图一醉,对酒当歌,强乐还无味。衣带渐宽终不悔,为伊消得人憔悴。"这又是何等的富有感情力度。像这类赤诚地袒露一个男子对于女性的深情之作,实际已经显示出他对恋人的感情是十分真挚的,而这种"真挚性"又是建筑在尊重对方的思想基础之上的。对于后一点,我们只消读读下面这些词语就可明白一二,如:"自古及今,佳人才子,少得当年双美。且恁相偎倚。未消得、怜我多才多艺。愿奶奶、兰心蕙性,枕前言下,表余深意。为盟誓:今生断不孤鸳被。"(《玉女摇仙佩》)此词虽有色情和戏谑的色彩,但总体看来,他是把"才子"和"佳人"当作平等的"双美"看待的;更有甚者,他竟还在此扮演了一个向女性"求爱""立誓"的角色,这真是一种"思想解放"后才能出现的大胆笔调。而在另一些词语

---

① 王昌龄:《闺怨》,《全唐诗》卷一四三,上海古籍出版社,1986 年,第 331 页。

② 陶渊明《闲情赋》"愿在衣而为领,承华首之余芳""愿在裳而为带,束窈窕之纤身"等"祝愿",都表达了他欲亲近她的迫切希望。见《陶渊明集》卷五,逯钦立校注,中华书局,1979 年,第 154 页。关于陶渊明《闲情赋》的写作意图,存在着不同意见。本文只从其文字原意来理解。

③ 萧统:《陶渊明集序》,《陶渊明集》,逯钦立校注,中华书局,1979 年,第 10 页。

中,词人又向我们透露了他的爱情理想:"愿人间天上,暮云朝雨长相见"(《洞仙歌》),"算得人间天上,唯有两心同……待作真个宅院,方信有初终。"(《集贤宾》)他真想为他的恋人造个宅院,建立起正常的家庭生活来。因此在他看来,那些沦为商妇的风尘歌妓,本身实有着很可珍爱的品性:"心性温柔,品流详雅,不称在风尘"(《少年游》),要不是命运不济,她们是不应该沦落到青楼妓院中的!综上所述,柳永作为一个封建文人,尽管还摆脱不尽"狎妓"的生活习气和心理习惯,但毕竟又在一定程度上有了突破:表现在其恋情词的写作中,他至少已做到了不矫情、不做假,并敢于放下臭架子和假面具,赤诚地袒露和记录下自己爱慕女性的心声。这在当时的社会环境里,确实堪称是一种勇敢的举动了。

第二,作品所描绘的女性本身的形象问题。

说来也很奇怪,封建文人的恋情作品中所塑造的女性形象,通常都具有这样几个特征:首先,必须美貌,因为不美就不值得男性去爱、去写;其次,必须多情,而且必须是女子对男子多情,因此当情郎外出或抛弃她们时,这些女性就拼命地相思;再次,尽管失恋或失意,但这些女性却又恪守封建礼教,尽力保持着"淑女"的模样。这样,出现在诸如唐人闺怨、宫怨诗中的女性形象,就几乎全都呈现出一种哀怨万分却又"怨而不怨"的面目。比如李白的《玉阶怨》:"玉阶生白露,夜久侵罗袜。却下水晶帘,玲珑望秋月"①,又如杜牧的《秋夕》:"银烛秋光冷画屏,轻罗小扇扑流萤。天阶夜色凉如水,坐看牵牛织女星"②,就是这种形象的典型写照。当然,她们有时也会"怨极生恨",例如李白的《怨情》:"美人卷珠帘,深坐颦蛾眉。但见泪痕湿,不知心恨谁"③,再如赵嘏的《长信宫》:"君恩已尽欲何归?犹有残香在舞衣。自恨身轻不如燕,春来长绕御帘飞"④。但这种"恨",并不带有反抗的性质,而只是自恨命苦或色不如人而已。因此,在绝大多数封建文人的笔下,那些"思妇"丰富复杂而活生生的感情,大都经过"肢解",只剩下一腔怨绪和愁情供人怜悯和欣赏。从这点来看,温庭筠词中的女性形象基本仍是他前代和同代的宫怨、闺怨诗中那些贵族妇人的翻版。我们试读他的《酒泉子》:"罗带惹香,犹系别时红豆。泪痕新,金缕旧,断离肠……"读他的《杨柳枝》:"织锦机边莺语频,停梭垂泪忆征人。塞门三月犹萧索,纵有垂杨未觉春",读他的《菩萨蛮》:"满宫明月梨花白,故人万里关山隔。金雁一双飞,泪

---

① 李白:《玉阶怨》,《全唐诗》卷一六四,上海古籍出版社,1986 年,第 388 页。
② 杜牧:《秋夕》,《全唐诗》卷五二四,上海古籍出版社,1986 年,第 1331 页。
③ 李白:《怨情》,《全唐诗》卷一八四,上海古籍出版社,1986 年,第 430 页。
④ 赵嘏:《长信宫》,《全唐诗》卷五五○,上海古籍出版社,1986 年,第 1407 页。

痕沾绣衣……"这些词中出现的思妇们就个个只会伤心、流泪。甚至,当她们得知自己所恋之人已另有新欢时,却不敢表现出丝毫的愤怒和妒意:"看取薄情人,罗衣无此痕"(《菩萨蛮》),而只肯把失恋的苦果独自吞下。这就表明,温词所塑造的女性形象,一方面确实体现了封建时代妇女对于爱情的渴望和受压抑的深沉苦闷(从这个意义上讲,它具有一定的反礼教精神),但另一方面却仍旧把她们禁锢在"发乎情、止乎礼义"的"大家风范"套式里,由此可见,温氏的思想观念仍只停留在"半解放"而实未解放的地步。而正因这种半新半旧的思想观念深契那个时代士大夫文人的普遍心理(他们既不满于礼教的桎梏,希望能有比较自由的恋情,但又不敢和不肯冲破礼教的罗网,仍顽固地紧守着男尊女卑、妇女必须"恪守妇道"的思想阵地),因此温词中这类"怨而不怒"的思妇形象,后就变成了无数婉约词所"临摹"的"范本",一直到明清文人的"仕女画"中,仍不断地显现着这一类颦眉捧心、弱不禁风的"美女",这就可知其影响之深远了。

而在这个问题上有所改观的则非柳词莫属。柳永长期沉沦于社会底层,广泛接触市民阶层,因此他的恋情词中明显地带有市民意识和思想色彩。我们试观宋元市民小说(话本)中出现的女性形象,她们就不再是"大家闺秀"或"贤妇淑女"了,而是一些泼辣勇敢、具有"野气"的"新女性"。如《快嘴李翠莲》中的市井小女李翠莲,她就具有强烈的反抗精神和叛逆性格,被其公公斥责说:"女人家要温柔稳重,说话安详,方是做媳妇的道理。哪曾见过这样的长舌妇人!"而《碾玉观音》中的璩秀秀,更是敢于"勾引"崔宁"私奔",后来又向拆散他们婚姻的仇人索命的"复仇女鬼"。在市民妇女这种敢爱敢恨、敢于反抗礼教的精神影响之下,柳永恋情词里的那些女性形象也就一反传统地表现出异乎寻常的精神面貌来。首先,她们爱得恣放,又爱得坦率,而不像正统文人笔下的贵妇人那样羞答答。如其《昼夜乐》中这样描写与歌妓秀香的恋情:"洞房饮散帘帏静,拥香衾,欢心称。金炉麝袅青烟,凤帐烛摇红影,无限狂心乘酒兴。这欢娱、渐入嘉景。犹自怨邻鸡,道秋宵不永。"真是全无遮掩,毫不掩饰。其次,她们的恋情有点儿"爱情至上"的意味,如其《定风波》中的那位歌妓,就向往和企盼这样一种生活理想:"……向鸡窗,只与蛮笺象管,拘束教吟课。镇相随,莫抛躲,针线闲拈伴伊坐。和我,免使年少光阴虚过。"在她看来,夫妻恩爱、常伴常守,才是胜过功名利禄多少倍的甜蜜生活。基于这种思想,柳词便出现过多处贬低"功名"为"名缰利锁"的句子(《夏云峰》《凤归云》等),甚至唱出了这样的"反调":"且恁偎红翠,风流事,平生畅。青春都一饷。忍把浮名,换了浅斟低唱!"(《鹤冲天》)这种蔑视功名富贵的思想在正统的"读书人"看来,便是颇为"出格"的。再次,当她们的爱情受到威胁时,她们敢于嫉妒和敢于反抗。如《锦堂春》中那位发觉被骗的歌女就有这样一段自白："依前过了旧约,甚当初赚我,偷剪云鬟。几时得归来,香阁深关。待伊要、尤云殢雨,缠绣衾、不与同欢。尽更深,款款问伊,今后敢更无端!"她准备以两个步骤来对付这位薄情郎:其一,当他回家时尽量对他冷淡,并不准他再来纠缠;其二,待到夜深人静之后,再慢慢数落他,责问他今后再敢如此无情无义否?像这样的"盘夫责夫"场景,就是温氏乃至一般正统士大夫文人词中所绝无的,它确实体现了市民妇女那种不拘礼法、敢于反抗的精神,这就大不同于贵族妇女那种"温柔敦厚"、逆来顺受的思想性格。所以,相对而言,柳词中的女性形象带有着个性解放的特色,它所展现的乃是活生生的市民女性的性格。

第三,随着思想观念方面的差异,柳永和温庭筠的恋情词之间也就存在着写作手法与艺术风貌的差异。温词所欲描摹的,实是一种士大夫文人认为"应该如此"的女性形象和女性心态。基于此种审美观念和审美标准,他努力地把她们塑造成华丽富贵却又无端哀怨的"仕女"形象。所以他在写作手法方面表现出以下特点:

一是常用静态的画面,以此来衬托她们的片断的心绪或心态。比如:

> 南园满地堆轻絮,愁闻一霎清明雨。雨后却斜阳,杏花零落香。　　无言匀睡脸,枕上屏山掩。时节欲黄昏,无聊独倚门。(《菩萨蛮》)

> 夜来皓月才当午,重帘悄悄无人语。深处麝烟长,卧时留薄妆。　　当年还自语,往事那堪忆?花露月明残,锦衾知晓寒。(《菩萨蛮》)

它们所展现的,基本只是一幅"美人倚门"和"美人失眠"画面,至于画中人此时此刻的心境,那就全凭读者自己去体味和揣测。

二是主要以物语和景语的连缀与堆垛来组合词境,然后再以一二句情语稍加挑明或半挑明,这样就形成了一种暗示的抒情手法。例如:

> 莺语,花舞,春昼午,雨霏微。金带枕,宫锦,凤凰帏。柳弱蝶交飞,依依。辽阳音信稀,梦中归。(《诉衷情》)

粗看起来,它似乎有些不知所云。但细加分析便知,全词共分三组词汇:一是"金带枕""宫锦""凤凰帏"之类物语,以之渲染那女性的华贵身份;二是"莺语""花舞""细雨""弱柳""蝶飞"之类景语,用来描绘那诱发闺愁的春景;三是"辽阳梦"和"音信稀"这两句点情的句子,到此方始挑明本词的主题实是描写一位贵妇人在春日所引发的思念远在边塞的情郎之闺怨。再如:

> 水精帘里玻璃枕,暖香惹梦鸳鸯锦。江上柳如烟,雁飞残月天。
> 藕丝秋色浅,人胜参差剪。双鬓隔香红,玉钗头上风。(《菩萨蛮》)

全词用了主要的篇幅来描写女子的居室、服饰,其中又嵌进"江上""雁飞"两句景语,而几乎未着一句情语,仅在"惹梦"两字前后暗示出她的"梦"与情事有关。读者只有凭借自己的想象和思索,才能从这个"梦"字入手擒捉题旨:原来它仍是在描摹贵妇人梦醒之后面对凄清的秋景所深怀的思人之愁绪。

上述两种写作手法,就造成了温词"酝酿最深"①的含蓄蕴藉的词风,而这又是与他努力塑造那种美貌、深情却又"怨而不怒"的"标准化"女性形象的艺术目标相一致的。

比较起温词的写作手法来,柳词就异乎其貌了。

首先,它经常用动态的写法去描摹人物的动作、语言,有时还夹进叙事的成分。这样写出来的人物,就显得有声有色、有哭有笑,活现了他(她)们的声容笑貌和内心世界。如其描写歌妓舞姿的《浪淘沙令》:"有个人人,飞燕精神。急锵环佩上华裀。促拍尽随红袖举,风柳腰身。 簌簌轻裙,妙尽尖新,曲终独立敛香尘。应是西施困也,眉黛双颦",就十足是动态的描写。而他的《法曲第二》则更是通过歌女的自白,把她与情人当年的传情、约会、许身以及现今独居的悔懊和思欲对他进行"惩罚"却又不忍"下手"而仍将重归于好的种种情景,描绘得活灵活现、如跃纸上:

> 青翼传情,香径偷期,自觉当初草草。未省同衾枕,便轻许相将,平生欢笑。怎生向、人间好事到头少,漫悔懊。 细追思,恨从前容易,致得恩爱成烦恼。心下事千种,尽凭音耗。以此萦牵,等伊来、自家向道。泪相见,喜欢存问,又还忘了。

这种写法可谓神形毕现,几乎把人物的曲折心理写"活",而不再像温词那样仅以融情入景的方式刻画静态的哀愁。

其次,柳词大多抛舍温词"含而微露"的暗示写法,而采用"放开来说"的抒情方法。而这又与他所表现的那类敢爱敢恨、敢想敢说的"新女性"的思想性格相一致。例如那首《击梧桐》:

> 香靥深深,姿姿媚媚,雅格奇容天与。自识伊来,便好看承,会得妖娆心素。临歧再约同欢,定是都把、平生相许。又恐恩情,易破难成,未

① 周济:《介存斋论词杂著》,唐圭璋编《词话丛编》,中华书局,1986 年,第 1631 页。

免千般思虑。　　近日书来,寒暄而已,苦没切切言语。便认得、听人教当,拟把前言轻负。见说兰台宋玉,多才多艺善词赋。试与问、朝朝暮暮,行云何处去?

它也是通过代言的方式,向读者敞开那歌妓的心扉:她先是自夸其美貌,然后描写情郎与她相爱,再写他离去后的猜疑和忧虑,最后更是不客气地数落他的负心薄情。我们试将它与温氏的《酒泉子》相比较:

花映柳条,吹向绿萍池上。凭栏干,窥细浪,雨萧萧。　　近来音信两疏索,洞房空寂寞。掩银屏,垂翠箔,度春宵。

虽然同是写"洞房寂寞"的心情,但一方面二者有感情程度"怨而不怒"与"怨而敢怒"的差异,另一方面在抒情方式上更有含蓄与发露、内敛与外放的明显不同。再如柳永因之而受到晏殊黜退的《定风波》词,也是"放开来说"的典型作品。其前半写失恋歌女的"懒",形神兼备、神态毕肖,而自"无那!恨薄情一去,音书无个"直到结尾,则一气呵成、感情喷涌地抒写她的悔恨之情和迫切希望,使人如闻其声、如睹其容。此种手法,不讲含蓄,不需暗示,完全是心到口到、任情挥洒的写法。这就难怪坚持传统观念和传统写法的晏殊要对它大为不满了。

除此之外,柳永和温庭筠的恋情词也还存在着其他方面的许多差异。比如前已说过的温氏致力于令词的写作而柳氏喜写慢词长调,又如温词用语文雅而柳词不避俚俗等。通过以上分析,我们不难明白,虽然同是写恋情题材的词,同是香艳温软的词风,但温、柳两位之间存在着不小的差异。概而言之,前者是传统的闺怨诗在词中的"移植",它在思想观念方面基本维持着以男子为中心的妇女观和恋爱观,而在审美趣味方面也表现为正统士大夫文人的那种文雅特质。后者则受民间文学的影响很深,在思想观念方面表现出一定程度的新信息(敢于冲破封建礼教,追求自由平等的爱情),在审美趣味和艺术风貌方面又带有着市民阶层的"俗文学"色彩。故而,他俩在唐宋词的坐标中各自占据着不尽相同的位置,提供了不尽相同的艺术美感。

"太平盛世"的幸运儿与失意人

——谈柳永词中的"春温"与"秋肃"

阅读柳永的词集,留给读者极深印象的便是其中充满着两种正好相反的情景:"春温"与"秋肃"。前者如《木兰花慢》所描绘的:

> 拆桐花烂漫,乍疏雨、洗清明。正艳杏烧林,缃桃绣野,芳景如屏。
> 倾城,尽寻胜去,骤雕鞍绀幰出郊坰。风暖繁弦脆管,万家竞奏新
> 声。　　盈盈,斗草踏青。人艳冶,递逢迎。向路旁往往,遗簪堕珥,珠
> 翠纵横。欢情,对佳丽地,信金罍罄竭玉山倾。拚却明朝永日,画堂一
> 枕春醒。

它所展现的就是这样一幅生活图卷:清明佳节,汴京城郊,遍野艳杏缃桃,到处桐花烂漫。公子佳人,骑马坐轿,纷纷踏青。人们眼见的是花团锦簇的芳景,耳闻的是繁弦急管的新声。而在游春的贵妇人归家之后,路旁还留下了她们的遗簪堕珥……这不论从人情还是物态来看,就无不洋溢着"春"的温馨氛围。后者如有名的《八声甘州》:"对潇潇暮雨洒江天,一番洗清秋。渐霜风凄劲,关河冷落,残照当楼。是处红衰翠减,冉冉物华休……"这里所呈现的,就是另一番萧索冷落的"秋肃"景象。当然这里所举的只是两个典型的例子而已,事实上,柳词几乎不是以"春温"就是以"秋肃"作其背景,在这两种不同的背景下都为读者提供了很多的名篇佳作。而使我们发生兴趣的则是:这两种相反、相异的背景描写,是如何在柳永一人的作品中统一起来的? 它们又分别包含有哪些思想感情方面的内蕴?

张炎曾说:柳词从"批风抹月"中来①。也就是说,柳词的核心内容离不开"风月"两字,是以"儿女事、风月情"为其主要题材内容的。因此,无论是以"春温"还是以"秋肃"作为它的描写背景,就都离不开男女恋情这个母题。如写佳人赏春归来的《荔枝香》("甚处寻芳赏翠,归去晚。缓步罗袜生尘,来绕琼筵看。

---

① 张炎:《词源》卷下,唐圭璋编《词话丛编》,中华书局,1986年,第267页。

金缕霞衣轻褪，似觉春游倦。遥认，众里盈盈好身段。　　拟回首，又伫立，帘帏畔。素脸红眉，时揭盖头微见。笑整金翘，一点芳心在娇眼。王孙空恁肠断"），以及那首描写在清秋季节里恋人饯别的名作《雨霖铃》词，就都是例证。不过，如若我们深一层地追踪下去，便会发现：以"春温"为背景的词，大都描写比较甜蜜的恋情，它们往往显露着作者身处"太平盛世"的那种幸福感和享乐心理；而以"秋肃"为背景的词，则几乎全写被阻隔的恋情，且同时又表现出作者虽处"盛世"却很潦倒的失意和脆弱心理。而综合以上两者，我们便可以看到一个统一而完整的柳永：他既是这个时代的幸运儿，又是这个时代的失意人；他既像黄莺那样，为时代的"春天"唱起了赞歌，又像寒蝉那样，为自身的不幸命运吟出了"悲秋"的哀音——而不管是得意还是失意，不管是鸣春还是吟秋，他的歌声又都是向着他的恋人献唱的。这样的描述，或许能够概括出柳永的为人和他的为词之大致面目。

先让我们来看柳永的"鸣春"。打开柳永的《乐章集》，第一首作品就是《黄莺儿》。其上片这样写道："园林晴昼春谁主？暖律潜催，幽谷暄和，黄鹂翩翩，乍迁芳树。观露湿缕金衣，叶映如簧语。晓来枝上绵蛮，似把芳心深意低诉。"这种安排似乎有意无意地暗示出一个事实：柳永好比一只善歌能唱的黄莺（亦即黄鹂），啼唤出了时代的"春天"。对此，我们可从柳词所反映的时代面貌、所表现的时代心理，以及它对爱情的"春天"翩然降临的热情歌颂中分别看出。

柳永生年至今无确考，但至少可知，他的主要经历是在北宋真宗、仁宗两朝度过的。仁宗在位42年（1023年—1064年），号称"太平盛世"，是整个宋代政治相对安定、经济十分繁荣的一个黄金时期。据讲，仁宗驾崩后，连契丹国君都亲手握着宋朝使者的手哀悼曰："四十二年不识兵革矣"[1]；而时人也有诗吊唁道："农桑不扰岁常登，边将无功吏不能。"[2]这些传闻都足说明：仁宗时代在宋人心目中是一个"国泰民安"、值得自豪的时代。而柳永则"幸运"地身经目睹了这个时代的繁华局面，所以他的许多词篇就不无骄傲之感地反映了当日"太平时，朝野多欢民康阜"（《迎新春》）的社会面貌。在这方面，可举的例子十分多，试择二三说明。如他描写的帝城汴京风光："禁漏花深，绣工日永，蕙风布暖。变韶景，都门十二，元宵三五，银蟾光满。连云复道凌飞观。耸皇居丽，佳气瑞烟葱蒨。翠华宵幸，是处层城阆苑……"（《倾杯乐》）又如他描写的成都景致："井络天开，剑岭云横控西夏。地胜异，锦里风流，蚕市繁华。簇簇歌台舞榭。雅俗

----

① 邵博：《邵氏闻见后录》卷一，中华书局，1983年，第5页。
② 吴曾：《能改斋漫录》卷一一，上海古籍出版社，1979年，第305页。

多游赏,轻裘俊,靓妆艳冶。当春昼,摸石江边,浣花溪畔景如画。"(《一寸金》)还有他那首据说曾引动了金人垂涎之心的歌咏杭州的《望海潮》,就都尽情地描绘出当时都市的繁华风貌和社会的太平景象。所以难怪曾经做过翰林学士的士大夫范镇要感叹道:"仁宗四十二年太平,镇在翰苑十余年,不能出一语咏歌,乃于耆卿词见之。"①从这点看,柳词倒有些符合现今之"反映论",它相当真实地反映了这个"盛世"的富庶与安康。不过,这个"真实"其实还是有所保留的。而这就又引出另一个问题:柳词所表现的"时代心理"中,实际包含着很大比重的享乐意识。

我们深知,宋代是一个危机不断、积弱积贫的封建王朝。即在号称"盛时"的仁宗朝,就有人上书皇帝称京城中"民情汹汹,聚首横议,咸有忧悸之色"②,而柳永本人的《煮海歌》也写及沿海盐民"虽作人形俱菜色"的悲惨生活。故而反顾柳永所写的那些"太平时,朝野多欢。遍锦街香陌,钧天歌吹,阆苑神仙"(《透碧霄》)景象,我们就明显可觉其并不真实或并不全部真实。问题的关键在于:柳永在写这些歌咏"太平盛世"的词篇时,虽不一定是有意粉饰现实,但他肯定是带着享乐主义的眼光来夸大社会"繁华""康阜"的一面。所以从这一点出发,我们又不难看到,充溢在他"都会词"中的情绪,一是表现出夸富的心理,二是表现出行乐的心理。前者如:"恋帝里,金谷园林,平康巷陌,触处繁华"(《凤归云》之咏汴京),"市列珠玑,户盈罗绮,竞豪奢"(《望海潮》之咏杭州),"万井千闾富庶,雄压十三州。触处青蛾画舸,红粉朱楼"(《瑞鹧鸪》之咏苏州)等,就都夸大其词地描绘出一派富贵非凡的景象。而之所以要夸富,原因就在于这种生活环境可资人们尽情享乐。因而柳词更用酣畅淋漓的笔调来大写人们的行乐。如:"帝城当日,兰堂夜烛,百万呼卢;画阁春风,十千沽酒。未省宴处能忘管弦,醉里不寻花柳"(《笛家弄》),"玉城金阶舞舜干,朝野多欢。九衢三市风光丽,正万家急管繁弦"(《看花回》),"恣幕天席地,陶陶尽醉太平,且乐唐虞景化"(《抛球乐》)……总之,在这样一个充斥着酒色歌舞的花花世界里,人们无不以享乐为尚、以享乐为荣。由此我们就很清楚:柳词之所以拼命夸富,之所以尽情讴歌"太平盛世",一方面确实反映了当日都市生活日益繁复的某些事实,但另一方面更是受到那一时代人们普遍滋长的享乐心理的激惹。前人早就说过:

① 祝穆:《方舆胜览》卷一一,影印《文渊阁四库全书》第 471 册,上海古籍出版社,1987年,第 660 页。

② 苏舜钦:《诣匦疏》,《苏学士集》卷一一,影印《文渊阁四库全书》第 1092 册,上海古籍出版社,1987 年,第 72 页。

"乐也者,郁于中而泄于外者也,择其善鸣者而假之鸣","是故以鸟鸣春,以雷鸣夏,以虫鸣秋,以风鸣冬"①。从一定意义上说,柳永正就充当了这种郁积于北宋朝野的享乐意识的"代言人"或"能言鸟"。

与此同时,不管是反映时代繁荣的一面还是表现时代的享乐心理,柳词的题旨最后总落实到对于恋情的歌咏上。这也并不奇怪:在柳永看来,人间的最大幸福与最大享乐,正就在于"倚红偎翠""浅斟低唱",这或许也是他在仕途失利、久困场屋之后产生的偏激观念。因此,他惊喜地发现:随着城市经济的高度发达和都市风情的日臻旖旎,一个爱情的"春天"也同时降临。我们注意到,柳永所写的都会词中处处都离不开歌楼妓院、青蛾红粉,如他的元宵词中明确提到了少年人"绝缨掷果"的"奇遇"(《迎新春》),他的清明词中分明写及"寻花柳"的艳事(《笛家弄》),他的迎春词中则除了描写"绿娇红姹"的自然界春色之外又描写了"新郎君、成行如画"和"骤香尘、宝鞍骄马"的人间的"春色"(《柳初新》)……凡此种种都表明,在鸣唤时代"春天"的同时,柳永又是为爱情的"春天"而鸣叫得最为欢快的一只"黄莺儿"——就像他在用它做调名的词中所描绘的那样,正鼓起它的如簧巧舌,"似把芳心深意低诉"!

现在,再让我们来看柳永的"吟秋"词。前人评论柳词"音律谐婉,语意妥帖,承平气象,形容曲尽;尤工于羁旅行役"②。对于"承平气象"的"形容曲尽",就是上文所讲的"鸣春";而"尤工于羁旅行役",则就是本节所要讲的"吟秋"。确实,在柳永词集中,存在着大量抒发羁思旅情的作品,特别是他的那些名篇,就都与这一主题有关;而这些作品,却几乎又全是在"秋肃"的背景下写成的,例如《雨霖铃》《八声甘州》《戚氏》等。因此,就连柳永本人都曾多次自比悲秋的宋玉:"晚景萧疏,堪动宋玉悲凉"(《玉蝴蝶》),"当时宋玉悲感,向此临水与登山"(《戚氏》)。这些现象启示我们:柳永的"吟秋",至少包含着如下一些复杂的心理蕴含:

首先,作为一个失意潦倒的下层文人,柳永有着深沉的内心悲哀。尽管他幸运地生处"太平盛世",但"盛世"里却照样会有倒霉的人;也尽管他高唱过"才子词人,自是白衣卿相",但作为一个读书人,他又始终未能冲破"学而优则仕"的思想牢笼。因而,当他科举不利并为生计所迫四处飘荡时,一种人生的"秋意"自然便会袭上心头和流泻于笔端;何况,他离京师向江南飘荡时,又值"寒蝉凄

① 韩愈:《送孟东野序》,《韩昌黎全集》卷一九,世界书局,1935年,第276页。
② 陈振孙:《直斋书录解题》卷二一,影印《文渊阁四库全书》第674册,上海古籍出版社,1987年,第887页。

切"的秋季。所以,他的悲秋词中确也存在着宋玉式的"贫士失职而志不平"①的忧郁和悲凉。我们试读他的《满江红》:"暮雨初收,长川静、征帆夜落。临岛屿、蓼烟疏淡,苇风萧索。几许渔人飞短艇,尽载灯火归村落。遣行客,当此念回程,伤漂泊……"试读他的《卜算子》:"江枫渐老,汀蕙半凋,满目败红衰翠。楚客登临,正是暮秋天气。引疏砧,断续残阳里。对晚景,伤怀念远,新愁旧恨相继……"其中,就无不充满着一位失意文人的悲凉意念。所以到了此时,他也会像其他游宦不成的士人那样,生出"归去来兮"的山林之思来:"游宦区区成底事,平生况有云泉约。"(《满江红》)这时的柳永,才恢复了一个穷读书人的本来面目,感生了千百年来失意文人所共同怀有的怀才不遇的悲哀。

不过,话又得说回来:虽然柳氏曾以宋玉自比,而同时代中也竟有人将他的《戚氏》一词与屈原的《离骚》相比,但在事实上,柳词的思想深度是远远比不上屈、宋的。对此,王灼就说过:"前辈云:'《离骚》寂寞千年后,《戚氏》凄凉一曲终。'《戚氏》,柳所作也。柳何敢知世间有《离骚》? 惟贺方回、周美成时时得之。"②这是因为,柳永的"吟秋",主要只是对于个人命运的嗟叹,全无对于国家和政治的关心;而即使是对自身遭遇的嗟叹,它也只有悲哀和懊恼,远远缺少那种愤慨与不平之音——我们不妨比较一下同是失意人的贺铸所写的《六州歌头》,他在"剑吼西风"的季节里抒发他的愤慨不平是何等的慷慨激愤! 因此,柳词的"吟秋",从第二个角度来看,正是他的脆弱心态的集中体现。我们知道,若从宏观的眼光看,则整个宋代士人的心理面目都是比较柔弱的。这与宋代国力不振和"崇文黜武"的政策有关,就连宋人自己都深知其"病源",程颐就说过"今人都柔了,盖自祖宗以来,多尚宽仁……由此人皆柔软"③。而从微观来看,则柳永又是一个性格特别柔弱的词人。他自称:"怎向心绪,近日厌厌长似病"(《过涧歇近》),怎样都摆脱不了这种多愁似病的心态。他的词中,又偏多愁、怨、伤、悲、温、柔、软、纤之类的字面,所出现的人物形象则是"多愁多病"之人(《安公子》),所表现的性格又是"温柔"的"心性"(《小镇西》)。总而言之,它们就是一种经过充分"柔化"了的、简直有些病态的脆弱心理。怀着这样一颗多愁善感的"柔心",再面对萧索的秋景和人间的离别,词人自然要发出"多情自古伤离别,更那堪冷落清秋节"(《雨霖铃》)之类的痛苦心声了。所以,我们除了看到柳词

① 宋玉:《九辩》,洪兴祖《楚辞补注》,中华书局,1957 年,第 304 页。

② 王灼:《碧鸡漫志》卷二,唐圭璋编《词话丛编》,中华书局,1986 年,第 84 页。

③ 黎靖德编:《朱子语类》卷一三三,影印《文渊阁四库全书》第 702 册,上海古籍出版社,1987 年,第 691 页。

中仕途失意的悲秋意绪外，还可更深一层地认清：柳永的"吟秋"，可谓典型地体现了宋代文人那种脆弱柔软的感情世界和心理性格。

再次，在柳永那些以"秋肃"为背景的羁旅行役词中，我们更易看清恋情心理和享乐心理对它的直接浸淫。说得坦率一点：柳永之所以"工于羁旅行役"之词，之所以会大动"登山临水送将归"的悲秋之感，在很大程度上就是因为离别阻隔了他与恋人的恋情，而异乡的秋色又促发了他对帝京享乐生活的追忆。不然的话，他的这些悲秋离别词就不可能写得那样大动真情。关于这一方面，他的《戚氏》就是很有说服力的例证。此词共分三片，其上片极写他在异乡所动的悲秋之感，正有些像词中所写的"蝉吟败叶，蛩响衰草"那般，使人感到辛酸；其中片则开始露出真情，原来他在孤馆度日如年、夜深难眠是因为"那堪屈指，暗想从前，未名未禄，绮陌红楼，往往经岁迁延"；而下片则更加干脆地明言"帝里风光好，当年少日，暮宴朝欢"，故而现今只能"追往事，空惨愁颜"地"停灯向晓，抱影无眠"了。所以，说到底，他的羁愁和悲秋，仍直接根源于他那受阻的恋情和享乐不成的懊恼心理，他所感知的"秋肃"也仍是其"春温"的反拨或反弹而已。

通过以上分析，柳词中"春温"与"秋肃"便能合二为一了：柳永不像晏殊等贵族文人那样，只是从高高在上的楼台上俯瞰人生，而是把他的全部身心都深深地扎入世俗生活的土壤里，从中汲取实实在在的感情养料以培育自己的文学花朵。他既真切地感受到了时代的温煦"春风"，像黄莺那样唱出对于"太平盛世"和男欢女爱的热烈赞歌，鼓动着人们尽情行欢作乐；他又深切地感受到了旧时代所有失意文人的那份悲凉，以及人间最为难堪的"悲莫悲兮生别离"的悲剧性体验，像寒蝉那样吟出了对人生"秋意"的悲鸣。从人生观来讲，他信奉享乐主义和爱情至上，同时也未摆脱干净"名缰利锁"的羁縻，因而显得相当世俗和浅薄。但这又并不妨碍他成为一个"纯情"的著名词人，因为他天生就拥有一颗多愁善感的"柔心"，以及一副善鸣能唱的"歌喉"。故而无论是得意还是失意，无论是"春温"还是"秋肃"，他都能为人们唱出一曲曲深情的歌。

苏轼的 "故弄玄虚"

——谈"赤壁怀古"词的真正思想底蕴

苏轼的《念奴娇·赤壁怀古》是首声震词坛、千载传响的名篇。古往今来对它的赞赏可谓多矣。然而对它的理解，其实并不真正一致。如有不少论者都激赏于它豪放的一面，而认为其结尾"人生如梦"等五句，则未免消极或低沉，是一个值得惋惜或批判的缺陷。比如有一本词选的编者就这样写道："从全词来看，气氛是开朗的、豪迈的，情调是健康的。结尾流露了一种低沉的消极情绪。但主要的动人部分却是前者，而不是后者。"另外，还有一些讲析文章，则更加好心地劝导读者不要接受其结尾的消极影响。

应该说，上述看法并不错误。但我认为，这种感觉只是从读者方面立论的，而其实若从苏轼本人的创作意图来看，则他的真实心态却是偏重于后面这一部分，亦即未免"消极"或"低沉"的那一面。这里就涉及"作者之用心"与读者的观感之间，或者又可称为作者的主观意图与作品的客观效果之间的矛盾问题了。

为了说明问题，我们不妨先来揭穿此词的几个"故弄玄虚"之处。

第一，人们都已知晓，苏轼赖以写出其不朽的《前赤壁赋》《后赤壁赋》及"赤壁怀古"词的赤壁，实际上并非历史上发生过鏖战的真赤壁①，而只是被当地人讹传为赤壁的"赤鼻矶"而已。对此，苏轼本人心中自是清楚，故而他颇为狡黠地写道："人道是，三国周郎赤壁。"你要责备我缺乏地理知识吗？责任不在于我，而在于此地的土著居民！不过苏轼何以要将假作真，煞有介事地在这里大写其缅怀三国英雄、凭吊风流人物的词赋，这其中就大有缘由可寻。

第二，苏轼熟读史书，他未必不知道历史上的周瑜在大破曹军时年已34岁，而小乔嫁他也已近10年之久，可他却大笔一挥，将年龄减少了9年（周瑜25岁娶小乔），说什么"小乔初嫁了，雄姿英发"。这种"篡改"年龄的举动究竟又是为了什么？

---

① 传为历史上发生"赤壁之战"的"赤壁"很多，有四五种说法。一般认为真实的地点是在湖北蒲圻县西北的长江南岸。

第三，人们读此词时，都会赞赏并惊叹于他所描绘的赤壁奇景："乱石崩云，惊涛裂岸，卷起千堆雪。"这是何等雄奇壮观，又是何等绘声绘色！这就引得无数后代人前去黄州江边游览。但他们很快就会大呼"上当"，原来此处的景物远非苏轼所描绘的那般模样。如距苏轼并不太远的两位南宋人就慕名到过此地。一位是陆游，他在《入蜀记》中说"赤壁亦茅冈耳，略无草木"①；另一位是范成大，他在《吴船录》中也说赤壁乃小赤土山也，"东坡词赋微夸也"②。弄了半天，坡公竟是在此做艺术的虚构与夸张。拆穿这一秘密，或许会使人感到几分失望吧？

那么，苏轼究竟为什么要在这里"故弄玄虚"地"夸大其词"呢？这就涉及他的"用心"问题。按照我的理解，苏轼在此并非真要描绘他所亲眼目睹的黄州江景，以及艺术地再现历史上的一段真实故事和一位英雄人物，却只是借题发挥而已——他不过是借着"赤壁之战"和"周郎"这个题目，来发泄自己此时此地的满腔块垒和那种浓重的忧患感罢了。

我们知道，苏轼是位深有抱负的士大夫文人。早在年轻时代，就"奋厉有当世志"③，企图大有作为。我们只要读一读他写给其弟子由的《沁园春》词，就知道他怀有何等轩昂的政治热情与宏大的政治思想："当时共客长安，似二陆初来俱少年。有笔头千字，胸中万卷，致君尧舜，此事何难？"可是，岁月匆逝，年华浪掷，一晃到了47岁（元丰五年壬戌），他却非但功业未成，反而落得个"黄州编管"的"半犯人"境遇。孔子曰："四十、五十而无闻焉，斯亦不足畏也已。"苏轼是熟读孔孟之书的。千古以来啮咬着仁人志士之心的这种怀才不遇、报国无门以及青春虚度、老大徒悲之痛，同样深深地啮咬着苏轼的心；而当这种悲痛在现实环境中无法排遣的情况下，自然只能依靠老庄哲学和消极的喟叹来得到暂时的解脱与宣泄。因此这一时期苏轼的词中，就频繁地出现了"人生如梦"的感叹："梦中了了醉中醒"（《江城子》），"笑劳生一梦，羁旅三年"（《醉蓬莱》），"世事一场大梦"（《西江月》），"万事到头都是梦"（《南乡子》）……因此，赤壁词中的"人生如梦"，就不是偶然吐出的声音，而是已在胸中郁积很久、很深的一种浓重的忧患感和消沉意绪。在相当长的时间里，这种情绪在苏轼心境中占据了主

---

① 陆游：《入蜀记》卷三，影印《文渊阁四库全书》第460册，上海古籍出版社，1987年，第905页。

② 范成大：《吴船录》卷下，影印《文渊阁四库全书》第460册，上海古籍出版社，1987年，第870页。

③ 苏辙：《亡兄子瞻端明墓志铭》，《栾城集·栾城后集》卷二二，曾枣庄、马德富校点，上海古籍出版社，1987年，第1411页。

导地位。故而当他闻言士人告曰"此赤壁矶也"之后,就以假作真地借题发挥起来,以之来抒发自己满腔的块垒与郁闷。而就在此时,艺术家擅作虚构和夸张的"本能",立即就"自动"地跳出来为他帮忙,于是就出现了以上一系列的"故弄玄虚"。对此,我们不妨再做一点"抽茧剥笋"式的剖析:

首先,苏轼尽管知道此地并非真的赤壁,然而他必须"自欺欺人"地将它"认定"为真赤壁。这种心理,大凡好发"思古之幽情"的诗人都会具有。比如当代人为了招徕观光客们,常会制造一些"假古董",以供人们游览凭吊;而事实上,也确实有不少游客文人为此而流连徘徊,吟诗作词。苏轼的心理恐怕也同于此。一方面,他明知其中颇有疑点①;另一方面,他又舍不得将这样一个绝好的作诗题目白白丢弃,所以忍不住制造了一个"古垒"(即"古战场"),又妙不可言地加了句"人道是",这样就为自己的一吐衷曲创造了似是"天造地设"实乃"人为"的背景或"基地"。

其次,他必须"物色对象"。这个对象既是题目中("赤壁怀古")应有之人,又必须为我此时此地的抒情言志服务。人所共知,三国鏖战时,魏蜀吴三方确是猛将如云、良士如雨,所谓"一时多少豪杰"是也。在《前赤壁赋》中,苏轼就选择那位"一世之雄"的曹阿瞒作为"大写"的对象:先是推出他"舳舻千里,旌旗蔽空,酾酒临江,横槊赋诗"的形象,然而"四两拨千斤"地仅用5字就把他一笔勾销:"而今安在哉!"②这样的选择就非常有助于反衬作者享用江上清风与山间明月的那种自适感。而在本首赤壁词中,一则不便再用这个已经"使用"过的人物形象,二则可能是考虑到词体的特殊性,他就转而借助于另一位风流人物亦即年少英俊、雄姿英发的周郎形象。后一点该如何理解?原来,在宋人看来,作词与作诗、文是应该有些差别的。宋人沈义父在总结这方面的经验时如此说过:"作词与诗不同,纵是花卉之类,亦须略用情意,或要入闺房之意……如只直咏花卉而不着些艳语,又不似词家体例。"③也就是说,作词最好要用些"艳语",要多少带点艳情色彩;不然的话,就不似词的"本色"体例。此话确是经验之谈。比如苏轼所写的《水龙吟·次韵章质夫杨花词》,所咏之物明明是杨花,然而其

---

① 苏轼曾说过这样一段话:"黄州西山麓,斗入江中,石色如丹,传云曹公败处所谓赤壁者。或曰'非也'。曹公败归,由华容路,路多泥泞,使老弱先行践之而过……今赤壁少西对岸即华容镇,庶几是也。然岳州复有华容县,竟不知孰是?"见胡仔《苕溪渔隐丛话·后集》卷二八,人民文学出版社,1962年,第206页。

② 苏轼:《赤壁赋》,《苏轼文集》卷一,孔凡礼点校,中华书局,1986年,第6页。

③ 张炎著、夏承焘校注,沈义父著、蔡嵩云笺释:《词源注 乐府指迷笺释》,人民文学出版社,1963年,第71页。

中却时时隐现着女性的眉眼与神情："萦损柔肠。困酣娇眼，欲开还闭。梦随风万里，寻郎去处，又还被、莺呼起。"又如辛弃疾的那首《水龙吟·登建康赏心亭》，堪称硬语盘空，然于结尾之处却又"请"出了红巾翠袖为英雄揾泪。这些例子都足以说明，词体一向有着"以艳为美"的传统习惯。所以在苏轼看来，要为赤壁赋词，那其首选人物就非周郎莫属；也正因为如此，他在描绘"樯橹灰飞烟灭"大决战时，却"忙中偷闲"地不忘插进一句"小乔初嫁"的旖旎之笔。我们可千万不要小看了这一短句，在它里面，着实凝聚着一些耐人寻味的东西：第一，就创作方法而言，它使周瑜的形象带有了几分浪漫主义的光彩。历史上的周瑜如何组织和指挥这场千头万绪的战役人们已不复可知，而《三国演义》中周瑜为此殚思竭虑甚至忙得口吐鲜血的故事却是人所熟知的。然而苏词却大大"改造"了这一形象，写他燕尔新婚之后不久，就指挥若定、谈笑风生地"解决"了几十万曹军。这便使周瑜的头上顿时映射出神奇浪漫的光圈。这句飞来神笔（或许也是"谑笔"），就多少反映出苏轼那种才气横溢、妙语时出的创作特色。第二，更为重要的是，它集中体现了苏轼乃至许多宋代文人的共同生活理想。中国封建社会的读书人，大都怀有这样的人生目标：一是功成名就，二是婚姻美满，所谓"洞房花烛夜，金榜题名时"就是这双重目标的形象化说明。而宋代文人因处于国势不振、外患频仍的局势之下，他们更希望自己成为儒将式的人物。如苏轼在《祭常山回小猎》一诗中就表示要学西晋的谢艾，在羽扇轻挥之间从容退敌："圣明若用西凉簿，白羽犹能效一挥。"①所以当他在写词时，就更在周郎的身上融注自己的人格理想：一是儒雅（"羽扇纶巾"）；二是风流（"小乔初嫁"）；三是雄豪（"谈笑间，樯橹灰飞烟灭"）。这样一位雄姿英发、风流倜傥的英雄形象，其实已非历史人物的真实面貌，而是作者根据他所特有的生活理想和审美趣味加工过的艺术形象，因而他在塑造这一理想化的人物时，便不惜"偷改"年龄并加以美化。而若是仍然选用曹操的形象，虽则他也有"横槊赋诗"与建造铜雀台的故事，但毕竟年龄嫌老；而现在选用儒雅风流、早建功业的周郎形象，就可以十分顺手地写出自己的艳羡之情，更可非常有效地反衬出自己相形见绌的懊丧与慨叹。

再次，为要写足周郎的高大形象，词人更需对人物出场的背景加以"拔高"和铺垫。庙小供不了大菩萨，越是雄伟的佛像就越需宏大的宝殿寺院供其矗树。苏轼当然深谙此理。故而他大笔一挥，起首便为读者勾勒了一个"大江东去"的

① 苏轼：《祭常山回小猎》，《苏轼诗集》卷一三，王文诰辑注、孔凡礼点校，中华书局，1982年，第647-648页。

壮阔画面,接着又用"乱石崩云"等三句为"一时多少豪杰"的出场竞争布置了惊心动魄的驰骋场地。而在这"江山"与"人物"并茂的舞台背景构筑成功之后,聚光灯就集中映照在那位令人慕想不已的中心人物周郎身上。这就是苏轼匠心之所在。

然而,我们千万不可忘记,这首词的真正"主角",却并非台上的周郎,而是躲在幕后或台下的苏轼本人!宋人王十朋有《游东坡十一绝》诗云:"再闻黄州正坐诗,诗因迁谪更瑰奇。读公赤壁词并赋,如见周郎破贼时。"①其实他对苏轼黄州辞赋的赞美,只说对了前两句,后两句就显得不够准确、深刻。他只见到了苏轼笔下所描绘的"周郎破贼",却不知道它仅是经过苏轼虚构后的图像,更未理解苏轼借赤壁词和赤壁赋中周郎、曹操的艺术形象来反衬自己失意心态的真正创作用心。倒是他的前两句反而说中了要害:苏轼贬居黄州四年是因为乌台诗祸,而他在黄州期间所作的诗文之所以变得更加瑰奇,又是因为迁谪之故!所以这个"迁谪",实是我们解开黄州诗文的总钥匙。从这点出发,我们也就不难明白:赤壁词的真正主题并非在摹写历史人物,而是在抒发自己遭贬后的感慨和显露其忧患人生的心态。故而全词的"重心",应该是结尾的五句,而不在前面那一段轰轰烈烈、绘声绘色的"江山人物图"中。从这个意义上讲,它那消极、低沉的"尾巴",就决非可以"割去"的累赘,而是包含着此词真正的思想底蕴之重要组成部分。

不过,又如前面所提到过的,作者之用心与读者的感观、作者的主观意图与作品的客观效果之间,是远非完全一致的。两者产生"距离"的现象,是经常可以见到的。就拿此词来说,它所描绘的奔马轰雷般的长江奇景,不光在词坛上是"开天辟地"的,即使在诗文中也是很少见到的;而他所塑造的那位风流儒雅、功业显赫的周郎形象一经确立,又再也不能把它从千百万读者心目中抹掉。从此之后,古代文学的人物画廊中就永远矗立着这位卓异不凡的青年将帅的翩翩雕像,令无数后代人为之仰慕、为之赞叹……而相比之下,它的雕塑者本人的原始意图,却反而易被人所忽视。这或许也是苏轼本人所始料未及的吧。当然话又要说回来,一个作者如果真能在作品中创造一位不朽的艺术形象的话,那他本人即令是位无名作者也会随之而会永垂文学史册;同样,人们在欣赏赤壁词、赋时,也就永远记住了苏轼的贡献。而本文之写作,也绝不是想贬此词的豪放一面,只是企图通过剖析作者创作构思中的艺术匠心,深一步地发掘他的真实意图。打

① 王十朋:《游东坡十一绝》其六,《梅溪集·后集》卷一五,影印《文渊阁四库全书》第1151册,上海古籍出版社,1987年,第462－463页。

个形象的比喻：作者先是向自己的听众奏出一曲响遏行云的洪响高调，然后将它突然降落为袅袅不绝、如怨如慕的低调；而若论其主题之所在，正就妙藏在这两者的强烈反差之中！所以，一方面人们当然完全有权力去充分欣赏和尽情赞美那一段高唱入云的曲子，但另一方面却又不可忽略或低估那处于"抛物线"底端的咏叹与哀音。否则，就会在一定程度上误解了此词的真正思想底蕴。

"冷美人"与"热美人"

——谈苏轼《洞仙歌》兼及他对词风的"雅化"

　　唐诗宋词中描绘女性形象的作品甚多,但从其色泽笔调来看,则大致可分为"热性"与"冷性"两种。前者可举白居易的《长恨歌》为代表。它写杨贵妃:"春寒赐浴华清池,温泉水滑洗凝脂。侍儿扶起娇无力,始是新承恩泽时。云鬓花颜金步摇,芙蓉帐暖度春宵。春宵苦短日高起,从此君王不早朝。"尽管是在春寒的季节里,可这位出浴的贵妃却通体透出一股暖烘烘、懒洋洋的意氛;及至她与唐明皇共度良宵时,那芙蓉帐里更是一片温暖的春意。而即使是在"七月七日长生殿,夜半无人私语时"的当口,虽然夜已深、人已静,周围似有一股凉气,但由于她与明皇双肩并立,对天作祷,"在天愿作比翼鸟,在地愿为连理枝",此刻他俩的心正在快速地跳动,感情正在热情地奔流,故而仍给人以"热"的感受。另有一些唐诗,从总体氛围来看是"冷色"的,但从其情感的深处去体味,却仍然有"不绝如缕"的"温感"袅袅生出。比如杜牧的《秋夕》:"银烛秋光冷画屏,轻罗小扇扑流萤。天阶夜色凉如水,坐看牵牛织女星。"又如温庭筠的《瑶瑟怨》:"冰簟银床梦不成,碧天如水夜云轻。雁声远过潇湘去,十二楼中月自明。"①它们的写景状物,都明显是一片清冷的色调;但若细加玩味,诗中两位女主角的内心世界尽管无比哀怨,但在更深的层次里却仍隐藏着她们对于爱情的热烈企盼。不是吗?那宫女盼望着的,岂非牛郎织女的鹊桥相会?而后面的那位弹瑟女子所企求的也仍是"重温良人昨夜情"的温馨好梦。因此可以这样说,唐诗中很多描写女性形象或心态的作品里,都散发着一种温暖的意氛,或者是"冷中透热"的意绪。它们所蕴含着的,便是对于爱情的热烈追求和向往。而那种真以冷隽笔调所描绘的女性形象,则相对比较少见。

　　到了唐宋词苑里,由于"词为艳科"的缘故,描写女性形象与女性心态的作品就分外多见。不过其中仍有很大比例的词篇所用的色泽与笔调,还属热色或"冷中透热"的。比如《花间集》中,就较多此类作品。如韦庄词云:"春日游,杏

---

① 温庭筠:《瑶瑟怨》,《全唐诗》卷五七九,上海古籍出版社,1986 年,第 1481 页。

花吹满头。陌上谁家年少足风流？妾拟将身嫁与一生休。纵被无情弃，不能羞！"（《思帝乡》）背景既是百花怒放的春天，而女主角的恋情又显得多么的恣放炽热。又如李珣词云："乘彩舫，过莲塘，棹歌惊起睡鸳鸯。游女带香偎伴笑，争窈窕，竞折团荷遮晚照。"（《南乡子》）它仿佛使人看到一群天真的少女正在嬉戏游赏，她们的笑靥和荷塘晚照一起散发出一派温热的暖意。至于宋代柳永的词里，就更多对于"热美人"的描绘。如："花发西园，草薰南陌，韶光明媚……是处王孙，几多游妓，往往携纤手。"（《笛家弄》）"洞房饮散帘帏静，拥香衾，欢心称。金炉麝袅青烟，风帐烛摇红影。无限狂心乘酒兴，这欢娱，渐入嘉景。"（《昼夜乐》）那里头所写的游妓和风帐里的佳人，正都沉浸在春情融泄的热恋气氛中。

现在，就再让我们转而欣赏另一种风味的美人形象。那就是苏轼《洞仙歌》所描绘的花蕊夫人的优雅形象。不妨先把这首词的小序和全词抄录如下。其小序曰：

> 余七岁时，见眉州老尼，姓朱，忘其名，年九十岁（一作"九十余"）。自言尝随其师入蜀主孟昶宫中。一日，大热，蜀主与花蕊夫人夜纳凉摩诃池上，作一词，朱具能记之。今四十年，朱已死久矣，人无知此词者，但记其首两句。暇日寻味，岂《洞仙歌令》乎？乃为足之云。

其词曰：

> 冰肌玉骨，自清凉无汗，水殿风来暗香满。绣帘开，一点明月窥人。人未寝，敧枕钗横鬓乱。　起来携素手，庭户无声，时见疏星渡河汉。试问夜如何？夜已三更，金波淡、玉绳低转。但屈指西风几时来？又不道流年暗中偷换。

此词所追写的，乃是关于五代后蜀国君孟昶和他的宠妃花蕊夫人之间的一段艳事。那是七月的某个晚上，孟昶正与她午夜携手纳凉于宣华苑内的摩诃池边。但是，尽管背景是个"大热"的天气，然而词中所描绘的花蕊夫人却是一位"冰肌玉骨""热中透凉"的"冷美人"形象。这一形象的完成，不仅透露了苏轼创作此词时的特种心境，而且给唐宋婉约词带来了一种崭新的风味，值得我们细加研谛。

据词序可知，苏轼此词写于其 47 岁（1082），亦即写出《前赤壁赋》《后赤壁赋》和"赤壁怀古"词的那年。这是他政治生涯处于低谷而创作生涯处于高峰的一年。但是，以往的人们往往着重探讨和欣赏苏轼的"赤壁怀古"词（在欣赏此词时又偏重于领略其豪放的一面），却常常忽略了这首艳情词。而其实，这首

《洞仙歌》的思想内涵却并不那么简单——仅仅是一般的写写男女艳情——它同《念奴娇》词既是同时同地（贬居黄州）的产物，那么它的"底里"必然也流泻着与之相似或相通的感情。要问此种共同的感情是什么？那就是一种深幽的忧患人生的思想意识！

据《能改斋漫录》卷一六记载，花蕊夫人为徐匡璋之女，纳于孟昶，拜贵妃。之所以别号为"花蕊"者，"意花不足拟其色，似花蕊飘轻也"，可见是位绝色的美人。又因其极端聪慧，故又"升号慧妃，以号如其性也"①。缘此，她受到了孟昶的极度宠爱。词中所写蜀主深夜与她携手纳凉，就可知其恩爱非同一般，大有"七月七日长生殿，夜半无人私语时"唐明皇与杨贵妃并肩立誓的味道。但是，苏轼在此后所写的几句中，却完全抛开或突破了白居易诗中"在天愿作比翼鸟，在地愿为连理枝"的儿女私情的老套套，而出之以全新的思想境界："试问夜如何？夜已三更，金波淡、玉绳低转。但屈指西风几时来？又不道流年暗中偷换。"从词意的表面看，可作这样的解释：试问那夜色如何？夜已三更，"金波"（即月光）渐趋黯淡，玉绳星（位于北斗星斗柄三星的北面）也已低转，看来子夜已快完结而一个新的晨曦即将降临。扳着手指算算吧，秋风还有几天将会来到？尽管这是一件值得盼望的事情（因为它可以驱走夏天的燥热），可是似水一般的"流年"却又暗中偷偷地溜过了一大截而永不复返！这似乎只是一位聪慧的女性对于时序转换的惊心之感，亦即后来《牡丹亭》所说的"如花美眷，似水流年"之感，但联系到苏轼的思想气质和他此时此地的特殊境遇，我们难道就不能感受此中所蕴藏的忧患心理？从思想气质而言，苏轼本是个敏感的人。钟嵘《诗品序》早就说过："若乃春风春鸟，秋月秋蝉，夏云暑雨，冬月祁寒，斯四候之感诸诗者也。"②因此他就能从"大热"之夜预感到"西风"的即将来临，又从花蕊夫人的正当如花美貌预感到年长色衰的人生"秋意"终将在年华流驰之后不可抗拒地降临。而再从苏轼这时的遭遇而言，他又是一个极度失意的"逐客"。《诗品序》对此也有述说："至于楚臣去境，汉妾辞宫。或骨横朔野，魂逐飞蓬。或负戈外戍，杀气雄边，塞客衣单，媛闺泪尽。或士有解佩出朝，一去忘返，女有扬蛾入宠，再盼倾国。凡斯种种，感荡心灵，非陈诗何以展其义，非长歌何以骋其情？故曰：'诗可以群，可以怨。'"③因此，他在花蕊夫人"慧心"所感的"换季"之慨中，正寄托着自己年华虚度的恐惧与忧患。这种心理，在"赤壁怀古"词中，是通过把

① 吴曾：《能改斋漫录》卷一六，上海古籍出版社，1979 年，第 478 页。
② 钟嵘：《诗品序》，《诗品注》，陈延杰注，人民文学出版社，1958 年，第 4 页。
③ 同②，第 5 页。

"早生华发"的个人与"雄姿英发"的周瑜强烈对照而表现出来的,因此显得比较清晰和有力度;而在这首词中,因为题材是写艳情,主角又是一位美人,故就表现得相当深情而又富有韵致。但它们虽然在词境与词风方面有所差异,唯因"本是同根生"的缘故,所以其包裹的"词心"却是一致的:二者都蕴含着作者深广的人生忧患。

再从词的艺术风致来看,则此首词的贡献就在于它为读者塑造了一位十分成功的"冷美人"形象,并为婉约词提供了一种经过"雅化"的新风貌。对此,元好问曾有一段评语:"唐歌词多宫体,又皆极力为之。自东坡一出,情性之外,不知有文字,真有'一洗万古凡马空'气象。虽时作宫体,亦岂可以'宫体'概之?"①而究其实,又岂止唐五代的歌词如此,宋代的很多婉约词在一定意义上讲也都是一些类似于前代宫体诗的"宫体词"。苏轼此词从题材而言,当然也属此类,但它却能"一洗万古凡马空"地卓然独立于一般的婉约词外,这就与它所塑造的"冷美人"形象,以及凝注于其中的"雅趣"有关。请看,别人写美人往往偏重写她们的花容月貌和内心世界的"热"(即热恋情绪),而苏轼写花蕊夫人却重在写其"神"和内心的"凉":起头的"冰肌玉骨,自清凉无汗"已是神来之笔,勾勒出她如传说中的姑射仙子那样"肌肤若冰雪"②,又像唐诗所说的"秋水为神玉为骨"③一般,具有超尘拔俗的高洁品性和解烦涤苛的晶莹美感。接着,又通过"热"与"冷"的矛盾,对照写出她的"冷艳":背景是"大热"的暑夜,然而出现在花蕊夫人周围的却是一个"清凉世界":水殿,荷香;夜深,人静;月光淡淡,银河耿耿;而随着风吹绣帘、明月窥人,我们就隐约见到了一位飘飘欲仙的倚枕美人。她是十分"艳"的,这从"钗横鬓乱"一语中就可反窥其"粗服乱头、不掩国色"的极美容姿(何况她并非是"粗服");但她同时又是相当"冷"的,请看,她在"庭户无声"的深夜,悄然仰望"疏星渡河汉",这就多么富有清凉的意氛和高雅的诗意!描写至此,夏夜的燥热似已全然退净,尘世的喧闹在此也已基本消尽。而更为神妙的是,作者在对"环境美"描绘的基础上又进一步揭示了这位"冷美人"的"禀性美",即她敏感于物的"慧心"。相比之下,《长恨歌》中的杨贵妃就是一位"短视"的女性,她只祈求着君恩永远长久,而并不察觉到人生的危机正

---

① 元好问:《新轩乐府引》,《遗山集》卷三六,影印《文渊阁四库全书》第 1191 册,上海古籍出版社,1987 年,第 425 页。

②《庄子·逍遥游》,郭象注《庄子》卷一,《诸子百家丛书》本,上海古籍出版社,1989 年,第 6 页。

③ 杜甫:《徐卿二子歌》,杜甫著、仇兆鳌注《杜诗详注》卷一〇,中华书局,1979 年,第 844 页。

在悄然袭来;而这一位花蕊夫人,虽然君恩正隆,她却并不踌躇满志,那"屈指西风几时来"和"又不道流年暗中偷换"的悄语卜夜之举,已经明白无遗地告知人们:她所思考着的,并非只是今宵的欢爱,而是红颜终将变老,君恩或将淡薄的"今后"!这种关于人生"泰极否来"、盈缩无定的预感,既体现了花蕊夫人的"聪思慧心",也使她具备了一种清醒、冷静的思想气质。所以,如同热极生风那样,她所带给人们的就不仅是缠绵热烈的"艳美",而且更是那清冷高贵的"雅美"!这样,苏轼便用他自己深邃的哲理思考和高雅的审美趣味,"改造"了传统的"宫体"艳情词,使它们显出了与前迥然不同的风味。

说到这里,我们还想谈到另一个问题:以往人们在评论苏轼在词史上的作用时总多注重于他的开创"豪放"词风。这自然是他的独特贡献。但我们却又不能忽略:苏词中仍有很大比例是传统的"婉约"词作,而重要的是,他的这些婉约词篇比之前人(特别是柳永)之作,又明显有了"品位"上的差别,这就是他对传统词风进行了一番"雅化"与提高。这里所举的《洞仙歌》就是典型的例子。它的"雅化",首先体现在思想内蕴方面,能于其中注入较为深广的人生感慨甚至是哲理性思考,而不像一般的婉约词那样主要只是抒写婉媚的艳情。像本词所写的花蕊夫人,其实仅有一半是写历史上的徐贵妃,而另一半则是作者的自我化身①;因而它在艳情之外另还具有一定的思想深度,而非寻常的"宫体词"可比。对此我们还可举出他的另一首词《定风波》为例:

> 常羡人间琢玉郎,天应乞与点酥娘。自作清歌传皓齿,风起,雪飞炎海变清凉。　　万里归来年愈少,微笑,笑时犹带岭梅香。试问"岭南应不好?"却道:"此心安处是吾乡。"

此词所写的女性名唤宇文柔奴,是王巩的一位侍妾。王巩因苏轼"乌台诗案"也被连累贬放岭南三年,柔奴亦随同前往。"元祐更化"后,苏轼与他们同返京师。当苏轼问及"广南风物,应是不好"时,这位柔奴非但不叹其苦,反而旷达地答道:"此心安处,便是吾乡。"苏轼十分赞叹,故为她作了这首《定风波》。词中写她齿皓颊香,词序中也说她"眉目娟丽",可知也是位秀色可餐的佳人;但又写她清歌一曲竟能"雪飞炎海变清凉",这又使她具有了"冷"的品性。而她之所以能使炎海而变作清凉世界,亦即身处广南的恶劣条件而心境宁静,容颜不衰,原因就在于她有"此心安处,便是吾乡"的"随遇而安"的人生哲学作为精神支

---

① 张邦基《墨庄漫录》卷九指出,苏轼写此词是"以此叙自晦耳"。见影印《文渊阁四库全书》第 864 册,上海古籍出版社,1987 年,第 83 页。

撑。故而,苏词所塑造的花蕊夫人和柔奴形象,就都是有思想的女性。在她们身上,实际上融注了作者自身的政治感慨和人生哲学。这就是苏词"雅化"婉约词风的一个方面。而在另一方面,苏轼又用他士大夫文人的"高情雅趣"革新与"改造"了旧词风,从而使婉约词出现了优雅洁净的新面目。如本首《洞仙歌》中,虽然使用了"肌骨""绣帘""欹枕""携手"甚至"钗横鬓乱"等脂粉气很浓的字面,但它又用清凉优雅的总体氛围将它们"罩"住,从而非但不嫌淫亵滥俗,反显出一派深幽雅洁的"冷艳"。这就是苏词下笔之妙,同时也反衬出作者所特具的"高情雅趣"。相反,这样的题材若让柳永来写,那不落"淫词艳曲"之道才怪!所以金人王若虚曾针对晁补之批评苏轼之词"短于情"(缺乏女儿柔情)的说法反驳道:"呜呼! 风韵如东坡而谓不及于情,可乎? 彼高人逸士,正当如是。"也就是说,苏轼是深于"情"的,不过他所富有的乃是"高人逸士"的情;而像柳永、田不伐等人"纤艳淫媟,入人骨髓","岂公(指苏轼)之雅趣也哉"①? 这段评论就揭示出,苏轼"雅化"婉约词风的条件除了其深刻的思想内涵之外,还有士大夫文人的"雅趣"。对于后者,熟悉苏轼的读者想必很易领会,这里就不再赘说。

最后,问题还要回到题目上来:由苏轼所开创的以"冷笔"写美人的笔法,以及他寄"雅趣"于美人形象之中的举动,在后代词人中却不多见。有之,姜夔可算一个。他所写的美人,大多伴有梅花般的幽韵冷香,或者也可说是常在"梅花"中闪现着美人的倩影。如其《小重山令》的"一春幽事有谁知? 东风冷,香远茜裙归",《江梅引》的"人间离别易多时,见梅枝,忽相思。几度小窗幽梦手同携",《暗香》的"旧时月色,算几番照我,梅边吹笛? 唤起玉人,不管清寒与攀摘",以及《疏影》中的"想佩环月夜归来,化作此花幽独"等,就都深有"冷美人"的高洁品性与骚雅情趣。不过,若论思想深度,就不能与苏词比肩了。

① 王若虚:《滹南诗话》卷二,丁福保编《历代诗话续编》,中华书局,1983 年,第 517 页。

诗、酒、茶、梅、菊及其他

——谈李清照词中的"雅士"气息

说也奇怪,唐宋两代的男性词人好以"男子而作闺音",可是李清照作为一个真正的女性词人,其词中却偏显露出相当浓厚的男性气息——这就是一股士大夫文人的"雅士"气。而对此点,前人认识到的却并不太多。如王士禛说:"张南湖论词派有二:一曰婉约,一曰豪放。仆谓婉约以易安为宗,豪放惟幼安称首。"①就仅把她当作"婉约"派的代表来称颂。而与李清照同时代的王灼甚至偏激地批评她:"作长短句,能曲折尽人意,轻巧尖新,姿态百出。闾巷荒淫之语,肆意落笔,自古缙绅之家能文妇女,未见如此无顾忌也。"②这分明是在攻击其词的"不雅"。而究其实,则李清照不但是一位"当行""本色"的婉约词人,而且其词中也不乏倜傥磊落的"丈夫之气"。李清照不仅能"用浅俗之语,发清新之思"③,而且其词中又颇多士大夫式的骚雅情趣。所以近代的沈曾植就曾眼光犀利地指出:"易安倜傥,有丈夫气,乃闺阁中之苏、辛,非秦、柳也。"④对于这个未免有些"矫枉过正"的评语,我们当然不应做机械的理解(认为李词像苏、辛词那样"豪放不羁"),而应从下面的角度来体会,那就是:李清照的很多词篇跟苏、辛词一样,充满着男性作者(士大夫文人)的那种风流倜傥的"骚情雅趣"。

对于这个问题,我们可从两个方面来探析。

首先,从李词所写及的生活内容来看。人所共知,"词为艳科",婉约词所咏写的生活内容基本不脱离男女恋情的狭窄范围。比如曾被朱熹称为"本朝妇人能文者,唯魏夫人及李易安二人而已"⑤的魏夫人(即曾布之妻),就有这样一首《武陵春》词:

① 王士禛:《花草蒙拾》,唐圭璋编《词话丛编》,中华书局,1986 年,第 685 页。
② 王灼:《碧鸡漫志》卷二,唐圭璋编《词话丛编》,中华书局,1986 年,第 88 页。
③ 彭孙遹:《金粟词话》,唐圭璋编《词话丛编》,中华书局,1986 年,第 721 页。
④ 沈曾植:《菌阁琐谈》,唐圭璋编《词话丛编》,中华书局,1986 年,第 3605 页。
⑤ 朱彝尊、汪森编:《词综》卷二五引,李庆甲校点,上海古籍出版社,1978 年,第 572 页。

　　小院无人帘半卷，独自倚栏时。宽尽春来金缕衣，憔悴有谁知？　　玉人近日书来少，应是怨来迟。梦里长安早晚归，和泪立斜晖。

词中这位女主角的活动空间是何等狭小（在小院之中，珠帘后面）；她的精神生活又是何等的空虚（只能靠倚栏盼书和梦中相思来打发日子）！李清照虽未能跳出封建礼教的束缚而成为一个自由往来的新女性，但她词中所描绘的生活内容毕竟宽广得多。在一定意义上讲，她已是一位闺阁之中的"女丈夫"了。请看，她在那有限的小天地里生活得多么"潇洒"，多么"充实"，又是多么"风流倜傥"：

　　当年，曾胜赏：生香薰袖，活火分茶。（《转调满庭芳》）
　　年年雪里，常插梅花醉。（《清平乐》）
　　险韵诗成，扶头酒醒，别是闲滋味。（《念奴娇》）
　　酒阑更喜团茶苦，梦断偏宜瑞脑香。（《鹧鸪天》）
　　清露晨流，新桐初引，多少游春意。（《念奴娇》）
　　沈水卧时烧，香消酒未消。（《菩萨蛮》）
　　莫许杯深琥珀浓，未成沉醉意先融。（《浣溪沙》）
　　东篱把酒黄昏后，有暗香盈袖。（《醉花荫》）
　　不如随分尊前醉，莫负东篱菊蕊黄。（《鹧鸪天》）
　　水光山色与人亲，说不尽，无穷好。（《怨王孙》）

　　且不去管她写词时的心情究竟如何，只看她所写的生活举止：分茶、饮酒、作诗、赋词、游春、踏雪、插梅、赏菊、泛舟、登山，这一件件、一桩桩，岂不都是士大夫文人的风雅举动？对此，不妨对照北宋文人毛滂的《东堂词》——清人楼敬思曾评论它说："迄今读（其）《山花子》、《剔银灯》、《西江月》诸词，想见一时主宾，试茶劝酒，竞渡观灯，伐柳看山，插花剧饮，风流倜傥……不禁低回欲绝也。"[1]而李清照词中所写及的生活内容，就和毛滂词所反映的北宋士大夫文人们的风雅举止相差无几，只在"规模"和"程度"方面有所"逊色"！所以我们足可以说，李清照并非仅是一位"纯情"女子，她的生活方式与生活内容已经基本接近于男性士大夫文人。而假若我们再读她的《金石录后序》，这种印象就越发深刻。据李清照自叙，早在她18岁嫁赵明诚时，就经常陪着还在当"太学生"的丈夫逛古玩摊和旧书店。每当买回文物古书之后，两人边嚼水果边展玩，自谓人间之乐无逾于此。后来，赵明诚罢官，闲居青州乡里10年，她又协同丈夫从事金

---

　　① 张宗橚辑：《词林纪事》卷七，中华书局，1959年，第200页。

石图书的整理工作。"每获一书,即共同勘校,整集签题。得书、画、彝、鼎,亦摩玩舒卷,指摘疵病,夜尽一烛为率。"①而最被后人所艳羡的更是她与赵明诚比赛记忆力的趣话:他俩在晚饭过后,常以背书为赌事。一人先举一典故,然后两人竞猜它出于某书某卷第几页,赢者则以饮茶为赏。因为李清照的记忆力特别好,所以每每由她获得"饮茶权"。高兴之下,举杯大笑,茶未饮成反弄得杯倾怀中,满身茶渍②。读着这样的故事,一位活泼洒脱、真率豪放的"女中丈夫"的音容笑貌,便如现眼前!故而赵明诚曾在她的肖像画上题词四句:"清丽其词,端庄其品。归去来兮,真堪偕隐。"③从后两句来看,他就是把李清照当作一位可与之"偕隐"的志同道合者来看待的。这样的评价,有力地说明李清照并非只知道柴米油盐的家庭主妇或只会写相思离愁的艳情词人,她的精神世界和生活内容远比一般的闺阁妇女丰富和宽广得多。而明晓了这点之后,我们再回头看她在前述词中写及的以诗、酒、茶为中心的风雅生活举止,就更可理解其词所具有的"雅士"气息了。

其次,我们还可以看李清照词中所反映出的志趣。一般来说,封建时代的女子很少参加社会活动,因此谈不上什么"志趣";而词(特别是婉约词)又似乎专门用以"言情",很少用以"言志"。这两种原因就造成了唐宋女词人的词篇都以"情致"取胜的状况,如魏夫人、朱淑真等人的词就皆如此。而李清照则有些不然。第一,她关心国事,虽无法直接参加政治活动,然而却有一种参与意识。比如她身处徽宗朝新旧党争的时代,尽管不能像士大夫文人那样直陈政见,然而也曾献诗给其时任宰辅、属"新党"的公公赵挺之,劝诫他"炙手可热心可寒",要注意"留有余地"。南渡之后,她的爱国热情更在其诗中一泄无余。如她讽刺当时士大夫怯懦行径的诗句"南渡衣冠少王导,北来消息欠刘琨"、"南来尚怯吴江冷,北狩应悲易水安"④,堪令此辈士人为之脸红;而《乌江》一绝"生当作人杰,死亦为鬼雄。至今思项羽,不肯过江东"⑤,若教苟安于江南的宋高宗君臣读后,

① 李清照:《金石录后序》,王仲闻校注《李清照集校注》卷三,人民文学出版社,1979年,第178页。

② 同①。

③ 赵明诚:《题易安居士三十一岁之照》,王鹏运辑《四印斋所刻词·漱玉词》,上海古籍出版社,1989年。

④ 李清照诗存句,王仲闻校注《李清照集校注》卷二,人民文学出版社,1979年,第137 – 139页。

⑤ 李清照:《乌江》,王仲闻校注《李清照集校注》卷二,人民文学出版社,1979年,第127页。

真不知该有何种感想！至于她的长篇古诗《浯溪中兴颂诗和张文潜》二首和《上枢密韩肖胄诗》，更是"奇气横溢"①地倾吐她"欲将血泪寄山河，去洒东山一抔土"②的悲情壮志，使人读后不由为之肃然起敬。第二，由于李清照抱有词"别是一家"的保守观点，因此她的词中很少直接写到她的人生理想和政治抱负。但尽管如此，"满园春色关不住，一枝红杏出墙来"，我们从其《渔家傲》一词中也还能多少"窥见"其中的"消息"。

　　天接云涛连晓雾，星河欲转千帆舞。仿佛梦魂归帝所，闻天语，殷勤问我归何处？　　我报路长嗟日暮，学诗谩有惊人句。九万里风鹏正举，风休住，蓬舟吹取三山去！

借着梦境，词人把自己的人格和理想充分地"男性化"了。这首词中，有屈原的身影（"梦魂归帝所"即屈原驾虬龙"上下求索"之意）；有庄子《逍遥游》中直上九万里云霄的大鹏形象。它展示了作者不以"诗人"自囿的远大抱负，所以难怪梁启超对此评曰："此绝似苏、辛派"③，这就以点窥面地揭示了李清照的真实志趣，实是相通于苏、辛一类豪士的。只是因为受到性别与文体的限制，她的那种高远的怀抱和卓越的才能，未能在词中得到充分的展现。第三，除开上面那首可称凤毛麟角的豪放风格的词篇之外，在李清照所写的婉约词中，也经常可以寻觅到她不同于常人的"骚情雅趣"。这种志趣，可用她咏菊花的几句词来做形象化的自喻："也不似，贵妃醉脸；也不似，孙寿愁眉。韩令偷香，徐娘傅粉，莫将比拟未新奇。细看取，屈平陶令，风韵正相宜。"（《多丽》）常人以花比美人，或以美人喻花，但李清照却一概不取。她在菊花的形神中所发现的，竟是高情千古的骚人屈原和雅士陶潜！这就反窥其内心世界所高悬着的，便是这两位先贤的精神旗帜。所以我们发现，李清照的婉约词中，虽其感情内核始终不离"柔情"二字；但在此之外，却还有另一种"雅趣"供人咀嚼回味。如她写重阳节时的闺愁，就一反"懒梳理""倦照镜"的习套，写出了如此缱绻而又清雅的句子：

　　东篱把酒黄昏后，有暗香盈袖。莫道不销魂，帘卷西风，人比黄花瘦。"（《醉花阴》）

① 陈宏绪《寒夜录》卷下评李清照《浯溪中兴颂诗和张文潜》之语，转引自王仲闻校注《李清照集校注》卷二所附参考资料，人民文学出版社，1979年，第108页。
② 李清照：《上枢密韩肖胄诗》，王仲闻校注《李清照集校注》卷二，人民文学出版社，1979年，第111页。
③ 梁启超：《饮冰室评词》乙卷，唐圭璋编《词语丛编》，中华书局，1986年，第4308页。

"东篱把酒",是陶渊明的举动;"人比黄花瘦",又分明写出了被离情折磨而憔悴致瘦的弱女子身影。这二者统一在一起,就显得既香艳,又高雅,别具一种引人入胜的风姿。又如她写春日的乡愁:

> 风柔日薄春犹早,夹衫乍着心情好。睡起觉微寒,梅花鬓上残。　　故乡何处是?忘了除非醉。沉水卧时烧,香消酒未消。"(《菩萨蛮》)

这首词中,最惹人注目的便是她鬓上的那朵残梅。词人即使在睡觉时,也忘不了要与梅花做伴,这就体现着她何等高雅的生活趣味!故而我们发现,李清照的"生活之友"中,最亲密的"伙伴"除开诗(词)、酒、茶三者外,便是梅花了。请读:"春到长门春草青,江梅些子破,来开匀"(《小重山》),"夜来沉醉卸妆迟,梅萼插残枝"(《诉衷情》),"笛声三弄,梅心惊破,多少春情意"(《孤雁儿》),"手种江梅更好,又何必,临水登楼"(《满庭芳》),"雪里已知春信至,寒梅点缀琼枝腻"(《渔家傲》),"年年雪里,常插梅花醉"(《清平乐》)……由此可知,词人对于这以"韵"取胜的梅花,是何等的钟情!范成大《梅谱·后序》说:"梅以韵胜,以格高。"①李清照《满庭花》咏梅也云:"从来,知韵胜。"而除开梅花之外,词人所喜爱的花卉还有菊花与桂花。菊花素来是花中之"隐君子",故李清照赏菊时也总不忘忆及"采菊东篱下"的陶渊明,如前引的"东篱把酒黄昏后","细看取,屈平陶令,风韵正相宜","不如随分尊前醉,莫负东篱菊蕊黄"等,均足以见出她那"五柳先生"式的襟怀。至于桂花,她也是着眼于欣赏它的"骚雅"。其《鹧鸪天》词云:

> 暗淡轻黄体性柔,情疏迹远只香留。何须浅碧轻红色,自是花中第一流。　　梅定妒,菊应羞,画栏开处冠中秋。骚人可煞无情思,何事当年不见收?

在她看来,浅碧轻红的"凡花"是绝不能与桂花相比的,因为它们仅以"色"取悦于人,而桂花却自有其迹远香浓的品格存在。所以她不禁要为《离骚》遍咏名花却偏独遗漏了桂花而抱冤叫屈:"骚人可煞无情思,何事当年不见收?"这与陈与义的"楚人未识孤妍,《离骚》遗恨千年"(《清平乐·木犀》),可谓同一见地。

　　故从以上三方面的情况来看,李清照虽然身为闺阁中人,其社会活动和才能的舒展都受到了严格的限制,但由于她心性高,胸襟远,又自幼接受了诗书的熏

① 范成大:《梅谱》,中华书局,1985年,第4页。

陶,吮吸了传统文化的营养,所以其词中所显现的精神风貌就非一般的古代妇女可比,而另有男性文人式的志趣存在。

最后,我们还可谈及她的《词论》。这堪称词坛上的一篇"奇文"。在这篇文章中,她以一个后辈的身份而历数前代诸公的疵病,如论柳永词"词语尘下",论张先等人的词"破碎何足名家",甚至对晏殊、欧阳修、苏轼等名儒巨公的词,都批评为"句读不葺之诗"①,这又是何等的胆识!联想到她与丈夫"比赛"背书的本领,又在大雪天"顶笠披蓑,循城远览以寻诗"②、并"逼"着赵明诚唱和等故事,就更可想见她好胜、好强的个性和卓特不凡的才华。所以,从李词所反映的生活内容和显露的骚情雅趣来看,从它所写的诗、酒、茶、梅、菊等风雅物件来看,我们就有理由这样说:李清照的词中,确实显露着相当浓厚的"雅士"气息。而如果认同上述看法的话,那么我们对李清照词进行审视和观照,或许能得出更深一层的认识来。

① 李清照:《词论》,王仲闻校注《李清照集校注》卷三,人民文学出版社,1979 年,第195 页。

② 周煇:《清波杂志》卷八,影印《文渊阁四库全书》第 1039 册,上海古籍出版社,1987年,第 57 页。

被"宇宙意识"升华过的人格美

——谈张孝祥的《念奴娇·过洞庭》

宋人胡仔曾说:"中秋词,自东坡《水调歌头》一出,余词尽废。"①此话极度推崇苏轼的中秋词(《水调歌头·明月几时有》),不过又显得有些绝对化。这是因为,"江山代有才人出",后起的作者却也未必就在苏词面前停步。这里要谈的张孝祥的《念奴娇·过洞庭》,就堪称可与苏词媲美的中秋词中的双璧。它在宋末周密所辑的《绝妙好词》一书中,就高居首卷首篇的醒目位置,这就可知后人对它的推崇。

1166 年秋,张孝祥因"被谗言落职",由广西桂林北归,途经湖南洞庭湖(词中的"洞庭""青草"两湖相通,总称洞庭湖)。时近中秋,那宽广的平湖秋月夜景,深深诱发了词人深邃的"宇宙意识"和勃然诗兴,于是援笔写下了这首声蜚千古的名作。其词全文如下:

> 洞庭青草,近中秋、更无一点风色。玉鉴琼田三万顷,着我扁舟一叶。素月分辉,明河共影,表里俱澄澈。悠然心会,妙处难与君说。　　应念岭表经年,孤光自照,肝胆皆冰雪。短发萧疏襟袖冷,稳泛沧溟空阔。尽吸西江,细斟北斗,万象为宾客。扣舷独啸,不知今夕何夕!

此词之妙,借用作者所言,确是只能"悠然心会"而"难与君说"的。不过,文学鉴赏的任务就是要挖掘作品的美感,所以照我们的理解,此词之妙,就妙在它写出了作者经过"宇宙意识"升华后的人格美。

说到诗歌表现"宇宙意识",我们便会想到唐人诗中的《春江花月夜》和《登幽州台歌》。不过,宋词所表现的"宇宙意识"和唐诗比较起来,又毕竟有所不同。具体来讲,如张若虚的诗中,流泻着的是一片如梦似幻、哀怨迷惘的意绪。如张若虚的《春江花月夜》"江天一色无纤尘,皎皎空中孤月轮。江畔何人初见

---

① 胡仔:《苕溪渔隐丛话·后集》卷三九,人民文学出版社,1962 年,第 321 页。

月？江月何年初照人？人生代代无穷已，江月年年只相似。不知江月待何人，但见长江送流水。"①在这种水月无尽的"永恒"面前，作者流露出无限的怅惘；而在这怅惘中，又夹杂着某种憧憬、留恋和对人生无常的轻微叹息。它是痴情而纯真的，却又带着涉世未深的稚嫩。陈子昂的诗则更多地表现出一种深广的忧患意识："前不见古人，后不见来者。念天地之悠悠，独怆然而涕下。"②诗人的心中，积聚着《诗经》和《楚辞》以来无数敏感的骚人墨客所深深感知着的人生的、政治的、历史的沉重感。比起前诗来，它的思考就更显得深刻和深沉；但是同时却又显现了很浓厚的孤独感：宇宙茫茫，上下前后似乎都是与诗人对立着的，因此他深感孤立无援而只能独自怆然而泪下。然而，随着社会历史的演进和人类思想的发展，出现在几百年后宋人作品中的"宇宙意识"，就表现出"天人合一"的品格了。试读苏轼《前赤壁赋》："客亦知夫水与月乎？……盖将自其变者而观之，则天地曾不能以一瞬；自其不变者而观之，则物与我皆无尽也。"③这种徜徉在清风明月的怀抱之中而感到无所不适的快感，这种打通了人与宇宙界限的意念，其获得实在并不容易。它标志着以苏东坡为典型的宋代一部分士人，已逐渐从前代人的困惑和苦恼中摆脱出来，从而达到了一种更为"高级"的超旷的思想境地。这个"进步"，反映了封建社会的走向"成年"，同时也反映出这一代身受多种社会矛盾折磨的文人在经历了艰苦曲折的心路历程之后，在思想领域里终于找到了一种自我解脱的精神武器。

张孝祥其人，无论从其人品、胸襟、才学、词风来看，都与苏轼有着很多相似之处。因此，他作于贬谪之后月夜过洞庭湖的这首《念奴娇》词中，就糅合着苏赋和苏词的某些意境，依稀可辨东坡居士的身影。不过，凡是优秀的作家，特别是像张孝祥这样一位有个性、有才华的作家，除了向前人学习之外，更会有他自己的独创。对于生活，他有自己的经历；对于宇宙，他有自己的领悟，而对于如何在文学作品中提炼自己的人生经验，以及如何通过文学形象来"翻译"宇宙的"密码"，他都有着自己特殊的艺术本领。张孝祥的这首词，在继轨苏轼的道路上，以他高洁的人格和高昂的生命活力作为基础，以星月皎洁的夜空和辽阔浩荡的湖面作为背景，创造出了一个光风霁月、坦荡无涯的艺术意境和精神境界，从而为宋代词坛乃至整个古典诗坛提供了一个不可多得的杰作。

词的开头即在我们面前展现了一幅静谧、开阔的画面。"气蒸云梦泽，波撼

---

① 张若虚：《春江花月夜》，《全唐诗》卷一一七，上海古籍出版社，1986 年，第 273 页。
② 陈子昂：《登幽州台歌》，《全唐诗》卷八三，上海古籍出版社，1986 年，第 214 页。
③ 苏轼：《赤壁赋》，《苏轼文集》卷一，孔凡礼点校，中华书局，1986 年，第 6 页。

岳阳城"①，现实中的洞庭湖，其实是极少风平浪静的。因此词人所写的"近中秋、更无一点风色"，与其说是实写湖面的平静，还不如说是有意识地要展现其内心世界的恬宁，它的真实用意乃在进一步展开下文"天人合一"的"澄澈"境界。果然，"玉鉴琼田三万顷，着我扁舟一叶"这两句就隐约地暗示了此种"物我和谐"的快感。在别人的作品中，一叶扁舟与汪洋大湖的形象对比中，往往带有"小""大"之间的悬差意念，而张词却用了一个"着"字，表达了他如鱼返水的无比欣喜，其精神境界就显得与他人不同。试想，扁舟之附着于万顷碧波，不就很像"心"之附着于"体"吗？心与体本是相互依存、相互一致的。照古人看来，"人"实在就是"天地之心""五行之秀"②，宇宙的"道心"本就体现在"人"的身上。因此"着我扁舟一叶"之句中，就充溢着一种皈依自然、天人合一的"宇宙意识"，而这种意识又在下文的"素月分辉，明河共影，表里俱澄澈"中表露得更加充分。月亮、银河把它们的光辉倾泻入湖中，碧粼粼的细浪中照映着星河的倒影，此时的天穹地壤之间一片空明澄澈，就连人的"表里"都被洞照得通体透亮。这是多么纯净的世界，又是多么晶莹的世界！词人的心，早已被宇宙的空明净化了；而宇宙的景，则又被词人的心纯洁和净化了。人格化的宇宙，宇宙化了的人格，打成一片，浑然一体，顿使我们的词人陶醉了。他兴高采烈、神情飞扬，禁不住要发出自得其乐的喁喁独白："悠然心会，妙处难与君说。"在如此广袤浩渺的湖波上，在如此神秘冷寂的月光下，词人非但没有常人此时此地极易产生的陌生感和恐惧感，反而产生了无比的亲切感和快意感。这不是一种物我相惬、天人合一的"宇宙意识"又是什么？这里当然包含着"众人皆浊我独清，众人皆醉我独醒"的自负，却没有了屈原那种"颜色憔悴，形容枯槁"的苦闷；这里当然也有着仰月映湖"对影成三人"的清高，却又没有了李白那种"行乐当及时"的烦躁。词人感到了前所未有的恬淡和宁静。在月光的爱抚下，在湖波的摇篮里，他原先躁动不安的心灵终于找到了最好的休憩和归宿之处。人之回归到大自然母亲的怀抱之中，人的开阔而洁净的心灵之与"无私"的宇宙精神的"合二而一"，这岂不就是最大的快慰与欢愉？此种"妙处"，又岂是"外人"所能得知？所以，张孝祥的这几句"绝妙好词"，真是道出了千古难说的"道心"，泄漏了千古未泄的"天机"，向我们展示了宇宙的"永恒的微笑"。诗词之寓哲理，至此可谓已达化境。

① 孟浩然：《望洞庭湖赠张丞相》，《全唐诗》卷一六○，上海古籍出版社，1986年，第373页。

② 刘勰：《文心雕龙·原道》，《文心雕龙校证》卷一，王利器校笺，上海古籍出版社，1980年，第1页。

那么，为什么这种"天人合一"的妙处只能由词人一人独得？词人真是一个"冷然洒然"、不食"烟火食"的人①吗？非也。张孝祥此行，刚离开谗言罗织的是非场不久，因而说他是一个生来就"遗世独立"的文人，并不符合事实。事实却是，他有高洁的人格，有超旷的胸怀，有"迈往凌云之气"和"自在如神之笔"②，所以才能跳出"小我"的圈子而悠然心会此间的妙处和出此潇洒飘旷的词篇。其实他心境的"悠然"绝非天生："世路如今已惯，此心到处悠然"（《西江月·丹阳湖》），这两句词就足以证明：他的"悠然"是在经历了"世路"的坎坷艰险以后才达到的一种"圆通"和"超脱"的精神境界，而并非是一种天生的冷漠或自我麻醉。所以他在上面两句词后接着写道："寒光亭下水连天，飞起沙鸥一片。"天光水影，白鸥翔飞，这和"素月分辉，明河共影，表里俱澄澈"，是一种同样的超尘拔俗、物我交游的"无差别境界"。这种通过矛盾而达到了矛盾的暂时解决、通过对人生世路的"入乎其内"而达到的"出乎其外"的过程，很容易使我们联想到苏轼的《六月二十七日望湖楼醉书》诗："黑云翻墨未遮山，白雨跳珠乱入船。卷地风来忽吹散，望湖楼下水如天。"③这是在写望湖楼上所见之实景，但也未尝不是在写作者所经历的心路历程：在人生道途上，风风雨雨随处会有；然而只要保持人格的纯洁和思想的达观，一切风雨终会过去，而那种澄澈空明的心境也必将复现。不过，苏诗所写的心路历程是正叙，而张词所写却用倒叙。因而我们接着就来欣赏《念奴娇》的下片："应念岭表经年，孤光自照，肝胆皆冰雪。"这就触及了词人的"立足点"。词人此时刚从"岭表"（广西地区）的一年左右的官场生活中摆脱出来，回想自己在这一段仕途生涯中的人格及品行都是无瑕可摘的，高洁得连肝胆都如冰雪般晶莹而无杂质；但此种心迹却不被人所明晓而反蒙受冤枉，故而只能让寒月之光来洞鉴自己的纯洁肺腑。"中秋谁与共孤光，把盏凄然北望"（苏轼《西江月》），张孝祥尽管没有像东坡那样明说，但言外之意，却也不无凄然和怨愤。所以这里出现的词人形象，就是一位有着愤世情绪的现实生活中的"凡人"了；而相对而言，前面那种"表里俱澄澈"的形象却是他"肝胆冰雪"的人格经过"宇宙意识"的升华而生成的艺术结晶体。写到这里，作者的慨世之情正欲勃起，却又立即转入了新的感情境界："短发萧疏襟袖冷，稳泛沧

① 陈应行：《于湖先生雅词序》，毛晋辑《宋六十名家词·于湖词》，上海古籍出版社，1989年，第411页。
② 同①。
③ 苏轼：《六月二十七日望湖楼醉书》，《苏轼诗集》卷七，王文诰辑注，孙凡礼点校，中华书局，1982年，第340页。

滨空阔。"这儿正是作者那旷达高远的襟怀在起作用。"任凭风浪起,稳坐钓鱼台",何必去理睬那辈小人们的飞短流长呢? 我且泛舟稳游于洞庭湖上! 非但如此,我更还要"精骛八极,心游万仞"地做天人之游呢。因此尽管头发稀疏,两袖清风,词人的兴会却格外高涨了,词人的想象也更加浪漫了。于是便出现了下面的奇语:"尽吸西江,细斟北斗,万象为宾客。"这是何等阔大的气派,又是何等开阔的胸襟! 词人要吸尽浩荡的长江之水,把天上的北斗七星当作舀器,而邀天地万物为宾客,高朋满座地细斟豪饮起来。这种睥傲人世而"物我交欢"的神态,正是词人自我意识的"扩张"和其人格的"充溢",表现出了以我为主体的新的"宇宙意识"。至此,词情顿时掀起了"高潮":"扣舷独啸,不知今夕何夕!""今夕何夕"? 答案本来是明确的:今夕是近中秋的一夕。但是作者此时似乎已经达到了"忘形"的兴奋地步而把人世间的一切都遗忘得干干净净;因此那些富贵功名、宠辱得失,更已一股脑儿地抛到九霄云外。在这一瞬间,时间似已凝止,空间也已缩小。幕天席地之间,上下古今之中,就只让一个"扣舷独啸"的词人形象独占画面中心而又在他周围响起了风起浪涌、龙吟虎啸的"画外音"。先前那个"更无一点风色"、安谧恬静的洞庭湖霎时间似乎变成了万象沓至、群宾杂乱的热闹酒座,而那位"肝胆冰雪"的主人也变成了酒入热肠、壮志凌云的豪士……

历史上的张孝祥,是一位有才华、有抱负、有胆识的爱国志士。他曾在建康(今南京)留守席上悲歌《六州歌头》词,使得主战派张浚为之动容罢席,足以证其气节之高。他在过黄陵庙时曾赋《西江月》词云"波神留我看斜阳,唤起鳞鳞细浪",足以证其文辞之奇。而在这首作于特定环境(洞庭月夜)的《念奴娇》中,上述两方面的素质却通过了一种特殊的方式折射出来。作者的高洁人格、高尚气节及高远襟怀,都融化在一片皎洁莹白的月光湖影中,变得"透明""澄澈";而经过了"宇宙意识"的升华,它又越发带有肃穆性、深邃性和丰厚性。作者奇特的想象、奇高的兴会及奇富的文才,都融化在一个辽阔高远的艺术意境中,显得超凡脱俗;而经过了"宇宙意识"的升华,它也越发带有朦胧性、神秘性和优美性。所以纵观此词的妙处,就妙在它的物我交游、天人合一,妙在它把作者的人格美经过"宇宙意识"的升华而转现为一种光风霁月的艺术美。如果说,苏轼的中秋词借着月亮倾吐了他对人类之爱的挚情歌颂,那么,张孝祥的这首中秋词就借着月光抒发了他对高风亮节的尽情赞美。岂止是在"中秋词"的长廊中,即使是在整个古典文学的长廊中,它都算得上是一块卓特的丰碑。而载负着它深厚伟力的,就是那经过"宇宙意识"升华过的人格力量和艺术力量。

从平凡中发现和开掘"美"

——谈辛弃疾的农村词

宋人张戒有一段诗论:"王介甫只知巧语之为诗,而不知拙语亦诗也。山谷只知奇语之为诗,而不知常语亦诗也。欧阳公诗,专以快意为主;苏端明诗,专以刻意为工;李义山诗,只知有金玉龙凤;杜牧之诗,只知为绮罗脂粉;李长吉诗,只知有花草蜂蝶——而不知世间一切皆诗也。唯杜子美则不然,在山林则山林,在庙堂则庙堂,遇巧则巧,遇拙则拙,遇奇则奇,遇俗则俗;或放或收,或新或旧;一切物,一切事,一切意,无不言诗者。故曰:'吟多意有余',又曰:'诗尽人间兴',诚哉是言!"①撇开其历数诸家之缺点不论,他所提出的"世间一切皆诗"的观点,还是很有见地的。

引申到人类的生活领域和审美领域,此理又何尝不然? 以人的生活而言,人的一生就像一条起伏不平的曲线,其间固然有经过奋斗拼搏而登上高峰的"绚烂"时期,却也有缓缓行进、波澜不惊的"平淡"时期;固然有功成名就的激动人心的时刻,却也有周而复始的日常起居的辰光。你能说唯有"绚烂"和激动人心的生活内容才是生活,而大量的平淡无奇的生活内容就不是生活? 要是那样的话,芸芸众生就简直没法活了,而即使是那些大英雄、大豪杰们在他们成名、成家之前和之后,也一定会活得没有味道了! 而事实上,成千成万的普通人和"英雄豪杰"们不都在他们的平凡生活中过得津津有味而并不厌生吗? 所以,在一个热爱生活、珍惜生命的人看来,平凡也是一种生命境界;他们在追求"绚烂"的同时决不会轻易放弃平凡。再拿人的艺术创作和艺术鉴赏活动来看,"重大题材"和惊心动魄的故事情节之类,自然是作者和读者所欢迎的,但世上究竟又有多少这样的题材和情节可供作者去写和可让读者去读呢? 相反,从某种意义上说,能从平凡的事物中发现和领略普通人不易觉察的美,这属于一种很高的生活鉴赏

---

① 张戒:《岁寒堂诗话》卷上,丁福保编《历代诗话续编》,中华书局,1983 年,第 464 页。

力;而能从"绚烂之极归于平淡"的作品中体味出它们的"外枯而中膏,似淡而实美"①,也并非每个人所能做到的。在封建时代,人们不是十分赞赏杜牧的"清时有味是无能,闲爱孤云静爱僧"②这两句诗吗?而在现代社会,人们不是也提倡"回归自然"吗?这类心理,虽未必全属健康,但确又从一个侧面反映了人们审美情趣方面的多样化趋求:在追求不凡的同时又追求平凡,在欣赏新奇之美的同时又不放弃质朴之美。而在善于从平凡的生活中发现和提炼出质朴、清新的美感方面,辛弃疾的那些农村词篇就是一批艺术珍品。

应该说,辛弃疾本人就是一个从不凡走向平凡的人。他在 21 岁时就干出了以 50 骑兵直闯 5 万敌营生擒叛徒的壮举,真可谓轰轰烈烈、惊天动地。这样的人,就不仅在文人群中绝无仅有,而且在武将群中也属凤毛麟角。但就是这样一位十分了不起的英豪,由于受到南宋统治集团的排挤,也被迫走向了"平凡"。他前后两次赋闲在江西农村,先在上饶带湖,后在铅山瓢泉,共达 18 年之久。这样,他就从"旌旗拥万夫"的壮士一变而成"甚矣吾衰矣"的"农人"(他在 42 岁退居带湖时即开始以"稼"名轩,并自号稼轩居士)和"隐者"。在这种"提前退休"的情况下,尽管他的内心并不平静,也尽管他在很多词篇中仍不时会吐露自己的愤懑和牢骚,但其生活内容和创作题材毕竟发生了趋向于平凡的变化。而在其创作中的突出表现,就在于他写作了不少反映乡居生活的农村词,并在这些词中为人们提供了不同于仕宦时期作品的平凡型的美感。

是的,相对于稼轩当年的戎马生涯而言,农村生活是相当平淡的。日出日落,鸡鸣犬吠,四季迭替,春耕秋作,一切都是那样的放松而自然,一切又是那样的琐细而惯常。但是,一经词人写入词中,这一切就都具有了诗的意味和美的境界,这岂不就应验了张戒"世间一切皆诗"的观点了吗?试读其词:

茅檐低小,溪上青青草。醉里吴音相媚好,白发谁家翁媪? 大儿锄豆溪东,中儿正织鸡笼。最喜小儿无赖,溪头卧剥莲蓬。(《清平乐·村居》)

这里所描绘的,本是农村中最平常的景色;甚至,它还有意把"镜头"对准了其间颇为简陋的一角。你看:低矮的茅屋,溪边的杂草,喝醉了酒的白发老夫妻,还

① 苏轼:《评韩柳诗》,《苏轼文集》卷六七,孔凡礼点校,中华书局,1986 年,第 2109 - 2110 页。
② 杜牧:《将赴吴兴登乐游原一绝》,《全唐诗》卷五二一,上海古籍出版社,1986 年,第 1322 页。

有那三个神态不同的儿子,这些横七竖八的极为朴素的人和物,一旦被词人随手记录下来,就组合成了一幅充满田野风味和劳动气息的"素描画",流露出盎然的生活情趣;特别是那个贪吃爱玩、卧剥莲蓬的小顽童形象,不使每位读者都回想起自己天真烂漫的童年吗?因而,这首《清平乐》词就像一位高水平的导游,引导人们在极常见的景物中重新发现了美,简直具有"化腐朽为神奇"的奇妙本领。

但是,说时容易做时难,要使"世间一切"真能变成为诗,要在平凡中发现和开掘出美,又岂是所有人都能做到的?这里必须有条件,而且是很高的条件。这里的条件大致包括两方面:一是要有一对善于发现平凡之美的慧眼;二是要有一双善于开掘平凡之美的巧手。而这二者最后又都归结到作者需有一颗热爱生活、感情丰富的心。下面就分而论之:

俗谚说得好:慧眼识英雄。在审美活动中,善于从平凡之中发现美,也同样需要一对慧眼。《儒林外史》中的马二先生游西湖,本欲领略那"天下第一个真山真水的景致",结果却把注意力全放在"士女游人,络绎不绝"的繁华之处,感到穿梭其间其乐无穷;而一旦走过六桥,"便像些乡村地方",他反倒觉得"甚是可厌""欲待回家"了。这就因他缺少了一双审美(欣赏山水真趣)的慧眼所致!但辛弃疾就不同于平庸之辈,他生就一对锐利睿智的慧眼,更具有一颗博大宽厚的爱心。从这颗爱心出发,再通过这对慧眼,美的品性无处不在。故而,如果再深一步剖析,辛弃疾之所以能在平凡的农村生活中发现美和找到诗,归根到底,是因为他对自然、对人生、对天地间一切美好的事物,都充满着深厚的挚爱。宋人张载曾说过:"民吾同胞,物吾与也。"①这种视民为同胞、视物为朋友的泛爱思想,在词人辛弃疾的农村词中就有很深、很广的反映。特别是当他深谙官场的龌龊和倾轧情状而被迫退隐农村之后,更通过对比分外地感受到农村的纯洁安宁和农民的淳朴可亲。这样,他的"泛爱"就"辐射"到在农村所见的每一山、每一水、每一草、每一木,以及每一个父老兄弟、村姑乡妇身上,并从它(他)们身上发现了前所未见的美。而从他的众多农村词中,我们又可将他所发现的美感划分成这样几个层次。

第一,他感受到农村不同于城市的那种清新、天然的野趣。正像他在《鹧鸪天》中所说的"花不知名分外娇"那样,这种农村的野趣是别具风味的。如他所写的带湖风光:"风雨催春寒食近,平原一片丹青。溪头唤渡柳边行。花飞蝴蝶

---

① 张载:《西铭》,《张子全书》卷一,影印《文渊阁四库全书》第 697 册,上海古籍出版社,1987 年,第 81 页。

乱,桑嫩野蚕生"(《临江仙》),又如他写病起漫步之所见:"携竹杖,更芒鞋,朱朱粉粉野蒿开"(《鹧鸪天》),还如他将农村和城市的花草进行对比的"城中桃李愁风雨,春在溪头野荠花(一本作荠菜花)"(《鹧鸪天》)等,就都表露着词人对这种天然野趣的欣喜和爱赏之情。这实际也曲折地反映出他"久在樊笼里,复得返自然"的轻松感和喜悦感。

第二,他讴歌农村那种经过"人化"的美。这种"人化",就是农民的辛勤劳动。所以,发现和讴歌这种"人化"美,实质就是歌颂劳动和歌颂劳动者。例如其《西江月·夜行黄沙道中》:"明月别枝惊鹊,清风半夜鸣蝉。稻花香里说丰年,听取蛙声一片。"前两句就写的是自然美(山林野趣),而后两句就侧重歌颂"人化"(农民勤劳)之美。你听,连青蛙都拼命鼓起嘴巴,奏出一部"交响乐"来庆祝稻花飘香的丰年景象,词人自身之喜悦岂非更加显而易见?又如其《鹧鸪天》中的"陌上柔桑破新芽,东邻蚕种已生些。平冈细草鸣黄犊,斜日寒林点暮鸦"几句,看似随手涂抹,实际却包含着对于农事劳作的那种深切的关心。"柔桑""新芽""幼蚕""细草""黄犊"……这一切都充满着勃勃生机;就连那习惯用来形容萧瑟景象的"寒林""暮鸦",在这里也褪去了它们的伤感色彩而变成这幅"早春农桑图"的一个组成部分。这岂非都因作者对于农村男耕女织的生活怀有深厚的感情,才使它们变得充满了诗情画意?

第三,在赞美大自然本身的优美和通过劳动所形成的"人化"美的同时,词人更把自己的爱心,最终奉献给了这两种美的主人和创造者——农民。我们知道,辛弃疾是一位"重农主义"者。他曾说过:"人生在勤,当以力田为先"①,为此他特为自己起了个"稼秆居士"的号,且把9个儿子全都以"禾"字为偏旁取名,如稹、秬、秠等。所以可以这样认为:辛弃疾在退居农村之后,虽然事实上过着地主的生活,但他在感情上却是和农民相连相通的;特别是当他将眼前所见的淳朴的农夫们与他以前在官场上所见的油滑狡诈的某些官僚做对比,就更加见出农民的心灵是那么单纯和干净,农村的生活是那么简朴和可亲。因此他把官场比作为"掩鼻人间臭腐场"(《鹧鸪天》),而把农村美化为官场以外的"无污染世界"。这里人人勤劳,人人宽厚,他们自给自足、与世无争,过着一种辛勤而又悠闲、平凡而又满足的农家生活。比如:

> 春入平原荠菜花,新耕雨后落群鸦。多情白发春无奈,晚日青帘酒易赊。　　闲意态,细生涯,牛栏西畔有桑麻。青裙缟袂谁家女,去趁

---

① 脱脱,等:《宋史》卷四○一《辛弃疾传》,中华书局,1977年,第12165页。

蚕生看外家。(《鹧鸪天》)

撇开作者对于自身白发丛生的嗟叹不论,它所描绘的那幅"农妇归宁"图画是多么的诱人! 这是一种忙中偷闲的闲适,故曰"闲意态";又是一种"平淡"中的欢悦,故曰"细生涯"。而作者则愉快地和她们共享着这种劳动之余的天伦之乐和人情之美。再如:

> 父老争言雨水匀,眉头不似去年颦。殷勤谢却甑中尘。　　啼鸟
> 有时能劝客,小桃无赖已撩人。梨花也作白头新。(《浣溪沙》)

这更是一首与农民感情相通、忧乐与共的作品。父老们争着向作者报告:今年老天爷可真帮忙呀,风调雨顺,咱们再不必为揭不开锅而发愁了。听到这里,词人的心也一下子舒展开了,顿觉小鸟在婉转歌唱,桃花正展靥撩人,而那一树梨花更像满头白花那样推出了新样妆式,分外喜人!

总结以上三方面的内容,我们发现,正是由于词人怀有一颗博大宽厚的爱心和一对锐利、睿智的慧眼,所以"心明眼亮"而更具审美的穿透力,故能无所不发现其美。韩愈说过:"世有伯乐,然后有千里马。"①而辛弃疾也说:"自有渊明方有菊,若无和靖即无梅。"(《浣溪沙》)这都证明了慧眼在发现美的过程中,具有何等重要的作用。而辛弃疾之能在平凡的农村生活中发现其丰厚的美感(天然美、清新美、淳朴美,以及风景之美、人情之美、风俗之美等),就与他热爱生活、热爱农村的深厚情意和善于"穿透"的审美眼光有着密切的关联。

但是,尽管有人说过"生活就是美"②,还有人说过"眼前寻常景,家人琐俗事,说得明白,便是惊人之句"③,但却远不是每一位作者都能将平凡的生活转化成美,也并不是只要把"寻常景"照实写来就能变成"惊人句"。这里,就迫切需要一双善于开掘的巧手。换句话说,这需要高度的艺术创造力。就拿本文开头所提到的杜甫来讲,张戒说他"在山林则山林,在庙堂则庙堂,遇巧则巧,遇拙则拙,遇奇则奇,遇俗则俗",这种境地和功力,岂是寻常人所能达到? 比如他的这些小诗:"糁径杨花铺白毡,点溪荷叶叠青钱。笋根雉子无人见,沙上凫雏傍母眠"④、"黄

---

① 韩愈:《杂说》,《韩昌黎全集》卷一一,世界书局,1935 年,第 182 页。
② 车尔尼雪夫斯基:《美学论文选》,缪灵珠译,人民文学出版社,1957 年。
③ 贺贻孙:《诗筏》,郭绍虞编选《清诗话续编》,富寿荪校点,上海古籍出版社,1983 年,第 164 页。
④ 杜甫:《绝句漫兴》其七,杜甫著、仇兆鳌注《杜诗详注》卷九,中华书局,1979 年,第 791 页。

四娘家花满蹊,千朵万朵压枝低。留连戏蝶时时舞,自在娇莺恰恰啼"①,看似十分平淡,好像只是把眼前寻常景随手"抄录"、"说得明白"而已,实际上却是老杜费了无数心血才创造出这些平凡而又优美的诗篇! 所以,辛弃疾的那些农村词篇,同样也凝注着词人的创作心血,表现出词人不凡的艺术创造力。而在这方面,我们尤可提出如下两点:

首先,他在描绘农村平凡的景物时,深深地融注了自己的感情;或者也可说,他在这里进行了感情的"投资"和艺术的美化。这样,才会产生美感效应,才会从中开掘出丰厚的艺术美感。当代大画家黄宾虹老先生曾说:"山水画乃写自然之性,亦写吾人之心。"②由于作者把自己的"心"投入了山水画的创作过程,这些画才具有了神韵和感情,而辛弃疾的农村词又何尝不是如此呢? 辛弃疾自己说过:

> 不向长安路上行,却教山寺厌逢迎。味无味处求吾乐,材不材间过此生。 宁作我,岂其卿,人间走遍却归耕。一松一竹真朋友,山鸟山花好弟兄。(《鹧鸪天》)

此词作于带湖闲居时期,可以视作他与官场决裂而决心归隐的"宣言"。他说,走遍人间,今后唯以"归耕"为乐,所以,要将松、竹视为"真朋友",将花、鸟视为"好弟兄"。从这种"乐耕"的感情出发去观照农村的一山一水,才能从中开掘出美的特性;从这种"泛爱"的观点出发去美化农村的一草一木,方能构建出诗的意境。比如:

> 着意寻春懒便回,何如信步两三杯? 山才好处行还倦,诗未成时雨早催。 携竹杖,更芒鞋,朱朱粉粉野蒿开。谁家寒食归宁女,笑语柔桑陌上来。(《鹧鸪天》)

本来只是极普通的郊野景色和极普通的农家即事,但因为他以"闲人"的眼光进行观照,并投入了自己对于这种恬淡安乐的农村生活的赞美和羡慕之情,所以这种种平凡的事物就无不散发出诱人的情味来:山道弯弯,够你盘桓;细雨飒飒,催你诗意,就连那红红白白的野蒿花,也都在招徕你前去弯腰采撷;而最足令人感到物情之熙美的,还得"感谢"那几位回娘家的少妇们,她们正一边走在桑间

① 杜甫:《江畔独步寻花七绝句》其六,杜甫著、仇兆鳌注《杜诗译注》卷九,中华书局,1979年,第818页。
② 黄宾虹1951年致友人函,转引自王伯敏编《黄宾虹画语录》,上海人民美术出版社,1961年,第2页。

小路上，一边在广阔的田野里洒下一连串银铃般的笑声！所以说到底，要在很平凡的事物中开掘出美，作者首先必须在这些事物中投入自己的感情。这种感情投入得越多、越深厚，作品的审美效应才会越大、越吸引人。开句玩笑来说，读者在这种平凡事物中寻觅到的美感，一部分来源于作者所描绘的客观事物本身所具有的美，而另一部分则来源于作者在里头"投放"进去的主观情志所"反馈"出来的美；前者好比做酒的原料，后者好比酿酒的酵母，前者只有经过后者的"发酵"才能酿造成美味芳香的老酒。从这个意义上讲，辛弃疾之所以能在平凡无奇的农村景物中开掘出丰富厚实的美感来，使它们散放出诱人的泥土芳香和田野气息，就与他对乡村生活的美化和融情入景的本领密不可分。欣赏他的农村词，一方面固然是欣赏他所描绘的田园风光，另一方面却实在又是在欣赏和体味其中所映现的那一份恬淡安宁的悠然心境。明白了这个道理，我们就兼而弄通了一个问题：为什么辛弃疾的农村词中从不出现"狼"（官府的差役、地主的狗腿子、高利贷者的逼债人等"人狼"）；而差不多的人物形象又多是"带笑"的（如"东家娶妇，西家归女，灯火门前笑语"，再如前引的"笑语柔桑陌上来""眉头不似去年颦"等）。这实在因为词人曾在其间进行过一番艺术加工和美化工作。

其次，除去作者的感情"投资"和艺术美化之外，辛弃疾开掘平凡事物之美的成功出色，还与他高超的描写才能有关。在这方面，我们可以把他比作现代高明的摄影师。他善于选择"镜头"，并根据自己的创作意图将这些"镜头"连缀成动态的画面，再附加以音响和味觉效果。对此我们不劳细说，只消回想一下前面举过的那首《清平乐·村居》即可明晓。我们似乎随着词人对这个简朴的水村进行了一番实地游览：先是远远地望见一间低矮的茅屋，然后沿着长满青草的小溪缓步向它走去。尚未推门进去探视，先闻里头传出一阵夹带几分醉意的呢喃，像是一对青年男女在打闹嬉笑；谁知伸头一看，竟是一对白发的老夫妻在谈论家常！下阕就更加妙了，三个"镜头"三种神态，共同组成了一幕惟妙惟肖的农家生活短剧：大儿身体最壮，正在溪东锄豆；二儿手艺很巧，正在编织鸡笼；最是那活泼顽皮的小儿，啥也不做，一个人舒舒服服地仰面朝天，边晒太阳边剥莲蓬。这种描写，不是很像电影中的"蒙太奇"手法吗？再举一例：他的《西江月·夜行黄沙道中》甚至还像当代的"有味电影"那样，使人在听觉、视觉外，似乎还产生嗅觉（"稻花香里说丰年"）和由燥热变为凉爽的肤觉（先是由蝉声和蛙声及云遮夜空只剩七八个星在天外所引起的燥热感，后是两三点雨滴飘落身上的凉爽感）呢！所以辛弃疾在这方面的描写才能和描写本领真是妙不可言。缘此，他也始能从平凡无奇的农村景色中开掘和创造出美。从这一点来看，他真不愧是一位具有"点铁成金"能耐的艺术高手。

　　再回到本文开头所引的张戒"世间一切皆诗也"的话上来。确实，"天翻地覆慨而慷"的社会巨变可以造就出诗来，但"一尊搔首东窗里"的细斟慢酌和"醉扶怪石看飞泉"的山间漫步也照样能使诗人萌发诗意。问题的关键在于：作者必须是一位"深"于感情的人（如杜甫、辛弃疾）。怀着这种深情，他就热爱生命、热爱生活，就能将自己宝贵的生命之一部分"投放"进平凡的生活中，并从这种平凡的生活中"摄取"无穷的人生乐趣和艺术美感（当然他同时又得是一位高超的艺术家）。证之辛弃疾的农村词，我们就不难获得这个结论。

对于"阴冷美"的偏嗜

——谈姜夔及南宋晚期词风

姜夔(白石)是南宋后期的著名词人,享有很高的声誉,人称其词"古雅峭拔""如野云孤飞,去留无迹"①。不过,有一个问题似乎还未引起充分的注意,那就是:姜词特别好写秋、冬的景物,特别好用冷色的字面;从其审美心理而言,似乎偏嗜着一种"阴冷"型的美感。如能把这个问题说清,则不仅对于理解和把握白石本人的词风有益,而且对于认识整个南宋晚期的词风(偏指所谓的"婉约词")也是有所帮助的。

我们试看,白石词集中的开卷之作《扬州慢》,便是一首出手就"冷"的作品:

> 淮左名都,竹西佳处,解鞍少驻初程。过春风十里,尽荠麦青青。自胡马窥江去后,废池乔木,犹厌言兵。渐黄昏,清角吹寒,都在空城。　　杜郎俊赏,算而今重到须惊。纵豆蔻词工,青楼梦好,难赋深情。二十四桥仍在,波心荡、冷月无声。念桥边红药,年年知为谁生?

此词写得阴冷逼人,特别是"渐黄昏,清角吹寒,都在空城"和"二十四桥仍在,波心荡、冷月无声"几句,使人仿佛如闻空城中回响着的清角悲吟,如见二十四桥下荡漾着的波心冷月,凛然生出一股冷意。这样冷瑟的作品,似乎跟作者当时才20出头的年龄有些不相称。

当然,人们完全有理由对上述现象做出解释:首先,作者写此词时,正值冬至节边,天气当然寒冷;其次,当时的扬州城,因经两次战争的摧残早已变得残破不堪,所以词人虽然正值风华正茂的年龄,又正怀着初临扬州的兴奋心情,但残酷的现实却顿时叫他失望,因此他自然只能写出这种寓托"黍离之悲"(见其词序)的词篇。上述解释当然有理。不过,我们如把姜夔的全部词作综合起来考察,就会发现:他的好写"阴冷",并不是一时一地的举动,而是差不多贯穿其一生创作的一种特别的审美嗜尚和艺术癖好,而这首自度曲《扬州慢》则不过是他

---

① 张炎:《词源》卷下,唐圭璋编《词话丛编》,中华书局,1986年,第259页。

的初露身手而已。不信的话,请看以下事实:

首先,请看他所描绘的物象。以花卉为例,他所喜写的就非夭桃艳杏之类的春花,而是梅花和荷花这两种冬、秋间开放的花朵。我们做过统计,姜词现存84首,其中咏梅词(包括写及梅花和以梅花为背景的)就有28首,再加上七八首写到荷花的词,这两类词篇竟占全部姜词的40%。这就可知他对秋花冬卉的浓厚兴趣了。

其次,再看他所描绘的美人形象。在以往的婉约词中,比如柳永所写的"盈盈,斗草踏青,人艳冶,递逢迎"(《木兰花慢》),晏几道所写的"彩袖殷勤捧玉钟,当年拚却醉颜红。舞低杨柳楼心月,歌尽桃花扇底风"(《鹧鸪天》),其中所出现的歌妓舞女,就很多是属于那种"热性"的美人形象。而姜词所写,却往往把她们"嵌"在一种冷色的环境和气氛中去描绘。比如:"旧时月色,算几番照我,梅边吹笛?唤起玉人,不管清寒与攀折""长记曾携手处,千树压、西湖寒碧"(《暗香》);"别后书辞,别时针线,离魂暗逐郎行远。淮南皓月冷千山,冥冥归去无人管"(《踏莎行》),这里头的美人,或与梅花做伴,或在冷月之下踏着千山悄然归去(指其魂魄),都体现出一种阴冷的品性。虽则她们内心实有春柳一样缠绵悱恻的柔情,但表现出来的外在神貌却又像梅花和冷月那样幽冷。姜词所写的美人,其特有的魅力就正在于他对她们做过"冷加工"和"冷处理"。

再次,我们还可发现一个微妙的现象:姜词特别爱用"西"字来做方位形容词,这就尤其可见他对阴暗事物、残缺事物、衰飒事物的那种偏嗜。当然,姜词中也使用过东、南、北这另外三个方位词,但那大都是不得已而用之的。如"南去北来""江南江北""肥水东流""东风历历""沉香亭北""秋雁南来""东望赤城"等,但这些或是约定俗成的成语,或是非此不可的地理方位,并不能体现他的特别嗜好。而用"西"字的词句就不同了:其中虽也有像西湖、竹西(扬州古称)、西泠、西陵浦、马城西等地名,但其余大量的"西"字句却明显体现了他对"西"字所蕴含的那种"阴暗美""残缺美""衰飒美"的特别嗜好。比如下面三个"西窗"句:"古帘空,坠月皎,坐久西窗人悄"(《秋宵吟》)、"西窗夜凉雨霁,叹幽欢未足,何事轻弃"(《解连环》)、"西窗又吹暗雨。为谁频断续,相和砧杵"(《齐天乐》)。如果说,第一句中还非用"西窗"不可(因为月坠西方),那么后两句就是可用可不用的。而说穿了,词人选用这个"西"字,是着意要渲染一种气氛,制造一种心理定势,使人联想到"西风残照""夕阳西下"之类的悲秋感和"黄昏感"。正因此理,所以姜词中就特多"岑寂,高柳晚蝉,说西风消息"(《惜红衣》)、"燕雁无心,太湖西畔随云去"(《点绛唇》)、"平生梦犹不到,一叶眇西来"(《水调歌头》)、"楼外冥冥,江皋隐隐,认得征西路"(《永遇乐》)、"送客重寻西去路,问水面琵琶谁拨""而今何事,又对西风离别"(《八归》)、"想见西出阳关,故人初别"

(《琵琶仙》)、"只恐舞衣寒易落,愁入西风南浦"(《念奴娇》)、"垂虹西望,飘然引去,此兴平生难遇"(《庆宫春》)、"两年不到断桥西,长笛为予吹"(《莺声绕红楼》)之类以"西"字来逗露感情的句子。甚至,他连园、楼、山、村这样的非特指名词,也非写成"西园""西楼""西山""西村"不可。从这种特殊的词语组合中,我们就有理由认为:姜夔之好用"西"字,似已成为一种偏执的爱好,而这种特有的嗜好,就明显透露了词人对于那类虽美好却阴冷的事物之关注与癖爱。

最后,与前几点密切相关的是,他所塑造的词境也偏多于带有清冷的色调。如其《齐天乐》词:

> 庾郎先自吟《愁赋》,凄凄更闻私语。露湿铜铺,苔侵石井,都是曾听伊处。哀者似诉。正思妇无眠,起寻机杼。曲曲屏山,夜凉独自甚情绪? 西窗又吹暗雨。为谁频断续,相和砧杵? 候馆迎秋,离宫吊月,别有伤心无数。《豳》诗谩与。笑篱落呼灯,世间儿女。写入琴丝,一声声更苦。

它本是一首咏蟋蟀的词。但作者却并不去写京城里养、斗蟋蟀的热闹情况(其小序提到:"好事者或以三二十万钱致一枚,镂象齿为楼观以贮之";而比它先写成的张镃的同题词中也写到"携向华堂戏斗,亭台小,笼巧妆金"),而是大写蟋蟀的低嘶哀鸣带给人的凄暗的心理感受与联想。它以哀音似诉为主旋律,再配以诗人的愁吟声,织女的机杼声,西窗的风雨声,闺妇的捣衣声……共同了谱成一曲无限幽怨凄苦的"悲秋曲"。其色调之"冷",堪与前举的《扬州慢》比肩!再如其有名的《点绛唇》:

> 燕雁无心,太湖西畔随云去。数峰清苦,商略黄昏雨。 第四桥边,拟共天随住。今何许? 凭栏怀古,残柳参差舞。

此词仅用寥寥几笔,就勾勒出一幅极为凄冷的太湖岁暮图,寓托着词人吊古伤今的无穷哀感。

因而,综上数点,姜词就形成了自己特有的风貌。对此,清人刘熙载曾有一个中肯的评语:"姜白石词幽韵冷香,令人挹之无尽。拟诸形容,在乐则琴,在花则梅也。"[1]它像泠泠流泻的七弦琴声,又像"玉雪为骨冰为魂"[2]的梅花,给人以

---

[1] 刘熙载:《艺概》卷四,《刘熙载文集》,刘立人、陈文和点校,华东师范大学出版社,1993 年,第 136 页。

[2] 苏轼:《再用"十一月二十六日,松风亭下,梅花盛开"韵》,《苏轼诗集》卷三八,王文诰辑注,孔凡礼点校,中华书局,1982 年,第 2076 页。

清冷甚至是阴冷的感觉。如究其底蕴，则明显与词人对于"阴冷美"的偏嗜有关。而造成这种有些偏颇意味的审美心理之原因，我们至少可以指出以下两方面：一与时代环境有关，二与作者的个性和遭遇有关。从前者而言，白石身处南宋后期，自会感受到时代的"秋意"。这从他《扬州慢》词中所写的"自胡马窥江去后，废池乔木，犹厌言兵"几句中，即可充分见出。试想，就连无情的草木都如此害怕提到战争，那就更不必说战乱烙刻在人心上的伤痕有多深了。这就难怪词人在咏梅花的《疏影》词中会联想到那"独留青冢向黄昏"、终老于异域的王昭君（有人以为此词影射徽、钦二帝被掳北去），也难怪他在咏蟋蟀的《齐天乐》中会插进"离宫吊月"（或许是影射宋高宗南渡初年经扬州南逃）的句子，这些都表明了国势的危急和衰弱必然会给词人的心灵抹上一层浓重的铅灰色。再从白石的个性和遭遇而言，他既是一位"雅士"，又是一位"伤心人"。这两点又决定了他的审美心理偏"冷"。作为"雅士"，白石人品狷介高洁，不像当时有些"江湖派"诗人那样或奴颜媚骨以求干谒，或狡狯油滑以索"秋风"。所以被人赞为"翰墨人品皆似晋宋之雅士"[1]、"襟期洒落，如晋宋间人"[2]。这种高雅的人品和气质，就给他的词带来了"清"的特色。而他同时又是一位"伤心"的人，尽管其才华出众，却一生飘荡而以布衣终身。因此他的内心世界实是悲苦和冷峭的。下面这两组词句就足以说明此点："万里乾坤，百年身世，唯有此情苦""文章信美知何用？漫赢得天涯羁旅。"（《玲珑四犯》）他似乎是到处游山赏水，实质却"倦游欢意少，俯仰悲今古"；他似乎是到处都有知己朋友，实质却深感"百年心事，惟有玉栏知"的寂寞和凄凉。所以此种人生的"秋意"又使他的词蒙上了灰暗的云翳。综合以上诸种原因，姜夔无论在写及国事的词中，还是在写个人飘零身世的词中，乃至他的咏物词、游赏词、恋情词中，就都摆脱不了那种发自内心的"阴冷"感。用他自己的词做比喻，他就很像一只"高柳晚蝉"，正以低沉嘶哑的声调，诉说着它在西风袭来时的阴暗心情。对于姜夔的词，就说到这里。

因为姜夔是南宋后期一位极有影响的大词人[3]，他的这种审美嗜尚和艺术风格就深深地"波及"到其他词人。何况，晚宋的政治局势已到了风雨飘摇、江

---

① 周密《齐东野语》卷一二引范成大语，影印《文渊阁四库全书》第 865 册，上海古籍出版社，1987 年，第 754 页。

② 陈郁：《藏一话腴》内编卷下，影印《文渊阁四库全书》第 865 册，上海古籍出版社，1987 年，第 548 页。

③ 清代浙派人士认为姜夔是晚宋诸家"宗师"，参见朱彝尊《黑蝶斋诗余序》，《曝书亭集》卷四〇，世界书局，1937 年，第 488 页；汪森《词综序》，朱彝尊、汪森编《词综》，上海古籍出版社，1978 年。

河日下的地步;有些身跨两朝(宋、元)的词人则更经历了亡国破家的巨变,饱尝了"亡国奴"的痛苦滋味。所以他们的词中,"阴冷"的色彩就更加浓厚,他们对于那些残缺事物、衰飒事物的关注和嗜好也就变本加厉。试以南宋两位著名的遗民词人王沂孙和张炎为例。他们在宋亡以前还写过一些诸如"春水"的词篇,但入元以后,心情就变得凄然其寒、阴冷不堪了。他们怕见阳光,怕听笙歌(张炎《高阳台》:"无心再续笙歌梦,掩重门、浅醉闲眠,莫开帘,怕见飞花,怕听啼鹃");他们好写寒意,好言孤独。因此姜夔词中写到的"筱墙萤暗,藓阶蛩切"(《八归》)之类意象,就成为王、张等人最喜咏写的题目。如王沂孙所写的萤虫:"残虹收尽过雨,晚来频断续,都是秋意。病叶难留,纤柯易老,空忆斜阳身世!窗明月碎。甚已绝音者,尚遗枯蜕?鬓影参差,断魂青镜里。""铜仙铅泪似洗,叹移盘去远,难贮零露。病翼惊秋,枯形阅世,消得斜阳几度? 余音更苦! 甚独抱清高,顿成凄楚? 谩想薰风,柳丝千万缕。"(《齐天乐》)且不去论它所使用的有关亡国的典故("铜仙铅泪"之类)和所寄托的亡国感情,光看它所选择的字面如"残""病""斜""碎""余""枯""断""零"等,就显出一派触目惊心的破败感和凌乱感,简直已从姜词的以阴冷为美更进到了以丑怪为美的地步。而张炎所写的孤雁和寒蝉,也大有此种风味:"楚江空晚,怅离群万里,恍然惊散。自顾影欲下寒塘,正沙净草枯,水平天远。写不成书,只寄得相思一点"(《解连环·孤雁》);"恨西风不庇寒蝉,便扫尽一林残叶"(《长亭怨》)。它的这只孤雁就不只是离群掉队,而且还受到过莫大的惊吓("惊散"两字暗喻作者差点受到元兵的杀身之祸);它的这只寒蝉,也不只是哀叹西风的降温,而且竟连藏身的残叶都已被扫尽(这又暗示他的家财已被元兵全部抄没)。其中所隐藏的亡国破家之恨,就比姜词所慨叹的"废池乔木,犹厌言兵"更要沉痛若干倍。仅以这两人为例,我们即可知晓:整个南宋晚期词坛(且延伸到元初词坛),除开文天祥等抗元志士还爆发过一两声愤怒亢激的吼声以外,其基本的音调就是低沉哀切的。这种状况,虽主要与时代的巨大变易有关,却同时也跟这批词人软弱的政治态度和"阴冷"的审美心理有关。而从这最后一方面因素来看,则姜夔的词已经有意无意地在前导先路了。所以拈出这个《对于"阴冷美"的偏嗜》的论题,对于看清南宋后期至元代初期"词脉"的延伸发展,或许是有所帮助的。

元宵之夜的"人间戏剧"

——谈三组元宵词

宋代词苑里,有一类专门咏写节日生活的词,叫作"节序词"(张炎《词源》就有"节序词"一节)。而在众多的节序词中,元宵词的数量特多。这是什么缘故呢? 照我看来,主要有如下两个原因:

第一,元宵节的"狂欢"色彩最浓。举例来说,清明节与重阳节也是两个宜于游赏的节日,但清明踏青的目的是上坟祭祖,而重阳登高则不免会引起"遍插茱萸少一人"(王维诗)和"怕黄花也笑人岑寂"(刘克庄词)的思亲、悲秋之慨。而元宵节则因春节刚过,人们庆贺新年的热闹情绪持续未衰却又掀起了一个新的"高潮",所以显得十分兴高采烈。加上它又具有两个得天独厚的条件——一是以繁华的都市生活为其背景和基础;二是它不仅有天上的月亮,而且还有地上数不清的月亮灯、走马灯、游龙灯等相映衬,因而上下交映,分外辉煌,越显出一派富丽而优美的气氛。这就使得元宵之夜的人们游兴更高、劲头十足,甚至通夜观灯、狂欢不归。

第二,在古代人的"四时八节"中,元宵节独具特殊的情调。开句玩笑说,它可称封建时代的"妇女节",这就为元宵之夜的游赏活动增添了艳情的内容和旖旎的风味。我们知道,古代社会中讲究"男女有别",青年妇女特别是上层社会的女性平日很少有自由活动的机会。但元宵节却是个例外。在这一天或几天晚上,她们或者呼朋观灯,或者单独游赏,简直就像飞出笼子的小鸟,其心情该有何等兴奋! 据宋人朱弁《续骫骳说》一文描述:"故族大家,宗藩戚里,宴赏往来,车马骈阗,五昼夜(按:北宋初年将元宵观灯延长为五夜)不止。每出,必穷日尽夜漏,乃始还家。往往不及小憩,虽含醒溢疲恶,亦不暇寐,皆相呼理残妆,而速客者已在门矣。"①这就是说,她们抓住这一良机,拼命游赏,尽情欢娱,虽不睡觉、少休息,也在所不惜。从中既可见出古代妇女平素被深锁闺的可怜,也可见

---

① 朱弁:《续骫骳说》,陶宗仪《说郛》卷三八,《说郛三种》,上海古籍出版社,1989 年,第649 页。

出元宵之夜一旦得到暂时"解放"的欢快。而在这种"金吾不禁夜"的良宵,男女接触的机会就自然有所增加,而人们的恋情心得也得到了空前的诱发,于是就产生了许多"艳遇"和幽会。

由于以上两种原因——狂欢和男女同游——就使向来喜欢用"小词"来描写享乐生活和恋情故事的词人们,在众多的节日中偏爱写元宵词。这就形成了宋代词苑特多元宵词的状况。

不过,元宵之夜的狂欢是有条件的,那就是国家的太平和城市的繁华;而元宵夜的"艳遇"或恋情,也是有喜有悲的,其结局并非都是"大团圆"与"终成眷属"。因此,元宵"舞台"上所演出的"人间戏剧"就是纷纭繁复的,有喜剧,也有悲剧,还有闹剧和滑稽剧。下面,就让我们借着元宵词的"窗口"来窥视一下宋代人的人生世相。

首先看"喜剧"。这种喜剧的"舞台基础",主要是北宋的"太平盛世"。对于这个时代的元宵狂欢,晁冲之的《上林春慢》就有过详尽的描写:

> 帽落宫花,衣惹御香,凤辇晚来初过。鹤降诏飞,龙擎烛戏,端门万枝灯火。满城车马,对明月,有谁闲坐?任狂游,更许傍禁街,不扃金锁。　玉楼人,暗中掷果。珍帘下,笑着春衫袅娜。素娥绕钗,轻蝉扑鬓,垂垂柳丝梅朵。夜阑饮散,但赢得,翠翘双辣。醉归来,又重向,晓窗梳裹。

词中所写的京师元宵之夜,确实充溢着"太平盛世"的繁华和热闹气氛。特别是下片所描绘的那群贵妇人们,身着靓妆,满头插戴,似乎正向我们娉婷地走来。她们夜阑饮散之后刚刚归家,却又急不可耐地重理晓妆,准备第二天再去逛街。所以朱弁的《续骫骳说》评论它说:"此词虽非绝唱,然句句皆是实事。"[1]特别是,其中有两句尤值得一提:"玉楼人,暗中掷果",这同柳永所写的元宵词《迎新春》中所说的"香径里,绝缨掷果无数",用的是同一个典故。据《晋书·潘岳传》记载,潘岳姿容优美,在洛阳道上行走时常引得爱慕他的妇女"连手萦绕,投之以果"[2](柳词里另外提到的"绝缨",则是男子向女子调情的典故:楚庄王开夜宴招待群臣,令美女劝酒。灯忽灭,有人趁机拉扯美女的衣袖,结果被美女把头上的缨带扯断,以便灯亮时追查)。这就告诉我们:元宵之夜,常有男女恋爱的情事发生,由此就产生了若干富有喜剧性的故事。兹举一件为例。

① 朱弁:《续骫骳说》,陶宗仪,等编《说郛三种》,上海古籍出版社,1989年,第649页。
② 房玄龄,等:《晋书》卷五五《潘岳传》,中华书局,1974年,第1507页。

据黄昇《唐宋诸贤绝妙词选》卷三记载：仁宗朝的翰林学士宋祁元宵外出观灯，过繁台街，忽遇宫妃的车队经过。宋避让路边，殊不料某辆雕车忽有一位妃子掀开珠帘叫了他一声"小宋"（宋祁之兄宋庠任宰相，与宋祁并称"大宋、小宋"）。霎时间，四目传神，宋祁不禁为之动情。回家后，便感发了诗兴，作《鹧鸪天》词一首："画毂雕鞍狭路逢，一声断肠绣帘中。身无彩凤双飞翼，心有灵犀一点通。 金作屋，玉为笼，车如流水马游龙。刘郎已恨蓬山远，更隔蓬山几万重！"此词很快在汴京城里流播开来，并传到皇帝耳中。宋仁宋立即查询是哪位妃子惹出事来，该人与宋祁有何纠葛。那闯祸的妃子战战兢兢地答道："臣妾与宋学士素无往来，只因某次御宴上见陛下宣召翰林学士，左右内侍告知他叫'小宋'。此次观灯途中因无意间瞥见，故脱口而出地冒失相呼；除此之外，别无他因。"仁宋于是再召宋祁查问，吓得宋祁魂不附体，连连称罪。谁知最后的结局却大大出乎意料，皇上非但不处罚二人，反而哈哈一笑说："你怨'蓬山路远'，我看其实很近，不妨就把她赐给你吧！"①

风流的词人，碰到个"大度"的君王，终于喜获良偶，这真是个典型的"喜剧"！而类似于此的，还有太学生江致和因作《五福降中天》词而与美人"喜到蓬宫"的"大团圆"故事②。限于篇幅，这里就不再详谈。

其次，再来看一段元宵之夜的"闹剧"或"滑稽剧"。

那是宣和年间的一个元宵夜。宋徽宗为显示国家的"升平"和"与民同乐"，亲临端门观灯，并在宫门外安放凳桌，摆上茶酒，以供走累了的妇女小憩。有位与丈夫走散的妇人到此休息，饮过酒后忽生贪心，随手就把金杯藏匿于袖中准备带走。谁知被卫士觑见，意欲重罚。不料那妇人十分聪明，站起辩解道：此举非为偷也，实出无奈。"理由"是我与丈夫一起出来赏灯，现在丈夫不在身边，又饮了皇上的御酒，脸上红扑扑的，天明回家何以向严厉的公婆交代？所以才拿了宫中的酒杯，以作"凭证"。现在既被发觉，索性就斗胆恳求皇上正式"赐予"吧。如若不信这些话，"有词为证"。说罢，吟词一首："月满蓬壶灿烂灯，与郎携手至端门。贪观鹤降笙箫举，不觉鸳鸯失却群。 天渐晓，感皇恩，传宣赐酒脸生春。归家切恐公婆责，乞赐金杯作照凭。"（《鹧鸪天》）这一番话，说得徽宗好不高兴，竟要求那妇人再作一词，妇人遵旨，果然又口占一首《念奴娇》，除开再次"解释"偷杯的理由外，还趁机大大歌功颂德一番。徽宗大悦，下旨赐杯，并不许

---

① 黄昇选：《花庵词选》，中华书局，1958年，第55页。
② 《岁时广记》卷一二引《古今词话》，唐圭璋编著《宋词纪事》，上海古籍出版社，1982年，第207页。

后人攀例①。

请想想看，原本是件偷窃行为，经那妇人巧舌如簧地胡诌一通，竟变成了一桩风流"雅事"。这岂非一场"闹剧"或"滑稽剧"？不过，从这段"词坛雅事"中，我们又不难看到：第一，京师的元宵确是个欢乐和热闹的节日；第二，元宵之夜又往往是男女约会的好时光，不然的话，那女子的公婆就不会怀疑与责备脸带春色、通夜不归的媳妇了。

再次，就要转而来看元宵之夜的"悲剧"了。

在这方面，最有代表性、也最为人所熟知的，便是欧阳修的那首《生查子》词："去年元夜时，花市灯如昼。月上柳梢头，人约黄昏后。今年元夜时，月与灯依旧。不见去年人，泪满春衫袖。"自古云"痴心女子负心汉"。而这首词所写，却是一位"痴心汉子"对于所恋女子的诚挚怀念与甜蜜回忆，这在某些正统文人看来就似乎是不可理解的。因此它在流传的过程中，就曾被误认为是朱淑真所作。而在事实上，元宵之夜既然可能发生"人约黄昏后"的喜事，那也肯定会产生"不见去年人"的悲剧，这种遭遇对于男女双方而言，本是"机会均等"的。所以，欧阳修虽后来官居高位，但他在年轻时却难免体验过元宵之夜的悲欢离合，因而完全有可能写出此词。

但是，相对而言，像上面这首《生查子》所写的悲剧，还只是个人恋爱生活中的一种小悲剧；而在另外一些元宵词中，却显露了有关国家兴衰存亡的大悲剧。对此，我们可举词为例。一是李清照作于南渡之后的《永遇乐》：

> 落日熔金，暮云合璧，人在何处？染柳烟浓，吹梅笛怨，春意知几许？元宵佳节，融和天气，次第岂无风雨？来相召，香车宝马，谢他酒朋诗侣。　　中州盛日，闺门多暇，记得偏重三五。铺翠冠儿，捻金雪柳，簇带争济楚。如今憔悴，风鬟雾鬓，怕见夜间出去，不如向帘儿底下，听人笑语。

据张端义《贵耳集》卷上记载，李清照"南渡以来，常怀京、洛旧事，晚年赋元宵《永遇乐》词"②。它写北宋末年（即"中州盛日"）特别看重元宵节，故自己常与女友们结伙逛灯；而现今，年岁既老，形容憔悴，虽有邻女相邀，哪里再提得起兴致去观灯赏月？这里，就隐藏着她的一腔辛酸之泪——经历了"靖康之难"，她

---

① 《新刊大宋宣和遗事》亨集，上海古典文学出版社，1954 年，第 73–75 页。

② 张端义：《贵耳集》卷上，影印《文渊阁四库全书》第 865 册，上海古籍出版社，1987年，第 422 页。

已国破家亡,所以只能悄悄躲在帘子里头,耳听旁人家的笑语而独自潸然掉泪! 李清照元宵夜离群索居的这种悲剧,就不仅是她个人生涯的小悲剧,实际上代表着许许多多从北方逃难到江南的士人所共同遭逢的"失国"的大悲剧。

不过,李清照还算是个"不幸中有大幸"的人,因为她虽漂泊异乡,但毕竟还有个半壁江山的南宋祖国做她的依附。而对于故国已被元朝取代的南宋遗民词人刘辰翁来说,那么元宵节简直就是一个痛苦的节日了。这是因为,他曾亲身经历过南宋的元宵佳节,也听父老谈起过北宋的"宣和旧日";今昔对比,其伤感与痛楚就越发深矣。他在蒙古兵攻占临安前一年(1275)因诵读李清照的《永遇乐》而涕泪纵横,又于三年之后假托李清照的身份作了另一首《永遇乐》元宵词:

> 璧月初晴,黛云远淡,春事谁主? 禁苑娇寒,湖堤倦暖,前度遽如许。香尘暗陌,华灯明昼,长是懒携手去。谁知道,断烟禁夜,满城似愁风雨。 宣和旧日,临安南渡,芳景犹自如故。缃帙流离,风鬟三五,能赋词最苦。江南无路,鄜州今夜,此苦又谁知否? 空相对,残釭无寐,满村社鼓。

词中用"宣和旧日,临安南渡,芳景犹自如故"三句,写出他对往昔汴京和临安元宵繁华之夜的回忆;又用"谁知道,断烟禁夜,满城似愁风雨"三句写出了元军入城后实行"禁夜"的恐怖气氛。这和前面所提到的元宵夜的"喜剧"甚至"闹剧"气氛相比,有天壤之别! 所以他在词序中说,比起李清照的《永遇乐》来,"虽词情不及,而悲苦过之"。也就是说,它所反映的悲剧,就是一个更深、更大的悲剧了。

综合以上三方面的内容,我们可以借用无名氏的一首元宵词来做"总结":"真个亲曾见太平,元宵且说景龙灯。四方同奏升平曲,天下都无叹息声。长月好,定天晴,人人五夜到天明。如今一把伤心泪,犹恨江南过此生。"(《鹧鸪天》)宋朝全盛时的繁华,宋朝失国后的悲惨,宋朝人的悲欢离合和宋朝人的七情六欲,就都在元宵词中有所描绘和抒写。凭借着元宵词这个历史和文学的"望远镜",我们仿佛看到了千百年前的宋朝人在元宵之夜的生活舞台上所演出的一幕又一幕的"人间戏剧",而这是在历史教科书中所见不到的。

"题目是众人的，文章是自己的"

——漫谈宋人七夕词

当代文坛上，盛行一种"擂台赛"式的征文比赛。有人先拟出一个题目，然后邀请很多作家来写，结果就诞生了一大批题材虽同而写法各异的作品来。这种情况，其实早在古代就已多见。例如，东晋永和九年，王羲之和当时的名士孙统、孙绰、谢安等41人宴集于会稽的兰亭。席间名士们诗兴大发，当场写了很多首题为《兰亭诗》的诗篇，王还特地为之撰写了著名的《兰亭集序》。此事后来一直被传为美谈。而在宋代，也盛行着"结社赋词"的风气，这实际也是一种词坛上的"擂台赛"。

不过，上述"擂台赛"是在同一时间内进行的。而此外另还有一种"擂台赛"而兼"接力赛"的创作举动，这就是：同一个题目，却被不同时代的作家反复咏写。从对同一个题目各自争奇斗巧来说，它仍是"擂台赛"；而从作家们分别在不同时间内对一个共同的题目分别做出自己的文学贡献，并将这些作品形成不断延续和发展的"系列"来看，则它又是一种"接力赛"。本文要谈的多首宋人七夕词就属这种情况，正如清人廖燕所说："题目是众人的，文章是自己的，故千古有同一题目，无同一文章。"①这些宋人的七夕词题目虽同而内容与构思却各有不同，从而形成了七夕词的夜空上群星耀彩的奇妙景观。

七夕的风俗起源很早，到了宋代，它变成了妇女和儿童尤其喜欢的节日。据孟元老《东京梦华录》记载，七夕这天的晚上，有钱人家纷纷搭起彩楼（"乞巧楼"），并在庭院里铺好案桌，陈列着"磨喝乐"（一种小土偶）、花瓜、酒炙、笔砚、针线，妇女和儿童则焚香列拜，向织女"乞巧"②。这就是北宋的习俗。而南宋也沿袭此风：以酒菜瓜果置院内，妇女们或对月穿针，或以小蜘蛛贮在盒内，到

---

① 廖燕：《山居杂谈六十五则（杂谈七）》，《二十七松堂集》卷一七，清乾隆三年刻本，第7册。

② 孟元老：《东京梦华录》卷八，影印《文渊阁四库全书》第589册，上海古籍出版社，1987年，第163页。

第二天看蜘网结得疏密如何,来检测她们是否有"巧";儿童们则身披绣着荷花的短袖衫,手持荷叶,模仿着小土偶的形象①。总之,这是一个比较轻松的节日:炎热的夏天刚刚过去,清香的荷风悄悄吹拂,妇女和儿童带着欣快的心情和新鲜的感觉,迎接着初秋的来临。而宋词中就有一些七夕词,侧重于描写此一节令特色和节日风俗。如欧阳修写有一组描绘十二月节日的《渔家傲》词,它在"七月"的词里就拈出七夕作为代表:"七月新秋风露早,渚莲尚拆庭梧老。是处瓜华时节好。金尊倒,人间彩缕争祈巧。   万叶敲声凉乍到,百虫啼晚烟如扫。箭漏初长天杳杳。人语悄,那堪夜雨催清晓。"这就相当准确地描绘出了七夕的新秋特色和宋人的七夕风俗,堪与上述两部散文著作中的记述参读。又如葛立方《多丽》词中的部分内容:"正微凉,西风初度,一弯斜月如钩。想天津、鹊桥将驾;看宝奁、蛛网初抽。"再如欧阳修在另一首《渔家傲》中的描写:"乞巧楼头云幔卷,浮花催洗严妆面。花上蛛丝寻得遍。颦笑浅,双眸望月牵红线。"这些都形象化地描绘了七夕的妇女乞巧风俗。这一类七夕词的意义,就主要在于向后人提供了宋人的节日生活"图画",具有一定的认识价值和审美价值。

但是,更多的宋人七夕词却在描写节日生活和节日风俗的同时,抒写了作者临节而生的种种感慨与复杂感情。这就使得七夕词的文化意义超出了一般的描摹民俗事象的范围,而更具有表现宋人心灵的作用。而因词人的情况各别,他们临节而生的感触和联想也有所差异,缘此就写出了题旨、构思、风貌不一的种种七夕词来。

应该说,大多数七夕抒情词的基本主题乃是抒写"会少别多"之恨。这个主题的由来,最早可以追溯到《古诗十九首》中的"迢迢牵牛星"一诗:

迢迢牵牛星,皎皎河汉女。纤纤擢素手,札札弄机杼。终日不成章,泣涕零如雨,河汉清且浅,相去复几许。盈盈一水间,脉脉不得语!②

这首诗有两个特点:一是它为突出"会少别多"的主题,竟至"删去"了民间传说的鹊桥相会情节,而使织女永远处于"单相思"的地位;二是它又不像《诗经·大东》篇中那样,既写到织女,又写到牛郎,而专从织女一边着眼,重点反映了妇女

---

① 周密:《武林旧事》卷三,影印《文渊阁四库全书》第 590 册,上海古籍出版社,1987 年,第 203 页。

②《古诗十九首·迢迢牵牛星》,萧统编《文选》卷二九,李善注,影印《文渊阁四库全书》第 1329 册,上海古籍出版社,1987 年,第 507 页。

的苦闷。这个主题,后来就被六朝和唐宋的无数七夕诗所延续和发挥;到了宋代,则也成了七夕词的基本主题。例如,欧阳修曾一口气写了好多首咏七夕的《渔家傲》词,其中有一首写道:"别恨长长欢计短,疏钟促漏真堪怨。此会此情都未半,星初转,鸾琴凤乐匆匆卷。　　河鼓无言西北盼,香娥有恨东南远,脉脉横波珠泪满,归心乱,离肠便逐星桥断。"这就是一首典型的嗟恨"会少别多""会短别长"的七夕词,不过它已从专写织女而变成同时咏写牛郎和织女。

当然,文学毕竟是"人学"而非"神学",所以七夕词虽咏写天上的牛郎星和织女星,它的"落脚点"却仍在人间;或者也可以说:文人之所以咏写天上的神话人物,其目的仍然是借此而写人间的痴男情女。因而借着歌咏牛郎织女的欢会来寄托男女青年的热切企盼,或借怨嗟牛郎织女的被迫隔离来寄托旷男怨女的相思之苦,这就成了宋人七夕词中很常见的路数。前者如柳永的《二郎神》:

　　炎光谢。过暮雨,芳尘轻洒。乍露冷、风清庭户爽;天如水、玉钩遥挂。应是星娥嗟久阻,叙旧约,飙轮欲驾。极目处,微云暗度,耿耿银河高泻。　　闲雅。须知此景,古今无价。运巧思、穿针楼上女;抬粉面、云鬟相亚。钿合金钗私语处,算谁在回廊影下?愿天上人间,占得欢娱,年年今夜。

词的上片,极写七夕之夜的美好气氛:炎光退谢,暮雨刚过,夜空像水一样清爽洁净。等待一年之久的星娥(即织女)正急切地盼望着与情郎相会,她的华丽的仙车也已整装待发……词的下片则从天上转到人间:在这闲静优雅的节日之夜,有多少姑娘少女正在手执金针、仰望星空呀!她们似在虔诚地"乞巧",而其实她们的心却早已飞向回廊,正在专心谛听那里发出的男女约会的私语声。所以写到结尾,词人终于将天上和人间合并在一起来写,发出了善良诚挚的祝愿:"愿天上人间,占得欢娱,年年今夜。"也就是说:愿普天下有情人年年月月都像今夜的双星相会那样恩爱团圆。柳永的这首词,在当时流传很广,名气不小。据庄季裕《鸡肋编》记载,有次宋徽宗问大臣:"为何七夕历来不放假?"宰相王黼对曰:"七夕古今无假。"徽宗十分高兴,认为王黼的回答十分机智风趣,因为它借用了柳词中"须知此景,古今无价"的谐音①。而与柳永这词正好相反的则有李清照的《行香子》:

　　草际鸣蛩,惊落梧桐,正人间天上愁浓。云阶月地,关锁千重。纵浮槎来,浮槎去,不相逢。　　星桥鹊驾,经年才见,想离情别恨难穷。

① 庄绰:《鸡肋编》卷下,萧鲁阳点校,中华书局,1983年,第127页。

牵牛织女，莫是离中。甚霎儿晴，霎儿雨，霎儿风。

此词的真正用心是借天上双星的"经年才见"来嗟叹人间恋人的"离情别恨难通"，所以其"布景设色"就大不同于柳词。它一上来就以蟋蟀哀鸣、梧桐叶落来引发人们的悲秋之感，然后点明"正人间天上愁浓"的题旨。不是吗？天上的牛郎织女，长期被宫门重关所阻隔，即使乘着木筏在天河里往来寻找，也无法相逢；而今晚则因喜鹊架桥，才使他们一夕欢会——可是且别高兴太早，他们却马上又得分手！你看天公一会儿放晴，一会儿下雨，一会儿刮风，岂不是存心在捉弄他俩？所以李清照之写牛郎织女的不幸遭遇，实际寓托着自身对于人间悲欢离合的嗟叹与感伤。而比李词"正人间天上愁浓"更进一步的构思还见之于其他一些作者的词中。如欧阳修词曰："此夕有人千里外，经年岁，犹嗟不及牵牛会。"（《渔家傲》）也就是说：牛郎织女一年之中还有一次相逢的机会，而离散在千里之外的游子却连这种机会都遭逢不到！又如陈师道的词："东飞乌鹊西飞燕，盈盈一水经年见。急雨洗香车，天回河汉斜。离愁千载上，相远长相望。终不似人间，回头万里山！"（《菩萨蛮》）天上的牛郎织女已经够苦的了，但他们尚能够隔着盈盈一水的天河遥遥相望；而那人间的"牛郎织女"们，却更被横亘万里的大山永远阻隔。相比之下，正像他在另一首《菩萨蛮》中所说的那样，"天上隔年期，人间长别离"，人间就显得格外悲惨和无望了。类似于这种故意以"天上"为"乐"并用此来反衬和强调人间之更苦的词句，我们还可在他人的七夕词中见到很多："相逢虽草草，长共天难老。终不羡人间，人间日似年。"（苏轼《菩萨蛮》）"分钿擘钗凉叶下，香袖凭肩，谁记当日话？路隔银河犹可借，世间离恨何年罢。"（晏几道《蝶恋花》）"睡轻时闻、晚鹊噪庭树。又说今夕天津、西畔重欢遇。蛛丝暗锁红楼，燕子穿帘处。天上，未比人间更情苦。"（吴文英《荔枝香近》）这些词句便都"落实"到了"人间更苦"的题旨上。

缘此，我们在众多的七夕抒情词中便发现了这样两方面的情况：一方面，由于七夕词的背后倚伏着一个美丽而哀怨的爱情故事（牛郎织女的鹊桥相会），因此决定了它的基本主题和抒情主旨乃与男女恋情密切相关，而这就为宋代"爱情文库"提供了源源不绝的佳篇名作；但另一方面，由于这个题材相对而言比较狭窄和单调，因此造成了七夕词面貌的雷同，说来说去总不离"会少别多"之习套，这难免会使人读后生厌。对此，宋人自己都已觉察，并且提出了批评。如郭应祥《鹊桥仙》词写道："泛槎经岁，分钗半夜，往事流传千古。独怜词客与诗人，费多少、闲言泼语。"照他看来，如果老用"泛槎"（有人乘木筏由大海误入天河，遇牛郎。见张华《博物志》）、"分钗"（唐明皇与杨贵妃七夕故事）之类的典故，老写七夕之夜的爱情故事，就快变成"闲言泼语"了。故而真正优秀的词人，就必须不断创新以跳出旧的窠臼,这样方能做到"文章如日月,终古常见而光景常新"①。

　　而在这方面,我们就不能不提到苏轼和秦观的两首不同凡响的七夕词。苏轼有一首"七夕送陈令举"的《鹊桥仙》:

　　　　缑山仙子,高情云渺,不学痴牛呆女。凤箫声断月明中,举手谢时人欲去。　　　客槎曾犯,银河波流,尚带天风海雨。相逢一醉是前缘,风雨散、飘然何处?

这首词的创新,首先表现在题材内容方面:常人的七夕词总离不开写男女恋情,亦即陆游跋此词所说的"率不免有珠栊绮疏惜别之意"②;而东坡却用此词来赠别一位与他政治倾向相同、因反对王安石变法而受排斥的友人陈令举,这已然显出它的一反旧习。其次,它的创新又表现在风格的飘逸超旷上,而不同于一般七夕词的缠绵哀婉。它一上来就把陈令举比作"缑山仙子"王子乔,说他具有一种渺达云天的高情而不学人间的痴男呆女,所以他在离别友朋时大有仙人吹箫月下、举手告别的飘逸风味,这就显示出友人的旷达胸怀。词的下片则追忆他们一起游漾于雪溪(在今浙江湖州)的情景,说他们曾像神话中的探险者乘槎由大海误入天河那样,在满天星斗的夜晚泛舟遨游,那时节他们简直飘飘欲仙,甚至在想象中已经冲入了天上的牵牛星宿,所以身上似还沾上了银河里的波星浪花。不过当时的相逢一醉从现在看来毕竟只是一种前生的缘分,故而缘分一完又只得像风过雨散那样飘然分离。这里就写出了作者对于友人的深浓离愁和他对于人生离合无常的无穷感慨,同时也隐含着政治方面的深沉慨叹。相比于单写儿女私情的七夕词而言,它确实是别具一格的,难怪陆游读后赞叹道:"歌之曲终,觉天风海雨逼人"③。

　　不过,苏轼此词虽然运用了"七夕"的若干典故,但它的词意却"背离"牛郎织女的故事较远,因此若从"传统""本色"的眼光来看,或许算不上一首标准的七夕词。而秦观那首流传千古的七夕词《鹊桥仙》,却能在常人写得有些滥俗了的旧题材中卓然翻出新意,这就更加显出其匠心独运和"点铁成金"的高超本领了。其词曰:

---

　　① 杨慎《陆韩论文》引李德裕语,《升庵集》卷五二,影印《文渊阁四库全书》第 1270 册,上海古籍出版社,1987 年,第 441 页。

　　② 陆游:《跋东坡七夕词后》,《陆放翁全集·渭南文集》卷二八,中国书店出版社,1986年,第 171 页。

　　③ 同②。

纤云弄巧,飞星传恨,银汉迢迢暗度。金风玉露一相逢,便胜却人间无数。　　柔情似水,佳期如梦,忍顾鹊桥归路。两情若是久长时,又岂在朝朝暮暮?

这首词,堪称七夕词中的千古绝唱,妙就妙在其立意的超绝和不落俗套。上片先用极为优美柔婉的笔触,描绘了想象中的双星相会。我们可以这样想象:盼望已久的七夕终于来临了。一位初解人事的小女孩依偎在母亲的身旁,执意要看一看牛郎与织女重逢的"全过程"。她们早早地吃过了晚饭,凝视着天边。母亲先是指着西天变幻莫测的"火烧云"对孩子说:"你看,那晚霞抹着夕阳,多么漂亮,它就是织女姐姐巧手织出的云锦呀!"渐渐地,暮色加浓,夜空中开始闪烁起忽亮忽暗的星光。母亲又说:"这是牛郎哥哥在向我们吐露他一年来的怨恨呀!"夜更深了,银河的光影变得耿亮耿亮的,但那小女孩却耐不住久候的困倦,悄然睡去。可她一觉醒来,第一件事就是急不可耐地问道:"牛郎哥哥和织女姐姐究竟相逢了没有?"母亲只好哄她道:"真不凑巧呀,就在你打瞌睡的那一刻,牛郎已经跨过银河上的鹊桥,偷偷地与织女相会了。可惜你现在睁开眼睛,却已看不到刚才那一刻的动人景象了。"当然,以上所述只是我们根据词情所做的一种联想和"再创造";事实是,词人凭仗十分柔婉和简洁的笔词,已把读者逐步引入一个景与情、现实环境与想象世界相混合的优美境界中去。所以正当写到一对恋人终于重逢的"高潮"时,他却避开实写和正面写的笔法,而采用"虚处传神"的写法把牛郎织女的久别重逢场景升华为诗的意境:"金风玉露一相逢,便胜却人间无数!"这就像某些高妙的仕女画家并不正面对美女的面貌做精描细画,而只让她露出秋千架上的背影那样,更加引起阅读者的无穷联想。我们从这两句词可知:第一,他们的相会是在金风玉露的美丽背景下进行的,这就显得无比的优雅和惬意;第二,他们的相见,次数虽极少,然而其质量却远胜过人间无数凡人的常相厮守,这又更见其珍贵和令人艳羡。但就在这令人心醉的时刻,词人忽又把笔锋一转,制造出另一个极柔极美却又极为难受的离别场面:"柔情似水,佳期如梦,忍顾鹊桥归路。"像水一样绵长的情话刚刚"启闸",而像春梦一样短暂的佳期却已宣告结束,于是我们就仿佛见到牛郎正沿着刚才的来路一步一回头地向织女挥泪告别……此情此景,怎不令人心酸? 然而,以上这些还仅仅是词人小试才华,真正的大本领却还在结尾的两句:"两情若是久长时,又岂在朝朝暮暮!"这才是空际转身、石破天惊的奇语。试想,古往今来的文人,在描写七夕之夜的恩爱与柔情方面,有谁还能超过白居易的"七月七日长生殿,夜半无人私语时。在天愿作比翼鸟,在地愿为连理枝"?① 而在描写牛郎织女的离愁与怨情时,又有谁还能超过《古诗十九首》的"河汉清且浅,相去复几许? 盈盈一水间,脉脉不得语"? 而秦观却凭仗他对恋情生活的深切体验和对爱情真谛的独特感悟,创造出了一个更新、更高的精神境界:"两情若是久长时,又岂在朝朝暮暮!"这就意味着,真正的爱情不仅是形体上的相随相伴,而且更在于精神世界的相知相通;或者也可说:爱情的真谛及其不衰的生命力在于两颗心的永远契合,而并不在于两个肉体的长厮守上。这就提炼出了爱情的真正的精华,而摒弃了常人在这一问题上所带有的"俗味";同时,又给人世间被迫分居的不幸夫妇们带来了莫大的精神安慰和支撑力量。读到这里,我们自然会联想到在七夕之夜并肩立誓的李隆基和杨玉环,他们虽然希望生生世世永结夫妻,但结果如何呢? 马嵬兵变,唐明皇断绝了他对杨妃的"恩宠",可见仅求"朝朝暮暮"地相爱相守是靠不住的;只有两情永远缠绻,才是久长之计。又如,现实生活中也有"结婚前搂抱得越紧,结婚后争吵得越凶"的怪现象发生,其原因也正如有人所戏言的那样:他们之间的恋情本来就像劣质煤那样质量不高,而过分的"朝朝暮暮"相处,更把其"热量"提前"烧光",那样的话,不发生争吵打架反倒是怪事呢! 故而,秦观此词之高妙不仅仅在于描写柔情的优美哀婉上,而且更在于它的立意之超俗上。前人对此评曰:"(世人咏)七夕,往往以双星'会少别多'为恨,而此词独谓情长不在朝暮,所谓化腐朽为神奇,宁不醒人心目?"②这就揭示了它在精神境界方面的独创性,以及作者善于"翻案"和"出新"的文学才能。

相比之下,后来有一位作者杨无咎所写的七夕词《洞仙歌》,却明显地"后退"了。其词曰:

> 痴牛呆女,谩恩深情远。一岁唯能一相见。纵金风玉露、胜却人间,争奈向、雪月花时阻间。 幽欢犹未足,催度桥归,乌鹊无端便惊散。别后欲重来,杳杳银河,空怅望、不胜凄断,最可惜、当初泛槎人,甚不问,天边这些磨难。

从它的"纵金风玉露、胜却人间"一句来看,作者是读过秦观词的;但它的立意却仍停留在"会少别多"的老套套中。这就显出了二者的优劣之分。

通过对以上多首七夕词的分析,我们可以加深对于文学创作必须不断创新

① 白居易:《长恨歌》,《白居易集》卷一二,顾学颉校点,中华书局,1979 年,第 239 页。
② 沈际飞评语,见顾从敬辑、沈际飞评《草堂诗余正集》卷二,《镌古香岑批点草堂诗余四集》,明万贤楼刻本。

的认识。同样面对七月七日之夜,同样熟知七夕的传说和典故,可是不同的词人却写出了风貌与水准并不相同的七夕词来,这就涉及作者的人格修养、感情世界、文学才能等多方面的问题,同时也明显与作者的敢否和善否"出新"有关。《文心雕龙》早就指出:"文律运周,日新其业。变则其久,通则不乏。"①证之宋人七夕词,它们之所以能异态纷呈,归根到底是与词人们的不断创新分不开的。

---

① 刘勰:《文心雕龙·通变》,《文心雕龙校证》卷六,王利器校笺,上海古籍出版社,1980年,第200页。

"只因误识林和靖，惹得诗人说到今"

——谈宋人的咏梅词篇

"不受尘埃半点侵，竹篱茅舍自甘心。只因误识林和靖，惹得诗人说到今。"①这是宋人王淇的《梅》诗。确实，宋人对于梅花是特别"钟情"的，他们曾经连篇累牍地写下了不知多少咏梅诗词，如《宋史·艺文志》记载，李祺写有《梅花百咏》，张道洽写有《梅花诗》300 首。光是一个作者就写了成百甚至数百首梅花诗，这就可知宋人对梅的偏嗜与钟爱了。不过，王淇所说的"只因误识林和靖"才使咏梅诗词大盛，却又只是一句戏言。而究其实际，则与宋人嗜"雅"的审美情趣有关。

人们大概记得，周敦颐《爱莲说》曾经讲过一段名言："水陆草木之花，可爱者甚蕃。晋陶渊明独爱菊。自李唐来，世人甚爱牡丹。予独爱莲之出淤泥而不染，濯清涟而不妖……"②这就是说，人们爱什么花卉，跟他们的志趣有着密切关系。晋人陶渊明爱菊，是爱它的"隐君子"风度；唐人的喜爱牡丹，则与他们崇尚雍容华贵的生活趣味有关。而宋朝文人普遍欣赏梅花，也明显与这一代人对于"风雅"的追求有关，体现出精神向往上的同一性。苏轼曾言："可使食无肉，不可使居无竹。无肉令人瘦，无竹令人俗。人瘦尚可肥，俗士不可医……"③在他看来，文人及其诗文的最不可救药的毛病，就是一个"俗"字。而要去掉这种"俗气"，就必须"崇雅"。对此，诗人赵紫芝说过一句风趣而形象的话——当有人问他作诗如何才能高雅脱俗时，他说："但能饱吃梅花数斗，胸次玲珑，自能作诗。"④由此可知，"梅花"在宋人心目中，实在是"风雅"的象征和标志。

正是在这种思想背景下，在前代诗文中并不显眼的梅花，到了宋代却一跃成

① 王淇：《梅》，《全宋诗》第 67 册卷三五二一，北京大学出版社，1991 年，第 42054 页。

② 周敦颐：《爱莲说》，周沈珂编《周元公集》卷二，影印《文渊阁四库全书》第 1101 册，上海古籍出版社，1987 年，第 447 页。

③ 苏轼：《于潜僧绿筠轩》，《苏轼诗集》卷九，王文诰辑注，孔凡礼校点，中华书局，1982 年，第 448 页。

④ 韦居安《梅磵诗话》引，丁福保辑《历代诗话续编》，中华书局，1983 年，第 562 页。

了文人竞相崇拜和描写的对象。不过如果细加分析,那么在这咏梅成风的普遍风尚中,其实还是存在着不少差异的。换句话说,不同的作者由于其人品与身世的原因,往往在同一的"梅花"题材和意象中,寄寓着不同的情操与志趣。下面就以宋人的咏梅词篇为例略加论析。

宋人的咏梅词篇十分繁多。光是南渡初年蜀人黄大舆所编的《梅苑》一集中,就收有 500 篇之多,遑论后来还有许许多多的咏梅词争相出现!但从这些词篇所托付的情志来看,大略不出以下数类:

首先,在很多宋人咏梅词中,梅花被赋予了"竹篱茅舍也甘心"的"隐逸"之思。这种现象堪称最习见的现象。如晁冲之的《汉宫春·梅》即是典型的例子:

> 潇洒江梅,向竹梢疏处,横两三枝。东风也不爱惜,雪压霜欺。无情燕子,怕春寒,轻失花期。惟是有,南来塞雁,年年长见开时。 清浅小溪如练,问玉堂何似,茅舍疏篱? 伤心故人去后,冷落新诗。微云淡月,对孤芳、分付他谁? 空自倚,清香未减,风流不在人知。

据陈鹄《耆旧续闻》记述,此词有个"本事"存在:王观因作狎词受到太后的批评,贬官流放。饯行时同僚们皆失信不敢赴宴,只晁一人,前往且作此词相赠①。词中"无情燕子,怕春寒,轻失花期",就讽刺前事;而"问玉堂何似,茅舍疏篱",又明显是劝慰王观之语,意谓:您像梅花一样,开在竹篱茅舍(比喻被贬江湖),其清香未必逊于开在玉堂(比喻在朝任翰林学士)之旁。此词在徽宗朝曾经广为流传,被誉为"脍炙人口"②之作。而到了南宋,梅花更普遍被人认作"茅舍疏篱"的"隐士"之象征,而不像唐人那样有时还将它"开放"在"玉堂"之上。如杨无咎《柳梢青》词云:"茅舍疏篱,半飘残雪,斜卧低枝。可更相宜,烟笼修竹,月在寒溪。"杨无咎在高宗朝"累征不起",是位不愿出仕的"高士"。他以画梅著称,词名"逃禅"(即逃避世事,皈依佛法),所以《柳梢青》词中的梅花形象就是其隐逸情志的一种自我画像。又如郑域的《昭君怨》,其下片曰:"冷落竹篱茅舍,富贵玉堂琼树。两地不同栽,一般开。"也明显把"竹篱茅舍"的梅花与"玉堂琼树"的梅花相对举,表明其赞美之情落在前者而非后者。所以,宋人的咏梅词中所普遍反映出的生活情趣,便该是此种甘心淡泊、不慕富贵的"归隐"之思。

---

① 陈鹄:《耆旧续闻》卷九,影印《文渊阁四库全书》第 1039 册,上海古籍出版社,1987 年,第 629 – 630 页。

② 王明清:《玉照新志》卷四,影印《文渊阁四库全书》第 1038 册,上海古籍出版社,1987 年,第 649 页。不过王明清以为此词为李邴所作。现据胡仔、曾敏行、陆游等人之说,将此词定为晁冲之之作。

其次，梅花那斗雪开放、不畏严寒的特性，又常被宋人用来比拟自己孤傲的人品与性格。这方面的代表作品可举陆游的两首名篇为例。一是《朝中措·梅》：

> 幽姿不入少年场，无语只凄凉。一个飘零身世，十分冷淡心肠。　　江头月底，新诗旧梦，孤恨清香。任是春风不管，也曾先识东皇。

此词怨中带"傲"，先说自己不媚时俗、受人排挤，所以像梅花一样，其幽姿不入繁华的"少年场"（喻桃李之类的春花之群）；但结尾一转，更借梅花的虽未在春季开放却第一个迎接春天的来到，来隐喻自己早年受知于宋孝宗、得授枢密院编修的"光荣历史"，显露出对于"新贵"（主和派）的傲岸与不屑态度。另一首是《卜算子·咏梅》：

> 驿外断桥边，寂寞开无主。已是黄昏独自愁，更着风和雨。　　无意苦争春，一任群芳妒。零落成泥辗作尘，只有香如故。

此词更是托物言志的"比兴"之作。前六句备写驿梅的孤苦冷落与遭受妒忌，实是词人身世的自我写照；最后两句是对梅花高洁品性的礼赞，也是作者人格形象的化身，表明了他"虽九死其犹未悔"的坚贞品格。明白了陆游的这番心迹，那么我们对他何以会如痴如狂地喜爱梅花（如他说过这样的话："何方可化身千亿，一树梅前一放翁"）就有了更深的认识："雪虐风饕愈凛然，花中气节最高坚"，他所欣赏梅花的，主要是它的"气节"。

类似于陆游的，还有辛弃疾、刘克庄等爱国词人。如辛弃疾的咏梅佳句"更无花态度，全是雪精神"（《临江仙》），以及"醉里谤花花莫恨，浑冷淡，有谁知"（《江神子·赋梅寄余叔良》），便都寓托着作者孤傲的人品。至于刘克庄，则更是与梅"有缘"的文人。他曾因作《落梅》诗中有"东风谬掌花权柄，却忌孤高不主张"之句，被指为讪谤而罢官10年①。所以他在后来的诗词中又曾多次提及这桩公案："老子平生无他过，为梅花受取风流罪"（《贺新郎》），"也被梅花累十年"（《病后访梅》）。缘此，他特喜咏梅。他笔下的梅花形象，集中了"孤高""芬芳""冷艳""素标""幽雅"等高洁品性，甚至"宁淡杀，不敢凭羌笛，告诉凄凉"（意为：宁愿极端冷落凄凉，也不愿接受怜悯）。这就反映了他不向黑暗现实低头的性格（见其《沁园春·梦中作梅词》）。这类借梅花表达政治志向的咏梅词，比之上述仅言个人归隐志趣的词作，其思想价值就有了进一步的深化与提高。

---

① 俞弁：《逸老堂诗话》卷上，丁福保辑《历代诗话续编》，中华书局，1983年，第1039页。

第三类咏梅词则与恋情有关。先看苏轼咏惠州梅花的《西江月》词:

> 玉骨那愁瘴雾,冰肌自有仙风。海仙时遣探芳丛,倒挂绿毛幺凤。　素面常嫌粉涴,洗妆不褪唇红。高情已逐晓云空,不与梨花同梦。

此词表面上是咏梅,实际却又是悼其亡妾朝云。当时作者被流放惠州,唯一随他南贬的爱妾朝云已在三个月前病逝,时年仅 34 岁。苏轼悲不自禁,就借咏梅来寓托对朝云的赞美与悼念。词中写那惠州梅花的不畏瘴雾蛮烟,写它的冰肌仙风,其实都是咏花而兼写人。"素面"及"洗妆"两句,点明了惠州梅花花白叶红的特色。据庄季裕《鸡肋编》载,惠州的梅花"花叶四周皆红",故有"洗妆"之句①,又暗写了朝云脸白唇红的天然美貌。结尾的"高情已逐晓云(暗代"朝云"二字)空,不与梨花同梦",则一方面赞扬梅花不与梨花之类春花争艳的高傲品性,另一方面又抒写自己从朝云逝后再不做"梨花梦"(喻恋情)的悼念之情。全词的妙处不仅在于形神兼备地咏写了梅花的美丽风姿和绝俗高标,而且更在于"花人合一"地寓托了词人对于爱妾的缱绻深情,因此难怪后人要推崇它为"古今梅词"以此为第一②。

此外,我们还可读一首吕本中的《踏莎行》:

> 雪似梅花,梅花似雪,似和不似都奇绝。恼人风味阿谁知? 请君问取南楼月。　记得旧时,探梅时节,老来旧事无人说。为谁醉倒为谁醒? 到今犹恨轻离别。

这首词的上片写了三种事物:雪、梅、月,从而构成了一个风光奇绝的境界;而这三者之中,又以梅花的形象最为醒目。下片则从梅花引申出词人的"忆旧"心情,点出全词的主旨在于"到今犹恨轻离别"的相思恋情。我们注意到,整首词的意脉乃是紧扣着梅花而伸展的,"修复"其"原型"则是:在那梅花似雪、雪似梅花的冬夜,词人曾与恋人共同踏月赏梅,那该是一种何等旖旎的情味! 但转眼之间,上述情事已变成徒供追忆和惆怅的"旧事",词人只能在这探梅时节见梅而嗟叹了。所以,这首词中的"梅花"就不仅具有"景"的性质,更赋予了"情"的含义——词人所写的"梅花"里,就深深地"嵌"进了恋人的身影和他对她的深情。

---

① 庄绰:《鸡肋编》卷下,萧鲁阳点校,中华书局,1983 年,第 113 页。
② 杨慎:《词品》卷二,唐圭璋编《词话丛编》,中华书局,1986 年,第 462 页。

　　这种把梅花与美人联系在一起的写法,在姜夔词中就更多见。如"人间离别易多时,见梅枝,忽相思"(《江梅引》),"九疑云杳断魂啼,相思血,都沁绿筠枝"(《小重山令》),"花里春风未觉时,美人呵蕊缀横枝"(《浣溪沙》),"剪剪寒花小更垂,阿琼愁里弄妆迟"(《浣溪沙》)等。特别是他最享盛名的两首咏梅词《暗香》与《疏影》(它们被张炎《词源》赞为"前无古人,后无来者"),便更与美人和恋情存在着密切的关联。前者云:"旧时月色,算几番照我,梅边吹笛?唤起玉人,不管清寒与攀折""长记曾携手处,千树压、西湖寒碧";后者云:"昭君不惯胡沙远,但暗忆江南江北。想佩环月夜归来,化作此花幽独""犹记深宫旧事,那人正睡里,飞近蛾绿"。这一方面是因为作者有过与恋人梅边吹笛、携手赏梅的旧日情事,另一方面又是因为梅花那冰清玉洁的风神,以及它所联系着的某些典故(如寿阳公主"梅花妆",赵师雄贬居罗浮梦遇梅神所化的美女,绿色梅花被人比作仙女萼绿华等),很容易激发起词人由物及人的恋情联想,所以姜夔乃至其他一些词人,常把梅花当作抒发恋情的物象来对待。这种现象并不奇怪,原因有二:其一,诗人们一向有"以花喻美人"的传统,而在"词为艳科"观念的影响之下,自然更乐于将花比作美女来写;其二,崇尚风流儒雅的宋代词人们,事实上经常有携姬赏梅的举动。如赵以夫《谒金门》词自述:"梅共雪,着个玉人三绝",又如姜夔《暗香》词中所说的"唤起玉人,不管清寒与攀折"等,描写的就都是此类风流韵事。缘此,原先仅为林和靖等高人雅士们所独赏的梅花,至此又发生了"女性化"与"艳情化"的演变倾向,这就进一步丰富了咏梅词及"梅花"这一意象的感情意蕴。宋代出现的《梅妃传》,就以梅花来命名一位杜撰出来的唐玄宗之贵妃,是亦可以证明宋人已将梅花与艳情联系在一起了。

　　最后还应提到的是,在某些宋人(主要是南宋后期)笔下,赏梅与咏梅又成了他们"清雅"的享乐生活之象征或写照。和前代文人相比,宋人的特点是特别"尚雅好名"——他们所追求的"名声",便是"风雅"或"清雅"。所以我们发现,尽管他们之所好仍不外乎是醇酒美人、歌舞声色,然而宋人却偏要为它们披上一件"风雅"的外衣。如姜夔《莺声绕红楼》词序中记述:张鉴携妓游西湖,特到孤山赏梅,命"国工吹笛,妓皆以柳黄为衣"。这就显得何等的"高雅清脱"!这种情况发展到后来,就形成了某些文人借"梅花"而来附庸风雅的不良习气。对此,《四库提要》就有一段评论:"《离骚》遍撷香草,独不及梅。六代及唐,渐有赋咏,而偶然寄意,视之亦与诸花等。自北宋林逋诸人递相矜重,'暗香疏影'、'半树横枝'之句,作者始别立品题。南宋以来遂以'咏梅'为诗家一大公案。江湖诗人,无论爱梅与否,无不借梅以自重。凡别号及斋馆之名,多带'梅'字,以求附于雅人。"①甚至，晚宋还有一位名叫林可山的人，逢人便称自己是林和靖的七世孙。殊不知林和靖并未娶妻，素有"梅妻鹤子"之美名。所以时人作诗嘲之曰："和靖当年不娶妻，因何七世有孙儿？若非鹤种并龙种，定是瓜皮搭李皮！"②这个笑话说明，梅花乃至那位爱梅成癖的林和靖，在某些庸俗文人那里已被糟蹋得"变了质"。而特别是处在南宋后期国势飘摇的政治局势下，若一味游山玩水、赏梅赏菊，更十足是一种逃避现实的误国行为，非但算不上什么"高雅"之举，即使与林和靖当年自甘淡泊、不羡荣华的初衷相比，也拉下了一大截距离。这就难怪宋末的文及翁在其《贺新郎》词中，愤慨地斥责："国事如今谁倚仗？衣带一江而已。便都道，江神堪恃。借问孤山林处士，但掉头笑指梅花蕊。天下事，可知矣！"而其实，梅花和北宋的林和靖对于南宋的亡国是并无"责任"可言的；应该责备的，就是那一辈借梅花以自命风雅的享乐文人们。

以上，我们简述了宋代咏梅词及"梅花"意象中所反映的四种类型的情志。而从总体来看，宋人特喜咏梅的普遍风尚确又昭示了这一代人所特具的生活情趣和审美趋向，这或许正印证了"一花一草见精神"的老话吧。

① 纪昀，等：《〈梅花字字香〉提要》，影印《文渊阁四库全书》第 1205 册，上海古籍出版社，1987 年，第 667 页。

② 陈世崇：《随隐漫录》卷三，影印《文渊阁四库全书》第 1040 册，上海古籍出版社，1987年，第 184 页。

再版后记

此卷原由苏州大学出版社于 1994 年 8 月出版。由于某些原因,书的装帧十分简陋,而编辑也有两位:特约编辑王英志先生、责任编辑陈长荣先生。

由于著名学者、台湾成功大学张高评教授的推介,此书后由台湾高雄的丽文文化事业公司于 1996 年出版了繁体字版,并因张教授的建议而更名为《唐宋词主题探索》。对于上述三位先生的大力帮助和支持,再表谢忱。

本次编入"词学文集",由曲阜师范大学教授曹志平博士重校。江苏大学出版社责任编辑林卉女士、徐子理先生也费力甚多,于此一并表示感谢。

杨海明

2020 年 3 月